Impressum:
Bibliografische Information der Deutschen Nationalbibliothek: Die Deutsche Nationalbibliothek ver-
zeichnet diese Publikation in der Deutschen Natio-
nalbibliografie; detaillierte bibliografische Daten sind
im Internet über dnb.dnb.de abrufbar.

© 2020 albertus books
eMail: albertus-books@gmx.de
Herstellung und Verlag:
BoD – Books on Demand, Norderstedt
ISBN: 9783750451742

Stephan Dettmeyer

Dienstreisen.
Und andere Ausflüge.

Heiter-Satirische Reisefeuilletons

(1971 - 1982)

Autor

...studierte Geophysik, Literatur und Philosophie / freiberuflich seit 1984 als Kolumnist, Fotograf, Kabarettist und Schriftsteller

Inhaltsverzeichnis:

Ronneburg

"In vierzehn Tagen verkaufe ich Berlin "- teilte mir Helmut, der Bauleiter mit. - "Und wo wird die nächste Baustelle sein ?" "Wahrscheinlich in Ronneburg " - antwortete ich - "Bringt zirka hunderttausend Mark."

Kein Superauftrag, aber für unseren kleinen Baubetrieb eine doch mittlere Aufgabe. "Und wie sieht's mit der Vorbereitung aus?" - fragte Helmut.

„Wie immer " - beruhigte ich ihn - "Das Projekt ist noch nicht fertig; kein Preis, kein Vertrag; Material bestellt, aber ...; Genehmigungen und Zustimmungen noch auf den finsteren Wegen über die Schreibtische der Rechtsträger."

„Ich hatte schon befürchtet, es könnte alles klar sein, bevor wir anfangen zu bauen."

Mit dieser gemeinen Bemerkung traf mich Helmut irgendwo tief drinnen. In einem Anfall blinder technologischer Vorbereitungswut telefonierte ich den Auftraggeber in Ronneburg an und vereinbarte gleich für den nächsten Tag eine Ortsbesichtigung mit anschließender Problemberatung. Auch Helmut notierte sich Zeit und Treffpunkt. Doch am nächsten Morgen teilte er mir mit, er habe einen dringenden Rapport...ich könnte doch auch alleine... ich wüsste doch, worauf es ankommt.

Ich war noch nie in Ronneburg gewesen. Alleine - da kann ich mir den Tag schön einrichten. Die Umgebung beschnuppern... Einkaufsbummel... kulturhistorische Sehenswürdigkeiten ...

Trotz dieser Überlegungen konnte ich natürlich nicht so ohne weiteres ' ja und amen ' sagen. So einfach darf man es einem Bauleiter nicht machen.

"Gesetzt den Fall, ich fahre allein... - und hinterher heißt es dann wieder, ich hätte die unmöglichsten Zugeständnisse gemacht...".

"Mach einfach keine Zugeständnisse" - sagte Helmut - "Sei hart, und denke dran, dass an meiner Planerfüllung auch deine Jahresendprämie hängt."

Fünfzehn Minuten später war ich bereits auf der Autobahn. Und ein Wetterchen war das! Zum Heldenzeugen, hätte Helmut gesagt. Richtig so ganz blauer Himmel, mit wenigen so ganz kleinen Wölkchen, und die Sonne, und die Temperatur nicht ganz so sehr hitzig...

Ignaz schnurrte mit 85 Sachen durch den bunten Herbstmorgen. Mit Familienname heißt Ignaz 'Trabant de luxe'. Er war mir in den drei Jahren, die er nun schon zu mir gehörte, regelrecht ans Herz gewachsen. Auch mein Bäuchlein war mitgewachsen. Ignaz war ein so treuer Kamerad. Noch nicht einmal hatte er mich in Stich gelassen. Und dabei war er schon über 12 Jahre von verschiedenen Vorbesitzern bei Wind und Wetter über unsere Straßen gehetzt worden. Ich klopfte ihm in einer Aufwallung freundschaftlicher Gefühle aufs Armaturenbrett und versprach ihm:

"Ich pass schon auf, dass dich kein Schlagloch zerbricht!"

Doch das ist leichter versprochen, als auf der Autobahn in die Tat umgesetzt. Soweit es irgendwie ging, fuhr ich daher links. Links ist es nicht so ausgefahren. Rechts ging schon manche Achse in die Binsen.

Ob mir gegenüber einer 'weißen Maus' meine Rechtfertigung - die man aus den Erfahrungen der Arbeiterklasse gewonnen bezeichnen könnte - eine Ordnungsstrafe ersparen würde ... vielleicht bei einer marxistisch gebildeten?

Ich griente gegen den spröde gewordenen Beton der einstigen Aufmarschpisten deutschen Volkstums. Mein Tagesziel lag westlich.

Karl-Marx-Stadt an der Chemnitz und Ronneburg kurz vor Gera im Thüringischen trennen etwa 60 Kilometer. Wenn man nach etwa 30 Kilometern die geruchsintensive Gegend bei Glauchau (nicht Jauchau!) ohne Übelkeiten hinter sich gelassen hat; nach 38 Kilometern bei Meerane einen metallenen Wasserhochbehälter beinahe mit dem Berliner Teleturm verwechselt hätte, kommt man nach weiteren 12 Kilometern an einen gruseligen Ort. Das unwissende Auge allerdings wird jenes weißgetünchte Bauerngehöft entzückend finden, das da linkerhand der Autobahn einsam auf der Kuppe eines sanften, aber zur höchsten Erhebung der engeren Umgebung aufsteigenden, Hügels thront.

Das wissende Auge, z. B. meines, lässt sich von der anheimelnden Fachwerkfassade nicht täuschen; wendet sich schaudernd ab und blickt ... - nein! Nicht nach rechts ! - sondern stur nach vorn auf den Beton, denn rechterhand umschließt eine karminrote Ziegelmauer einen mit Büschen und Bäumen überwucherten Friedhof von der Größe eines mittleren Schrebergartens. Das ist des Henkers Friedhof!

In jenem Bauerngehöft oben auf dem Hügel auf der linken Seite hatte der Henker gehaust. Drei Kreuze, wenn man an dieser Stelle der Autobahn ohne Panne vorbeigekommen ist! Ein Radwechsel zwischen Henker und seinen Opfern...

Sicher, es gibt noch furchtbarere Orte in deutschen Landen. Von anderen Henkern wurden viel größere Friedhöfe gefüllt, je überfüllt, und nicht mit Mördern und Diebsgesindel. Waren Sie schon mal in Buchenwald?

So ein Idiot ! Wechselt urplötzlich die Spur! Hat nicht mal ge-
blinkt! Da wird man ja völlig aus seinen friedlichen Träumerei-
en gerissen! Es gibt aber auch vergessliche Banausen unter den
Automobillisten!

Endlich bin ich an dem grausigen Hügel vorbei. Erleichtert breite ich meinen Blick über die weite Landschaft, die sich nun dem
Herzen eröffnet. Befreit trete ich den Gashebel durch - lauf, Ignaz lauf! - am Horizont locken die Pyramiden Ägyptens ... Ignaz ist ein Kamel ... wir schaukeln durch Wüsten ... Oasen oder
eine Fata Morgana winken in der Ferne ... die Sonne überschwemmt mein Gesicht ... ich träume von Krokodiljagd am
Nil, Löwenjagd im Kongo, Kommunistenjagd in Kairo, während Nasser Ulbricht umarmt ... naja, lang ist es her! Mittlerweile lebt auch Sadat nicht mehr. Trotzdem gut, dass das da vorn
die Halden der Uranbergwerke bei Ronneburg und nicht die
Cheopspyramiden sind.

Die letzten Kilometer fahre ich sehr konzentriert. Ignaz hatte
kurz mit irgendeiner Innerei gescheppert. So ganz eigenartig gescheppert! Ganz leise nur. Ich lausche in ihn hinein. Da hustet er
zweimal. Ich kriege Fieber und bete:

> Lieber Ignaz bleib gesund.
> Lieber Motor lauf schön rund -
> es soll die letzte Dienstfahrt sein,
> ich richte mich auf Reichsbahn ein!

Das Scheppern kam nicht wieder. Aber mir war, als hätte Ignaz
leicht gekichert, leicht überheblich gemeckert, als wüsste er ge-

nau, dass er für die Erfüllung des Plangeschehens als privates Dienstfahrzeug nicht ersetzbar ist. Dieser Schlingel!

Natürlich könnte ich mich wirklich auf ein gemütliches Leben mit Reichsbahn und Kraftverkehr einrichten. Ein Baustellenbesuch in Knodelpoppfingen an der Knodel gleich drei Tage unterwegs. Hauptsache es wird Benzin gespart. Aber irgendwie ist man eben doch noch kein echter Sozialist. Man will eben, dass die Arbeit einigermaßen klappt, dass man seine Aufgaben einigermaßen erfüllt - egal, ob die Chefs bloß mit Senkung des spezifischen Benzinverbrauchs glänzen wollen.

Reichsbahn und Kraftverkehr! Man kommt doch so schon kaum rund! Sie müssten mal früh halb sieben bei uns in der Dispatcherzentrale vorbeischauen. Ich sage Ihnen - da begreifen sie das eigentlich Wunderbare der Leistungen unseres Bauwesens! Ein Kranauto für zehn Baustellen! Ein Mistlader als Hebezeug! Haben Sie schon mal versucht, in einem Sieb Kaffee zu kochen? Wir Baumenschen müssen das können!

Ignaz kicherte nicht nochmal. Sicher erreichten wir Ronneburg. Bis zum Termin mit dem Auftraggeber hatte ich noch eine gute Stunde Zeit. Ich parkte Ignaz in der Nähe des Ronnemarktes. Meine Schritte lenkte ich zuerst, wie es sich für einen kulturvollen Menschen gehört, zur Ronnekirche, um erst Kontakte mit Ronneburgs Geschichte zu knüpfen. Doch ich fand nichts zum Anbandeln. Ich umrundete die Kirche zweimal. Nichts, woran ich mich hätte hochziehen können. Tiefer in die Ronnekirche zu dringen, verwehrten mir verschlossene Türen und der plötzlich auftauchende Gedanke - Junge, du brauchst doch hartmetallbesetzte Bohrer! Wo ist ein Heimwerkergeschäft?

Ich musste nicht lange suchen. Am Ronnemarkt gleich halb-rechtsschräg hinter dem dunkelroten Gebäude des Rates des Ronnekreises. Ein schönes Geschäft! Eine schöne Verkäuferin! Ein schönes und breites Angebot. Eine unschöne und klare Antwort: "Nee, Widscha-Bohrer, nee!"

Ich bitte passionierte Heimwerker um Vergebung - die Verkäuferin sagte wirklich Widscha-Bohrer. Und weil sie Widscha in jenem Tonfall sagte, wie ich ihn anschlage, wenn ich Hammer sage, oder Zange, oder ein anderes Wort für einen Gegenstand, den nur ein Idiot nicht kennen kann, wagte ich nicht zu frage, wie man diesen Widscha schreibt, und ob er gar mit Widja I-wanow verschwägert ist. Man hätte mich ja unweigerlich als Heimwerker-Hochstapler identifiziert und mich des Heimwer-kerparadieses mit Schimpf und Schanden verwiesen.

Ich reagierte also auf - nee, Widscha-Bohrer, nee - mit einem verständnisvollem wissenden Lächeln. Und um dem Verdacht vorzubeugen, ich sei ein solcher Phantast, der da glaubt, einfach in ein Geschäft gehen zu können und sofort das zu erhalten, was es eigentlich nicht gibt, ohne die Verkäuferin schon mindestens vier Wochen zu kennen und umschmeichelt zu haben, kaufte ich zwei Flachbatterien und tat, als sei dies der eigentliche Urgrund meines Besuches gewesen. Ein cleverer Abgang - bestätigte ich mir

Nun war es Zeit, für die einfache Reproduktion meiner Arbeits-kraft Sorge zu tragen. Mein Magen knurrte bereits leicht. Und siehe da, in derselben Straße hinterm Kreisratsgebäude, nur we-nige Schritte vom Heimwerkergeschäft entfernt, winkte mir auch schon ein Schild - Hotel 'Glück auf'. Nichts wie hin! Ja, und auch wenn Sie das ganz und gar überraschen sollte - an der

Tür hing ein Schild 'Wegen Renovierung geschlossen'. Glück auf - Pech zu!

Wohin jetzt? Ich entschied mich für Berg ab. Rationellster Energieeinsatz ist bei Gaststättensuche, egal in welcher Ecke unseres Landes, ein Gebot der Vernunft und des Selbsterhaltungstriebes. Meistens werden ja die Gaststätten gleich rudelweise renoviert, wenn sie überhaupt schon mittags geöffnet und nicht gerade Ruhetag haben. Das mag unlogisch erscheinen, aber was, bitte schön, ist bezüglich Gaststättenwesen überhaupt logisch?

Na gut, dass die Kellner, wenn man eine geöffnete gefunden hat, ein fettes Trinkgeld erwarten, das ist logisch. Aber sonst? Meine Großeltern hatten vor dem Krieg im alten Chemnitz nahe des Marktplatzes eine Speisegaststätte - 'Dänzers Restaurant'. Es gab einen Ruhetag im Jahr, das war der Weihnachtsabend. Und irgendein Großonkel von mir hat in Westberlin eine kleine Bierkneipe. Der hat bis früh um vier geöffnet, weil die Konkurrenz um die Ecke seit kurzem die Öffnungszeit auf diese Zeit verlängert hat. Dass es bis vier Uhr auch warme Buletten und Wiener Würstchen mit Kartoffelsalat gibt, versteht sich von selbst. Und die Wirtsleute unserer Kleingartenanlage 'Jungborn - Einkehr für Jedermann' in Karl-Marx-Stadt machen immer im Juli oder im August Urlaub.

Was das mit Ronneburg zu tun hat? Stimmt, man ist oft zu stark voreingenommen.

Also weiter hangabwärts!

Und was treffe ich nach gut fünf Minuten Fußmarsch? Nein, nein - keine Gaststätte, sondern die Ronneburg. Wer hätte das gedacht! Vor Überraschung vergaß ich mein leibliches Problem.

Burgen suche ich nämlich grundsätzlich an exponierten Punkten des Terrains und nicht unterhalb des städtischen Marktplatzes in halber Hanglage nur etwa 20 Meter über einem mickrigen Flüsschen. Offenbar eine sehr bescheidene Burg.

Durch ein Plakat 'Kommt zum Schloss- und Heimatfest!' erfuhr ich allerdings, dass die Ronneburg ein Ronneschloss ist. Und für ein Ronneschloss ist halbe Hanglage vielleicht ganz angemessen, sinnierte ich durchaus unwissenschaftlich. Dann ging ich durchs Tor und kam doch wieder auf meine Theorie von der Bescheidenheit zurück. Ein im Wesentlichen staubig-steiniger kasernenhofähnlicher Platz lag da bucklig vor mir in der Sonne. Das Gebäude rechts wirkt auf den ersten Blick wie eine Schule und ist in Wirklichkeit die 'Friedrich-Schiller-Oberschule'. Die Gebäude links - erst ein stallähnliches, dann ein irgendwasähnliches, dann ein kastellähnliches mit viereckigem Turm... - Schlossgebäude?! Wo? Man hat eben so seine Vorstellungen von Schlössern. Und vom Gaststättenwesen. Was kann die Realität dafür!

An der Peripherie des Schlosshofes, genau gegenüber dem Tor ganz hinten, entdeckte ich schließlich die Vorburg, die am nicht sehr hohen, aber steil abfallenden Hang über erwähntem mickrigen Flüsschen hockt, dessen Name der langjährige Heizer der Schiller-Oberschule nicht kannte:

"Irgendwie sind da irgendwelche Teichabflüsse, die irgendwann andauernd entschlammt werden müssen, weil irgendwelche Sorte Leute immer irgendwelches Gerümpel reinschmeißt ... aber wie die Brühe heißt ...? - der Heizer zuckte bedauernd mit den Schultern.

"Und weshalb die Vorburg Vorburg und nicht Vorschloss heißt
... ? Na, die Reichsbahn heißt ja auch noch Reichsbahn!"

Also Vorburg - sie beherbergt die Heimatstube: 'Nur sonn-
abends geöffnet! Für Gruppen und Einzelpersonen nach Vereinbarung - bitte bei Herrn X, Straße Y, Nummer Z melden.'

Nein, die Heimatstube ist keine Gaststätte, was zugegeben aus
dem Wortlaut des zitierten Anschlages zu schlussfolgern war -
die Heimatstube ist eine Art Heimatmuseum. Aber weil eine
Vereinbarung mit Herrn X sich nicht mit dem nun schon grim-
migen Knurren meines Magens vereinbaren ließ, kann ich Ihnen
leider nicht beschreiben, wie schön das Stück Heimat um Ronneburg einstens war, bevor der Bergbau begann.

Und bestimmt ist in der Heimatstube auch Ronneburgs hohe
Zeit Ende des 18. Jahrhunderts dokumentiert, da es den Ruf ei-
nes Bades von europäischem Rang genoss. Die radioaktiven
Heilquellen sollen sogar Herrn Goethe interessiert haben.

Und die Sache mit dem 'Schnallensturm'! Hat übrigens mit Wit-
terungserscheinung sowenig zu tun, wie moderne westliche Ar-
beitslosenheere mit schicksalhaften Naturkatastrophen. Der
'Schnallensturm ' ist ein Kapitel zum Thema: Industrielle Revolution im Kapitalismus. Nämlich - die sogenannte 'Schnalle', die
Fabrik eines gewissen Herrn Hennig, war durch den Einsatz
modernster Maschinenwebstühle der handwerkelnden Konkurrenz einheimischer Weber weit überlegen geworden und be-
drohte deren Existenz. Und weil auf dem Rechtswege nichts gegen Rationalisierung zu machen ist, schlugen die Handweber
den anderen untauglichen Weg ein - sie stürmten die 'Schnalle'
und zerdepperten am 26. März 1841 die Maschinenwebstühle.

Im Ergebnis gab es Massenverhaftungen und neue, vielleicht noch effektivere Maschinenwebstühle.

Die heutigen 'Arbeitnehmer' haben daraus und aus weiteren 140 Jahren Kapitalismus leider nur eine Erkenntnis gezogen: Es nützt nichts, die Computer, Roboter und Bildschirmbüros zu zerdeppern. Ansonsten wählen sie christlich - oder sozialdemokratisch.

Was die Heimatstube noch bewahren könnte? Tut mir leid - ich sah die Vorburg nur von außen und möchte keine weiteren Spekulationen anstellen. Wer zu viel erhofft, ist allzu schnell enttäuscht. Und vielleicht, beim nächsten Ronneburgbesuch, - man kann ja mit Herrn X vereinbaren...

Jedenfalls, was die Vorburg (geschütztes Bodendenkmal, mittelalterliche Befestigungsanlage) rein äußerlich betrifft - sie wirkt, wie etwas zu wirken hat, das heroische Zeiten erlebt und überdauert hat: Von Wind und Regen angenagte Säulen und Mauern, müde und ausgemergelt, schwerfällig, aber charaktervoll, und auf die alten Tage weise geworden.

Das letzte, was von meiner Seite zum Ronneschlosshof zu konstatieren ist, wäre meine Hoffnung, dass die kleine Freilichtbühne, die halblinks vor der Vorburg in sicher ungezählten Einsätzen irgendeiner Volksmasseninitiative errichtet wurde, demnächst von der Show einer berühmten Beatgruppe über-rocknrollt wird und die Fans die Bestandteile der Bühne als Reliquien hinwegschleppen. Ehrlich, diese architektonische Kosmetik könnte dem Schlosshof nur zum Vorteil gereichen. Aber ich wollte niemandem zu nahe treten und folgte nun endlich den rebellischen Mahnungen meines Magens. Sie führten mich zur 'Zur Skat-Klause'.

Ein abgetakeltes, graues, schmuckloses Haus in einer ebenso grauen, räudigen Gasse. Neben der Eingangstür ein verglaster Aushangkasten mit der Speisekarte. Ich las und war schockiert - acht verschiedene Hauptgerichte, keines über vier Mark und an fünfter Stelle stand geschrieben: Krautroulade mit neuen Kartoffeln und Gemüsebeilage 2,05 Mark.

Zwei Mark und einen Fünfer! Wo leben wir denn? Nichts wie hinein!

Die Klause war nicht größer als ein mittleres Wohnzimmer. An den fünf runden Tischen mit jeweils sechs Stühlen saßen - gut verteilt, wie es in jedem Nobelrestaurant üblich ist - zehn Gäste. Die dicke Frau hinterm Tresen war Nummer elf. Die blonde Kellnerin zwölf. Ich war Nummer 13.

Natürlich bin ich so wenig abergläubisch wie einer nur sein kann, der Aberglauben als mittelalterliches Relikt in der heutigen Zeit geradezu lächerlich findet. Aber was weiß man schon als Marxist von den letzten Dingen dieser Welt?!

Immerhin war schon mal kein freier Tisch für mich vorhanden. Ich blickte in die Runde, um zu prüfen, wem ich meine Tischgesellschaft zumuten könnte. Am Tisch gleich rechts neben der Tür saßen zwei alte Herren bei Bier und Korn. Da bestand akute Gefahr in ein Gespräch verwickelt zu werden - mit dem Alter werden Männer geschwätzig.

Am Tisch gleich links - drei kräftige Männer in Arbeitskleidung. Wahrscheinlich vom Bau. Sie wetterten auf die 'Hornviechter' von 'Meester' und 'Brigadschö', die nicht die Spur einer Ahnung hätten. Keine Ahnung davon, vermutete ich, dass ihre Leute schon seit dem Frühstück in der Klause aufs Mittagessen warten mussten. Ihr Zustand war schon stark vergeistigt. Ich fürchtete, nicht mithalten zu können.

Am dritten Tisch löffelte ein zerknittertes Omchen geduldig an einer Suppe. Vor dem Gaumengenuss hatte bei ihr der Herr das Zipperlein gestellt. Bevor sie den Löffel am Mund hatte, war die Suppe wieder im Teller oder auf der Tischdecke. Es hätte ihr wenig geholfen, wenn ich mich der nervlichen und seelischen Tortur, ihr zuzuschauen, ausgesetzt hätte. Und nur, um der Welt mein Mitleid zu demonstrieren...? Am Tisch Nummer vier - zwei attraktive Frauen so um Mitte Dreißig. Elegante Frisuren, gepflegtes "make up', Kleider aus dem Exquisit und Blicke... die eine schaute mich an, als wöllte sie mir an die Wäsche. Wer spricht hier von Feigheit vor dem Feind? Ich hätte doch nur falsche Hoffnungen erwecken können. Mein begrenzter Zeitfonds... und deshalb, wie es ein echter Gentleman tut, wenn ihm die Hände gebunden sind, verzichtete ich und versuchte, mich mit dem fünften Tisch anzufreunden.

Da saß ein blutjunges Pärchen. Der herrschenden, von Westen angespülten Antimode entsprechend gekleidet und frisiert. Stichwort 'Punk'. Er - bis weit über die Ohren kahlgeschorener Kopf mit einem Mittelstreifen schwarzgefärbten wirren Haares, Jeansweste, Jeanshose, kein Hemd und auf der unbehaarten Brust einen Schnürsenkel mit dem "Eisernen Kreuz'. Sie - eine stoppelfeldartige verwirbelte Igelfrisur, deren eine Hälfte blond, die andere lila eingefärbt war, Jeanshose, schwarzer Pulli, Kettchen mit Jesuskreuz, grüne Lidschatten, dunkelrote Fingernägel. Die Farbe ihrer Lippen konnte ich nicht ausmachen, die beiden knutschten intensiv.

Die Gefahr, in ein Gespräch verwickelt zu werden, konnte ich mit Sicherheit ausschließen. Die Symptome schwerster Tele- und Diskoschäden des allgemeinen Kommunikationsapparates waren eindeutig. Vom Zipperlein dürften sie trotz 'Caro', Wodka und mutmaßlich extensiver sexueller Betätigung noch gut zwei Jährchen entfernt sein. Angst, verführt zu werden, brauchte ich selbstverständlich nicht zu haben. Für die beiden war ich längst ein verkalkter Knacker. Aber diese Knutscherei! Zuschauen wirkt aufdringlich und appetithemmend. Wegschauen prüde. Mitmachen ... igitt!

Ich war eben der Dreizehnte. Es war kein mir angemessener Tisch zu finden. Weil aber die Krautroulade zu sehr lockte, biss ich in den sauren Apfel und wendete mich dem Tisch der beiden alten Herrn zu. "Sie gestatten, ist der Platz noch frei?"

Ich blickte antworteischend von einem zum anderen. Ein zages Kopfnicken der beiden deutete ich positiv. Während ich platz nahm und die beiden innerlich 'maulfaules Gesindel' betitulierte, fiel mir auf, dass ich bei ihnen Geschwätzigkeit erwartet hatte. Ausnahmen bestätigen nur die Regel, beruhigte ich mich, und blieb vor allem bezüglich der beiden schwerstbeschädigten Jugendlichen voll und ganz bei meinen Vorurteilen.

Um mir die Wartezeit bis zum Eintreffen der Bedienung zu ver- kürzen, steckte ich mir eine Zigarette zwischen die Lippen. Und wie ich sie gerade anzünden will, da kommt bereits die Bedie- nung, fragt mich so freundlich nach meinen Wünschen, dass ich vor Schreck das brennende Streichholz vergaß und mir Daumen und Zeigefinger verbrannte.

Der Dreizehnte !

Die schmerzenden Finger am rechten Ohrläppchen kühlend stotterte ich meine Bestellung hervor.

"Äh ja ... ich wollte ... hier für zwei Mark fünf ... äh, ich meine ... Roulade im Kraut sozusagen ... und eine Limo." Ich vermied, mir auszudenken, für welche Sorte von Trottel mich meine Tischgenossen halten mussten.

Der Krautroulade blickte ich mit gemischten Gefühlen entgegen. Das nicht etwa nur im Bewusstsein, der Dreizehnte zu sein, sondern des gesamten mystischen Klimas wegen. Es muss ein böses Erwachen geben!

Doch ich fand kaum richtig Zeit gemischt zu blicken. Innerhalb weniger Minuten stand die hellbraun angebruzelte Krautroulade vor mir und lächelte mich an. Und die Soße konnte erst lächeln! Aus hunderten süßer kleiner Fettäuglein!

Mein Gaumen hatte zwei bis drei Brautnächte. In meinem Trancezustand hätte ich zum Schluss um ein Haar den Teller abgeleckt. Zum Glück kam mir noch rechtzeitig das Schild über dem Tresen ins Blickfeld: "Wir kämpfen um das Diplom - Thüringer Gastlichkeit '.

Nein, den erfolgreichen Titelkampf wollte ich nicht gefährden. Ich ließ den Teller unbeleckt. Als er dann abgeräumt wurde, blutete mir die Seele. Es waren noch so viele leckere Soßenreste drauf ! Eine zweite Kohlroulade konnte ich mir nicht leisten. Ich war bereits zum Platzen voll. Als Nummer zwölf oder vierzehn hätte ich bestimmt noch ein Eckchen für ein zweites Roulädchen unter meinem Herzen gefunden, aber ich war eben Nummer dreizehn gewesen. Ich hatte ja von Anfang an so eine komische Ahnung gehabt. Soll mir nur einer kommen und behaupten, das wäre alles auf marxistisch erklärbaren Wegen zugegangen! Ha!

Der Bedienung ließ ich reichlich Trinkgeld zufließen. Die Roulade kostete nämlich wirklich nur zweimarkfünf, was ich irgendwie als Beleidigung für die kulinarische Köstlichkeit empfand.

Zufrieden mit meiner, der gastronomischen Gerechtigkeit zum Sieg verhelfenden Großzügigkeit, stürzte ich mir genüsslich den letzten Schluck Limo in den Hals. Dabei fiel mein Blick auf eine interessante Urkunde, die mir vis-a-vis an der Wand zwischen den in Skatkneipen typischen gerahmten 'Grand ouverts' prunkte. Wortlaut:

Mit der Urkunde für restlose und schnelle Vernichtung
von Alkohol und anderen Getränken
wurde die Alkohol-Brigade ausgezeichnet.

Es folgten die Namen der Brigademitglieder - Herbert, Stoni, Walter, Hänschen, Pfeffi, Schluck und so weiter. Insgesamt zwölf. Zwölf, und eben nicht dreizehn !

Der Dreizehnte würde zweifelsohne binnen kurzem das Delirium haben. Oder zur Auflösung der Brigade führen und die Frauen und Bräute von Herbert, Stoni, Walter, Hänschen, Pfeffi, Schluck und Co. könnten nicht mehr stolz auf ihre Helden der Alkoholvernichtung sein. Und was dem Staat an Akzise verloren ginge! (Womit ich nebenbei auf den Zusammenhang zwischen sozialistischer Volkswirtschaft und Mysterium aufmerksam gemacht haben möchte. Und man muss auch nicht immer alles verstehen wollen! Die Presse hat das längst ein-gesehen und nimmt von den Ungereimtheiten unserer Realität gar nicht erst Notiz.)

Die Zeit war heran; meine dienstliche Mission bei der Bergbau Aktiengesellschaft Wismut drängte zum Aufbruch. Meinen beiden Tischgenossen - sie hatten kein Wort miteinander gewechselt, geschweige an mich gerichtet - wünschte ich: "Schönen Tag noch!"

Sie schwangen sich zu einem erdig-dumpfen Knurren auf. Sicher ehemalige Bergleute.

Der Treffpunkt mit den Leuten von der Wismut war für 13 Uhr ausgemacht. Er lag am Stadtrand. Und nur noch fünf Minuten !

Die wenigen Meter von der Klause bis zum Parkplatz eilte ich so eilig, wie man es mit einer Skatklausenkrautroulade im Magen nur tun kann. Dem Ignaz gab ich dann die Sporen. Trotzdem - mit zehn Minuten Verspätung traf ich am Treffpunkt ein. Zehn Minuten sind aber für jemanden, von dessen guter Laune der Wartende abhängig ist, keine Verspätung. Die Begrüßungsworte der Wismut-Kumpel lauteten dementsprechend: "Das ist aber schön, dass sie gekommen sind. Herzlich willkommen!"

Ich lächelte herzlich und war gewarnt. Nicht die leiseste Anspielung auf meine Verspätung war gewagt worden. Auch kein noch so klammheimlicher Blick auf die Uhr. Ergo - das, was man von meinem Betrieb gebaut haben wollte; was man mit mir unter Dach und Fach bringen musste, war mindestens außergewöhnlich, wenn nicht gar bereits von anderen Betrieben mehrfach abgelehnt worden. Ich war gespannt, wie man versuchen würde, mir die Suppe schmackhaft zu machen. Glasklar war für mich nur, dass ich die Zähne deutlich heben würde, selbst wenn sich die Suppe für unseren Betrieb als gefundenes Fressen erweisen sollte.

Und es erwies sich recht schnell, dass das, was wir löffeln sollten, eine Götterspeise war.

"Unmöglich ! Da sind wir völlig überfordert!" - sagte ich daher mit Nachdruck.

"Wir würden optimale Unterstützung bieten!" - versprach der Ranghöchste der kleinen Vorausabteilung. Auf den Mienen der beiden Unterstellten wich der freundliche Grundgestus einer trutzigen Verkniffenheit. Sicher würden sie die optimale Unterstützung abwickeln müssen.

Mit mürrisch hängenden Mundwinkeln registrierte ich die wahrlich günstigen örtlichen Bedingungen und gab ein Stöhnen des Wohlbehagens von mir. Prompt tat man ein Übriges, um mein Wohlbehagen in dienstliche Hochstimmung zu verwandeln.

"Hier wird selbstverständlich alles planiert und mit Betonplatten ausgelegt!"

In den nächsten drei Minuten gab ich eine Charakterstudien zur Faust-Problematik: Zwei Seelen wohnen, ach, in meiner Brust!

Mein Publikum ging dankbar und voller Hoffnung auf ein Happyend mit.

Und es war hingerissen von mir, als ich meine kleine Technologenetüde in den an Goethe oder Brecht gelehnten Spruch - "Na dann, auf in den Kampf, die Schwiegermutter naht" - gipfeln ließ.

Oh, welch gutes Werk ich getan hatte!

Meine Widersacher strahlten vor Stolz auf ihre kampftaktischen Erfolge. Den haben wir eingewickelt! Hoho ! Wir sind clever!

Um ihren Überschwang nicht ins Uferlose treiben zu lassen, ging ich zu den konkreten Details über: "Notieren sie bitte! Unsere Forderungen zur Baufreiheit sind: 1. Aushub der Baugrube,

2. Befestigung der Grubensohle mit Magerbeton, 3. Herstellung des Widerlagers, 4. Bereitstellung von zwei Autokränen, 5. Baustromanschluss oder 300 Liter Diesel..."

Bereits nach Elftens war der stolze Schimmer auf ihren Lippen einer scheuen Blässe gewichen. Ich konnte mich einer gewissen Hochachtung für die Beherrschungskünste meiner Gegner nicht enthalten, als erst nach Punkt fünfzehn die mutige Frage gestellt wurde, ob wir wenigstens Hacke und Schaufel selber mitbringen würden.

Mit sanftem, beruhigendem Tonfall gab ich dahingehend Auskunft, dass wir Hacke und Schaufel nicht benötigen, da wir für alle eventuell anfallenden manuellen Schachtarbeiten fest auf die zugesicherte optimale Unterstützung vertrauen.

Nach Punkt neunzehn - Bereitstellung der Stahlrohre - wagte mit dem Mut des verzweifelten Investbauleiters jener vorlaute Untergebene, der schon die vorangegangene Frage gestellt hatte, einen erneuten Vorstoß gegen meine Positionen:

"Was leistet eigentlich ihr Betrieb für die veranschlagten hunderttausend Mark, wenn wir alles selbst machen müssen?"

"Wir haben das Spezial-horizontal-Erdlochbohrgerät JQ 718 Schrägstrich 77 Bindestrich nullnullacht. Und was ich noch fragen wollte... haben sie überhaupt einen offiziellen Bilanzanteil erhalten?"

Natürlich hatten sie nicht, womit der Angriff eiskalt zurückgeschlagen war. Der Häuptling schob den Vorlauten nach hinten und erkundigte sich teilnahmsvoll, was man denn zur Verschönerung des Aufenthaltes meiner Kollegen Arbeiter während der Bauzeit tun könne. Als ich tief Luft schöpfte, zitterte ihm der Notizblock. Als ich - leider nur wenig - geantwortet hatte, erstarrte er. Mitleidlos setzte ich meine Rede fort: "Warme Mittagsmahlzeit für die Kollegen versteht sich. Allerdings zwei Portionen Diätkost !"

"Was noch?"

"Wenn sie unbedingt wollen, können sie ja zur Frühstückspause immer mal paar Vorzimmerdamen auf die Baustelle schicken."

Der Vorlaute war sich wohl nicht sofort völlig im Klaren, ob das wirklich nur ein Späßchen meinerseits war, und lachte nicht mit.

"Und Wohnlagerplätze?" - fragte er stattdessen verbiestert.

"Nicht nötig! Unsere Spezialisten reisen morgens mit Taxi an und werden zum Feierabend mit Taxi wieder abgeholt."

"Karl-Marx-Stadt bis Ronneburg, das sind doch... hin und zurück... viermal am Tag also... das ist doch der blanke Kommunismus!" Der Vorlaute schüttelte sein jugendlich-einfältiges Haupt.

Ich lächelte: "Jeder nach seiner Leistung!" - und dachte heimlich bei mir: da müssten die eigentlich wandern!

Die Verabschiedung erfolgte schließlich in einer Atmosphäre der Herzlichkeit und ganz im Geiste brüderlichen Einvernehmens sowie mit der brückenschlagenden Feststellung: "Wir ziehen doch alle an einem Strang."

"Jeder an seinem" - stänkerte der Vorlaute. Doch wir anderen ließen uns von seinem Pessimismus nicht anstecken.

Der besonnene Häuptling begleitete mich noch ein Stück, damit ich sicher und wohlbehalten aus dem Wismut-Staat am Werkschutz vorüber in die DDR zurückkehren konnte. Während wir so nebeneinander Richtung Grenzstation spazierten, deutete ich von plötzlicher Neugier erfasst auf diese riesigen, dunkelgrauen Pyramiden, die vom geometrisch gebildeten als Kegel angesprochen werden würden, und fragte ganz unverblümt: "Strahlen die eigentlich?"

Der Häuptling war nicht nur besonnen, sondern ausgebufft: "Das sind doch Halden und keine Lampen."

Veräppeln kann ich mich alleine!

"Aha, und ich dachte immer, hier wäre Uranbergbau."

"Ich gehöre zum Baubetrieb!" - sagte er und beschleunigte seine Schritte.

"Sogar im Pentagon weiß jeder Pförtner, dass hier Uran abgebaut wird!"

"Pentacon - sind das nicht diese Fotoapparate aus Dresden?"

Zu seinem Glück waren wir an der Staatengrenze angelangt, sonst hätte er sich noch einige solcher kindischen Ausflüchte einfallen lassen müssen. Ich hätte nicht lockergelassen. Es ist doch auch zu hochgeheimniskrämert!

"Auf Wiedersehen und gute Heimfahrt!"

Ich fühlte mich abgeschoben wie ein unter Verdacht der Spionage stehendes x-beliebiges Individuum. Dabei habe ich vier Semester Geologie gehört! Ach, macht doch mit eurem Uran, was ihr wollt!

Ich dämpfte meinen Unmut mit der Überlegung, dass es vielleicht doch zu viel verlangt wäre, genauere Informationen zu diesem heißen Problem zu verlangen. Erfährt man ja kaum, warum es manchmal keinen Senf in der Kaufhalle gibt!

Aber mir als Genossen hätte dieser Häuptling doch wirklich... da fiel mir auf, dass ich mein Parteiabzeichen nicht am Revers trug. Ach so - und ich konnte mich wenigstens der Illusion hingeben, er hätte mir, wenn ich erkennbar als Genosse gekennzeichnet gewesen wäre, jegliche Information zukommen lassen.

(Sozialistischer Realismus schließt blühende Phantasie nicht aus.)

Das Abzeichen hatte ich am Vorabend, als ich mit Helmut, dem Bauleiter, im Interhotel in die Hallenbar eingeritten war, entfernt. Wo ein Genosse ist, da ist die Partei - und es sollte ja nicht heißen, die Partei säuft im Interhotel rum.

Da der dienstliche Teil meiner Mission in Ronneburg eh erledigt war, beschloss ich, für den Rest des Tages in der Illegalität zu bleiben, und beließ das Abzeichen im Kleingeldfach meiner Brieftasche.

Auf den ersten Kilometern der Rückfahrt hatte ich mit ein paar dienstlichen Nachwehen in Form mittlerer Gewissensbisse zu kämpfen. Hätte ich nicht doch den Abschluss eines Prämien-Zielwettbewerbes für unsere Spezialisten fordern sollen?!

"Ach, wär er mitgefahren, der Herr Bauleiter!" - dämpfte ich mein bissiges Gewissen - "Nun muss er eben mal sehen, wie er seine hochbezahlten Spezialisten ohne Zielprämien zu durchschnittlichen Leistungen stimulieren kann!"

Just, als ich ein abschließendes "Basta!" hinter alle Dienstprobleme setzte, nahm ich rechts der Straße ein Hinweisschild wahr: Schloss Posterstein soundso viel Kilometer!

Gas weg, Kupplung treten, Bremse - rechts ab!

Schloss Posterstein ("das Slos, genannt der Steyn") war wegen Renovierung geschlossen. Wahrscheinlich zum ersten Mal, seit es vor zirka 800 Jahren als Burg erbaut worden war. Aber wie gesagt, was ist ein Opa ohne Runzeln, Falten und Glatze? Man muss die Patina der Zeit erkennen. Hoffentlich sieht Posterstein nach der Renovierung nicht wie ein Reklameposter für Latex-Farben aus.

Ich war also über die steinerne Rundbogenbrücke zum Haupt-eingang des Schlosses geschritten, um dort jenes, besonders an den verrammelten Türen volkseigener Gaststätten häufig anzu-treffende Schild 'Wegen Renovierung geschlossen!' zu lesen. Obwohl ich ansonsten in keinster Weise zu den renitenten Bür-gern dieses Landes gerechnet werden kann, vollführte ich nicht sofort eine Kehrt-Marsch-Wendung, sondern klopfte vernehm-lich an das große Tor und wartete, das Echo meiner unverfrore-nen Tat im Herzen bis hinauf zum Hals verspürend, wie... wie einst die fahrenden Sänger. Oder bin ich in Sachen hoher Minne unterwegs? Brunhilde will mir eine Nelke, die schwer nach Brunst und Tränen duftet, vom hohen Balkone zuwerfen... doch der Landsknecht am Tor hält mir die Lanze vor die Brust... nein, aufgetan wird mir das Tor! Oh Brunhilde...

In buntgeblümter Kittelschürze erscheint eine weißhaarige Omi.

"Das Schloss ist geschlossen."

Daher der Name Schloss, schlossfolgerte ich beiläufig.

"Ja, ich weiß, wegen der Renovierung... vielleicht könnten sie mir trotzdem ein Prospekt verkaufen?"

"Für fünfzig Pfennig Moment bitte."

Ich warte gern den Moment für fünfzig Pfennig und erhalte eine kleine Broschüre: ...

"Werte Besucher! Posterstein begrüßt Sie herzlich und ladet zum Verweilen und Betrachten ein.

Sie treffen hier, genau wie in anderen Dörfern unserer Republik, auf fleißige Menschen, die sich und ihre Umwelt verändern, die das sozialistische Zeitalter mitgestalten." Die andern werden versteckt? "Gepflegte Wohnstätten, ausgestattet mit dem Kom-fort unserer Gegen-wart und moderne landwirtschaftliche Bau-

ten der LPG 'Fortschritt' prägen das Gesicht des neuen Dorfes."
Unwillkürlich musste ich an die geprägten Gesichter mancher
Boxer denken. "Ein steinerner Zeuge der Vergangenheit, un-
übersehbar auf hohem Kulmfelsen thronend, wird mit besonde-
rer Liebe und Sorgfalt gepflegt: die 800jährige Burganlage.
Seit 1953 als Heimatmuseum des Kreises Schmölln eingerichtet
... usw."
Nach der offiziellen Begrüßung folgt ein informativer Aufsatz
von Museumsleiter Walter Dinger über Burg und Dorf Posterstein vom 12. Jahrhundert bis zur Gegenwart.
Damit war ich zufriedengestellt: "Vielen Dank. Aber ich hätte
noch eine Frage. Sie kennen doch jenes einsame Gehöft mitten
oben auf einem Berg bei Vollmershain. Nahe der Autobahn. Es
soll das Henkershaus sein."
"Henkershaus? Bei uns gibts keine Henker!" - sagte die Omi mit
Nachdruck.
Gott sei Dank! "Ich meinte ja auch früher" - präzisierte ich
schnell. Sie zuckte mit der Schulter und wischte die trockenen
und auch sauberen Hände an ihrer buntgeblümten Schürze ab.
Eine Verlegenheitsgeste. "Ach, junger Mann ! Was weiß man
schon, was dieser oder jener in Feindesland getrieben hat. Der
eine hatte die Nahkampfspange der andere war unterm Arm tä-
towiert... aber wissen sie, wenn sie sich so für früher interessie-
ren - ich hab den Hans Fallada mit eigenen Augen gesehen."
"Wen?" Der Gedankensprung war selbst mir etwas weit.
"Den Schriftsteller Hans Fallada - Kleiner Mann, was nun!"
"Hier?"

"Ja, da staunen Sie! Der war nämlich da auf dem herrschaftlichen Gut als Eleve. Vorher war er drüben aufm Tannenfeld im Sanatorium."

"War er krank?"

"Na, nicht richtig im Dachstübchen. Der hatte seinen Schulfreund erschossen."

"Der Fallada?"

"Na, eigentlich wollte er auch tot sein. Das war so eine verwirrte Geschichte. Die beiden hätten Duell vorgetäuscht, aber der eine hat nicht richtig gezielt."

"Weswegen war denn das Duell?"

"Es sollte ein Doppelselbstmord werden. Das hab ich aber alles bloß aus 'm Buch über den Fallada. Auf der Stirn stand dem das nicht geschrieben."

"Das ist ja unbegreiflich."

"Mein Mann sagt, die Künstler spinnen meistens ein bisschen."

"Ja, so ! Und von einem Henkershaus wissen sie wirklich nichts?"

"Nein, junger Mann, tut mir leid."

Wir verabschiedeten uns mit Handschlag. Das Tor schlug zu.

Fallada in Posterstein!

Das muss doch auch in dem Prospekt erwähnt sein. Ich blätterte hin, ich blätterte zurück - denkste!

Entschädigt wurde ich durch die ausführliche Darlegung der gesellschaftlichen Um-wälzungen auf dem Lande nach der Zerschlagung des Hitlerfaschismus, die in der erstaunlichen Mitteilung gipfelt, dass die LPG 'Fortschritt' heute mit einbezogen wäre in die Kooperation Thonhausen, "deren Gesamtfläche von 2668 Hektar selbst vom hohen Bergfried aus in ihrer Größe und

Ausdehnung nicht ganz zu übersehen ist". Denk mal an! Nicht ganz!

Da also Walter Dinger für den Prospekt zu Burg und Dorf Posterstein den Aufenthalt Falladas nicht erwähnenswert genug empfand, konnte ich es mir selbstverständlich schenken, in dem Heftchen nach Hinweisen auf mein Henkerhaus zu stöbern. Aber ich wollte in Sachen Henkers- oder nicht Henkershaus etwas Hieb- und Stichfestes mit nach Hause nehmen.

Über Nebenstraßen 4. Ordnung und Feldwegen 1. Ordnung lenkte ich Ignaz bis direkt neben das Gehöft auf jenem sanft aus der Umgebung aufsteigenden Hügel. Hinterm Zaun erwartete uns ein bildschöner Hund, Bernhardiner oder so, und bellte bildgefährlich! Ich blieb vorsichtshalber hinterm Lenkrad, leierte aber die Scheibe herunter und sagte zu dem Hund: "Nununununnu!"

Da wurde der Kerl wütend. Und der Zaun war für einen Hund wie ihn keine Hürde. Ich leierte die Scheibe lieber wieder hoch und beäugte aus der Sicherheit gewährenden Papphülle die Gebäude, den Hof, den Garten, die Scheune ... Nirgendwo ein Galgen! Nirgendwo eine Guillotine! Nirgendwo ein zweihändiges Schwert! Nirgendwo ein Beil! Nirgendwo... jawohl! Und nirgendwo ein Blitzableiter!

Ha!! Ein Gehöft mit Scheune mitten oben auf einem kahlen Berg und keinen Blitzableiter - da hatte ich den Beweis! So was kann nur ein Henkershaus sein! Wie lautet doch die alte sächsische Weisheit?

Gott un seine Blitzelenker
schonen stäts de irdschen Henker.

Will mor ihrer sich entledschen,
hilft keen bäten un keen bredschen. (zu deutsch: predigen)

Über Crimmitschau, Zwickau, Oberlungwitz fuhr ich nach Karl-Marx-Stadt zurück. Ich war bester Laune. Ein erfolg- und erkenntnisreicher Tag lag hinter mir. Weshalb ich Esel bloß noch mal in den Betrieb gefahren bin? ...fünf Minuten vor Feierabend!!
Der Herr Bauleiter vertrieb mir meine gute Laune mit der Frage: "Alles klar in Ronneburg? Hast du einen ordentlichen Prämien-Zielwettbewerb vereinbart?"

1981

Krakau

oder

Zufallsbekanntschaft mit Georg Christoph Lichtenberg

Meine Schwiegereltern wohnen im ehemaligen Rittergut von Kieselbach. Schwiegervater verwaltet das in den ehemaligen Ställen lagernde Obst eines Gartenbaubetriebes. Schwiegermutter kocht wie eh und je für Schwiegervater nahrhafte Mittagsmahlzeiten und füttert mit den Speiseresten ein Rudel Katzen.

Wovon die Tauben leben, weiß ich nicht. Vielleicht von der Ruhe, die über der leeren Grube in der Mitte des quadratischen Gutshofes aufsteigt. Früher war aus dieser Grube der herbe Duft von Kuh- und Pferdemist aufgestiegen.

Im Wintergarten des ehemaligen Herrenhauses hatte ich für den Karfreitag meinen Arbeitsplatz eingerichtet - inmitten von Fleischerpalmen, blühenden Clivien, Alpenveilchen, Gummibäumen, Efeuranken, Kakteen und Sonne. Durch die Scheiben vom hoffentlich letzten Frosteinbruch dieses Frühjahrs abgeschirmt, wollte ich die Eindrücke einer Reise nach Krakau - dem Haupt und der fürsorglichen Mutter des ganzen Königreiches, wie ein polnischer Chronist das Krakau des 15. Jahrhunderts genannt hat - niederschreiben. Dieses Vorhaben nistete schon sehr lange in mir. Die Reise hatte ich bereits vor vier Jahren (übrigens auch über Ostern) mit meiner Frau als Verlobungsreise unternommen. Nun sollte es endlich werden!

Als Proviant für meine Erinnerungsreise stand eine Pulle Wermutwein (Gothano halbtrocken) bereit. Fotografien, Notizen und ein Stadtplan dienten als Gleise, Straßen und Geländer.

33

Also Krakau:

Aus meinem alten Schulatlas geht hervor, dass Krakau fast den Mittelpunkt Europas markiert; dass die wirklichen mittleren Januar- und Juli-Temperaturen, die jährlichen Niederschlagmengen sowie der Beginn der Apfelblüte in Krakau mit den Daten für Dresden im wesentlichen übereinstimmen: und dass Krakau am Schnittpunkt des 20. östlichen Längengrades mit dem 50. nördlichen Breitengrad gegründet wurde. Es ist also leicht aufzufinden. Man suche eine der beiden in jedem besseren Atlas angegebenen Gradnetzlinien, und dann immer geradeaus!

Die Gründungslegende, nach welcher der tapfere Stammesfürst Krak einen grausamen Lindwurm erschlagen musste, bevor er sich mit den Seinen wohnlich auf der Wawelhöhe einrichten konnte, hatte ich in einem Reiseprospekt gefunden.

Ein guter Start, dachte ich.

Leider verfiel ich nun der Idee, meinen 'Reiseenttäuschungen' (wie ich den Erlebnisbericht hintergründig betiteln wollte) einen gelehrten Ausspruch voranzustellen. Dadurch kam alles durcheinander, denn mir geriet Georg Christoph Lichtenberg - Ausgewählte Schriften, Reclam 1965 - zwischen die Finger. Ich suchte bei ihm einen Spruch, der zum Problem 'Reisen' passt - etwa in der Art: Wenn einer eine Reise tut, dann muss er viel bezahlen.

Gleich diesen Spruch voranzustellen, kam nicht in Betracht. Er wäre irreführend. Die vielen gutgemeinten Warnungen vor unserer Reise - Lasst euch nicht übers Ohr hauen! Die Polen nehmen das Geld von den Lebenden! Ein teures Pflaster! Lug und Betrug! - mussten wir nämlich Stück um Stück enttäuscht in die Wellen der Weichsel werfen. Es fand sich kein einziger Pole für uns, der die Warnungen rechtfertigen wollte. Allerdings hatten die Warnungen anfangs ein ziemlich warmes Plätzchen in unseren Gemütern eingenommen. Unser Quartier zum Beispiel, ein sauberes Zimmer, Bad- und Küchenbenutzung, verdankten wir einem waschechten Ganoven: Schiebermütze, schwarze Augenklappe, Narbe auf der Stirn, gerötete Wodkanase. Der hatte uns gleich am Bahnhof avisiert und angesprochen: "Möchten Quartier?"

Nur zitternd und zagend hatten wir 'Ja' über die Lippen gebracht und sodann auf schreckliche Dinge, Raub und Vergewaltigung, geharrt. Bis zuletzt. Doch das Quartier samt Wirtin blieb freundlich, die Miete wurde nicht erhöht, die Ehre meiner Frau wurde nicht angetastet (abgesehen von erlaubten Antastungen meinerseits), unsere Utensilien waren auch am letzten Tag vollzählig vorhanden bis... auf dem Bahnsteig schon, kurz vor Abfahrt, hält mich plötzlich jemand am Arm fest. Furchtbar rot im Gesicht, schnaufend und völlig außer Puste erkennen wir unseren Ganoven. Er hat meinen Fotoapparat (Exa IIb. Spiegelreflex) in der Hand: 'Haben liegnlassen, gute Reise!'

Ähnliche Enttäuschungen erfuhren wir in den Cafes und Gaststätten Krakaus - keinem Kellner konnten wir nachweisen, mehr von uns verlangt zu haben, als die ausgedruckten Preise in den Speisekarten zuließen. Wer 'bessere' Erfahrungen gemacht hat, der hat sich vielleicht cleverer als wir, als echter Tourist 'made in Germany' aufgeführt.

Der andere, mir bekannte Spruch - Reisen bildet! - erschien mir als Leitmotiv zu kläglich. Kenne ich doch Leute, die um den halben Erdball gekutscht und trotzdem nur eingebildet sind.

Ich suchte also bei Lichtenberg in den 'Sudelbüchern'. Das heißt, ich trank von meinem Proviant, suchte, las, trank, suchte, las... und plötzlich war die Pulle Wermutwein nur noch halbvoll.

'Man soll sehr gut schießen, wenn man etwas getrunken. Sehet da die Verwandtschaft zwischen Schützenkunst und Poesie', meint Lichtenberg.

Guten Mutes und in meinem Durst bestärkt, ging ich den Rest des Wermutweins an.

Inwieweit die Krakauer Schützengilde, die im Mittelalter zur Verteidigung gegen die alten Schweden gegründet wurde, ihre Schießkünste durch Saufgelage zu verbessern suchte, ist nicht aktenkundig überliefert. Fest steht allerdings, dass die in der Schützengilde vereinigten Handwerkerzünfte, von den noch heute guterhaltenen Basteien und Wehranlagen aus, den Schweden des 17. und 18 Jahrhunderts nicht genügend Paroli bieten konnten, was den Niedergang der Stadt einleitete. Endgültig gestoppt wurde der Niedergang erst 1945.

Wir hatten Krakau als blühende und mit historischen Bauwerken reichgesegnete, lebensvolle Stadt kennen gelernt. Man sieht den Steinen nicht an, wie oft der Tod über sie hinweg gegangen ist.

Selbst Spuren aus dem letzten Krieg sind rar. Krakau blieb von Bomben und Katjuschas verschont. Und die Nazis fanden durch den Blitzeinmarsch der sowjetischen Truppen unter Marschall Konew keine Zeit, größere Spuren zu hinterlassen, Die bereits unterminierten Denkmäler, Brücken und Gebäude; der zur Sprengung vorbereitete Wawel (über Jahrhunderte die Residenz der polnischen Könige und in Jahrhunderten der Unterdrückung ein Symbol polnischen Nationalstolzes)... hunderttausende von Touristen aus aller Welt können nach wie vor Millionen Meter Film mit Wawel und Krakau vollknipsen. Wir beteiligten uns mit zirka 5 Metern.

Marschall Konew ist Ehrenbürger Krakaus.

Nur in den Menschen findet man noch Spuren.

Einem alten Herrn, mit dem wir im Cafe in den Tuchhallen bekannt wurden, traten Tränen in die Augen, als er erzählte, dass sein Sohn im Steinbruch Liban totgehetzt, seine Frau abtransportiert und er zufällig lebengelassen wurde. Wir hatten englisch miteinander gesprochen. Der alte Herr hielt uns für Dänen. Wir ließen ihn dabei.

In einem Fußgängertunnel am Hauptbahnhof saß ein Invalide in einem Rollstuhl. Ihm fehlten beide Beine. Er trug eine Mütze mit einem Sowjetstern als Kokarde und spielte auf einer Ziehharmonika die Internationale. Um ihn herum standen beinahe hundert Passanten und hielten Maulaffen feil. Wir gingen pietätvoll vorüber.

'Es tun mir viele Sachen weh, die anderen nur leid tun.' (B 383)

Der Invalide beendete das Kampflied und hob die geballte Faust. Wir beobachteten aus sicherer Entfernung. Trotzdem fühlte ich mich dieser Szene gegenüber derart hilflos...

Die polnischen Gaffer warfen fast ausnahmslos Münzen und Scheine in den Blechnapf, der im unbenutzten Teil des Rollstuhles, vorn, wo Beine hätten sein müssen...

Sollten wir zurückgehen Ein paar Zloty in den Blechnapf klimpern lassen? Zur Gewissensberuhigung?

Ich war bei Spuren, die in den Menschen bleiben: In den Kirchen Krakaus diese betenden, auf Knien durchs ganze Kirchenschiff rutschenden, jammernden oder in Andacht ver-sunkenen Menschen - meist alte, mit gegerbten Gesichtern, gebeugte Gestalten... auf Knien... in der Marienkirche wagte ich nicht, den berühmten Hochaltar von Veit Stoß (Wit Stosz) zu fotografieren. Endlich wieder im Gedränge der Geschäftsstraßen und inmitten aufrechtgehender Menschen wirkte das Vorherige, trotz Mitleid und Verständnis, wie ein Alptraum. Geist des Mittelalters!

'Unsere Welt wird noch so fein werden, dass es so lächerlich sein wird, einen Gott zu glauben als heutzutage Gespenster.' (D 326)

Lichtenberg, der Mann der Aufklärung, würde sicherlich noch betretener als wir zum Gottesdienst eilende Männer mit dem Abzeichen der polnischen Arbeiterpartei am Revers beobachtet haben.

'Ein feste Burg ist unser Gott' - das Lied kenne ich aus dem Religionsunterricht. Von den zehn Geboten sind mir noch drei oder vier im Gedächtnis. Das Gebet - Ich bin klein, mein Herz ist rein, soll niemand drin wohnen, als Jesus allein - habe ich als Kind allabendlich vorm Schlafengehen meiner Großmutter vorbeten müssen. Meistens schlief ich hinterher prima. Meine Großmutter war allerdings evangelisch.

Im Vatikan sitzt ein Papst der polnisch sprechen kann.

Es muss ein schweres Brot sein, polnischer Staatsmann zu sein.

In der 'ulica Dominikanska' stand ein geigender Bettler, in der 'Szewska' ein blinder, und am kleinen Markt (maly Rynek) hockte eine uralte Großmutter und versuchte rostige Töpfe zu verkaufen.

In der 'Florianska' lockte mich die 'Kaprys-Bar' mit der Ankündigung: Strip-tease!

'Die Scheidewand zwischen Vergnügen und Sünde ist dünne, dass sie der Strom des langsamsten Blutes ... in Stücke drückt.' (B 329)

Meine Frau verwies erfolgreich auf hohe Eintrittspreise und sich selbst.

Auf dem großen Marktplatz (Rynek Glowny) zwischen Tuchhallen und Marienkirche steht das Denkmal für Adam Mickiewicz, welches den deutschen Kulturbringern vor 1945 ein Dorn im Auge war und nach Restaurierung erst 1955 wieder aufgestellt werden konnte. Ein größerer Trupp sehr 'sudelig' wirkender jüngerer Menschen saß zu Füßen des in Bronze gegossenen polnischen Nationalhelden und Dichterheroen. Die vier allegorischen Gestalten rings am Sockel seines Denkmales - Vaterland, Wissenschaft, Dichtung, Tapferkeit - waren kaum zu sehen. Aus einem Kassettentonbandgerät röhrte Heino 'Blau, blau, blau blüht der Enzian...' Ein weibliches Mensch trug auf ihrem Rücken den 'Union Jack'. Ein männliches hatte auf dem Arsch 'U S - Army' zu stehen.

Pro Tag wurden wir zwei bis fünfmal angehalten: 'Wollen tauschen De-Mark? Eins zu zwanzig... zweiundzwanzig... vierundzwanzig...' Wir brauchten unsere paar De-Märker selber für den Kauf eines Wasserhahnes im Intershop.

Im Palast der Kunst (plac Szczepanski) manifestierten junge Künstler Polens ihr von hohen moralischen Idealen getragenes Ringen, in der Sackgasse modernistischer Strömungen einen Platz zu finden. Manche haben ihn wohl schon. Jedenfalls fühlte ich mich von Leinwänden, Plastiken und bedrucktem Papier mit viel Talent, großem handwerklichem Können, Originalität und Pessimismus erbittert bombardiert.

'Er war ein solcher aufmerksamer Grübler: Ein Sandkorn sah er immer eher als ein Haus.' (D 471)

Nein, nein - ich will mich nicht vor Politik drücken, aber ich bin kein Politiker.

Die großen Fenster des Wintergartens hatten dem österlichen Frosteinbruch nicht widerstehen können. Draußen fielen weiße Flocken: Osterglöckchen, Weißröckchen...

Wegen kalter Füße zog ich aus dem Wintergarten, in dem man im richtigen Winter sicher schwere Erfrierungen erleidet, ins Wohnzimmer zum Ofen hin.

Schwiegermutter brachte mir zur innerlichen Erwärmung einen Tee. Tee ist neben Wodka das Nationalgetränk der Polen und heißt Herbata.

Damals, nach unserer Ankunft in Krakau war Herbata übrigens das Erste gewesen, was uns der Reise wert erschienen war. Alles andere, die wimmelnden Menschen, das miese Wetter, die schmutzigen Bahnsteige, das unverständliche Röhren der Bahnhofslautsprecher... selbst die Uhren waren wie daheim - völlig unexotisch! Unsere, auf elfstündiger Bahnfahrt gemästete Erwartung schlug in Enttäuschung um. Weshalb waren wir nur auf dieses stink-normale Krakau verfallen?!

Die polnischen Könige hatten Krakau der goldabwerfenden Salzbergwerke bei Wieliczka wegen anderen Städten vorgezogen. Goethe, Johann Wolfgang von, war durch seinen Geologiefimmel gelockt worden. Ihm zu Ehren gibt es in einem der riesigen in das Salz gehauenen Säle der Wieliczkaer Bergwerke ein en 'Weimarer See'.

Wir sind auch durch die unterirdischen, teilweise überirdisch wirkenden Salzsäle Wieliczkas lustwandelt, hatten mit unseren Geschmacksnerven eindeutig feststellen können - Salzstein schmeckt salzig! -, aber wegen des Salzes waren wir nicht gekommen. (Salz ist schließlich in unseren Breiten noch nicht mal 'delikat-würdig'.)

Weshalb geht man überhaupt auf Reisen? Man will entdecken. Und, bitte sehr, etwas richtig Exotisches!!

Zum Glück für unseren Stimmungspegel hatte meine Frau (ich war mit dem Gepäck ziemlich ausgelastet) bereits nach wenigen Schritten auf fremder Erde ein erstes exotisches Indiz entdeckt: In der Bahnhofshalle waren die Kioske und Schalter in dieser frühen Morgenstunde samt und sonders nicht nur beleuchtet, sondern geöffnet!

Juchhuu! Krakau ist eine Reise wert!

Wir begannen unsere Umgebung wie zwei Detektive nach weiteren Anzeichen urzeitlicher Kulturbräuche zu observieren. Und siehe da ... 'Sehr viele und vielleicht die meisten Menschen müssen, um etwas zu finden, erst wissen, dass es da ist.' (J 668) Wir saßen im Bahnhofsrestaurant vis a vis der Garderobeaufbewahrung, wärmten unsere Finger am erwähnten Herbata und erfreuten uns an den Ent- und Bekleidungsszenen vorm Garderobetresen. Es war ein abwechslungsreiches Programm. Und dann der Höhepunkt: Zwei wahrhaft mondäne Polinnen - Frisuren ala Gräfin Cosel, an vier Fingern acht Ringe, Maxirock, hauteng (!) Pulli, grüne Lidschatten, lila Lippen - gaben ihre Garderobemarken zurück und erhielten von der Garderobefrau je ein

41

Jäckchen, je ein Schälchen und je einen... uns stockten die Sinne... je einen Rucksack. Rucksäcke aus derbem, heufarbenem Leinen mit breiten Lederriemen. Das Aufhucken vollführten die Damen graziös. Sie verließen den Gastraum. Ein Herr - grauer Anzug, dunkelblaue Krawatte, Goldrandbrille - betrat mit Rucksack denselben. Meine Frau schaute mir, bedeutungsvoll wie es auch Sherlock Holmes gekonnt hatte, in die Augen. Ich schaute wie Doktor Watson zurück: Alles klar! Originell, diese Krakauer!

Columbus brachte die Kartoffel aus Amerika. Wir beschlossen, die Rucksackmode in die Heimat zu schleusen.

'Es ist doch nun einmal nicht anders: Die meisten Menschen leben mehr nach der Mode als nach der Vernunft.'

(Schr.1.190 (F))

Wir hätten gerne auch Vernunft mitgenommen, doch leider wurde es nicht mal was mit dem Rucksackmode-Export. Wir trafen während unseres gesamten weiteren Aufenthaltes in Krakau keine Rucksäcke mehr. Die Krakauer sind eben doch nur ein ganz biederes Völkchen!

Was allerdings den weiblichen Teil betrifft ... - der versteht es mit geringen oder gewaltigen Mitteln (je nach Notwendigkeit) sich mindestens interessant, das Persönliche mutig betonend herzurichten. Ich spreche von den Kraken, wie meine Frau sagte, bis zu zirka vierzig Jahren. Bei den älteren Kraken gibt es wie in aller Welt auch jene Dicken, die mit Vorliebe großkarierte Kleider tragen. Aber diese jungen Kraken... 'solang 's noch solche Frauen gibt, ist Polen nicht verloren...'

Schwiegervater kam mit der Schnapsflasche zu mir ins Wohnzimmer. Ich schämte mich, beim Singen ertappt worden zu sein. Ich singe sehr blechern. Aber Schwiegervater ging darüber wohlwollend hinweg, setzte sich in seinen Ohrensessel und brachte seine Rede ohne Umschweife auf sein Lieblingsthema: Als ich noch Direktor des Kieselbacher Gutes war...

Diesem Thema schloss sich wie üblich an: Meine Jugend in Ostpreußen. Drei große Felder von jeweils zwanzig Morgen, eine stattliche Herde schwarzbunter Kühe und acht Pferde hatte sein Vater dort besessen. Er war auf höhere Schule gegangen und schließlich Milchinspektor geworden.

Die drei großen Felder seien heute in über zwanzig Handtücher aufgeteilt. Die größte Herde bei den heutigen Bauern (Schwiegervater war vor nunmehr 4 Jahren in seiner alten Heimat gewesen) hätte aus fünf Kühen bestanden. Die Milchleistung kannst du vergessen!

Mein Schwiegervater ist ein alter Mann. Er kann das nicht verstehen. Er hat bei uns bereits in den fünfziger Jahren einer LPG vorgestanden.

Schwiegervater winkte verächtlich ab.

Wir tranken noch einen Wodka. Sowjetischer! - betonte Schwiegervater.

Meine Frau kam mit einem Körbchen buntbemalter Ostereier ins Zimmer. Finger weg! - herrschte sie mich an, als ich ein Ei nehmen wollte. Und dann sagte sie noch, dass ich nicht 'ewig' Zeit hätte für meine 'ewige' Kritzelei'. Es wäre viel nützlicher, wenn ich ihr beim Ostereierbemalen helfen würde.

' Wer sich sein eigenes Leiden klagt, klagt es sicherlich vergeblich. Wer es der Frau klagt, klagt es einem Selbst, das helfen

43

kann und schon durch die Teilnahme hilft. Ebenso wer gern sein Verdienst gerühmt hört, findet ebenfalls in ihr ein Publikum, gegen welches er sich rühmen kann, ohne Gefahr sich lächerlich zu machen.' (L 308)

Verdienst rühmen! Anteilnahme! Zu Lichtenbergs Zeiten muss es andere Frauen gegeben haben.

Von wegen 'ewige Kritzelei'!

Vergnatzt siedelte ich wieder in den kalten Wintergarten um. Lichtenberg musste mit. Er war mir richtig ans Herz gewachsen. Ein schlauer Hund ! Und herrlich radikale Ansichten ! Der hat's seinen Zeitgenossen gegeben!

' Was sie Herz nennen, liegt weit niedriger als der vierte Westenknopf.' (F 334)

Hohohohoo!!

Und dann - ich Dummkopf! - anstatt über die Krakauer Sehenswürdigkeiten, wie Jagiellonen-Universität, Wawelkathedrale und Tuchhallen im Stadtführer genauer nachzulesen, lese ich doch das Nachwort zu Leben und Werk Lichtenbergs in dem Reclamband! Das klare, sehr schöne Bild, welches in mir von Lichtenberg entstanden war - aufrechter Recke, standhaft, ähnlich dem Krakauer Turmwächter, der vor Zeiten von seinem Turm die Einwohner Krakaus vor dem Ansturm der Tataren mit seinem Weckruf warnen wollte und während des Alarmblasens vom Pfeil eines Tataren getroffen wurde -, dieses Bild eines mutigen Warners bekam Flecke und doppelte Böden.

Die Aphorismen und Sentenzen der Sudelbücher waren seinen Zeitgenossen unbekannt geblieben. Bewusste Zurückhaltung? Vorsicht? Feigheit?

Ihm, dem Göttinger Physikprofessor, sollen nicht nur seine Studenten (was schon viel heißen will), sondern auch viele bedeutende Männer der Zeit, von Gottfried August Bürger, über Herder, Lessing, Kant bis Goethe, Hochachtung entgegengebracht haben.

Und wenn sie seine Aphorismen gekannt hätten?!

Ob zum Beispiel Goethe...? In den unveröffentlichten Sudelbüchern steht:

' Wer seine Talente nicht zur Belehrung und Besserung anderer anwendet, ist
  entweder ein schlechter Mann oder ein äußerst eingeschränkter Kopf. Eines von
  beiden muss der Verfasser des leidenden Werthers sein.' (F 350)

Und:

' Goethe ist zu dem Namen des Shakespeare gekommen wie die Kellerassel zum
  Namen Tausendfuß, weil sich niemand die Mühe nehmen wollte, sie zu zählen.'
  (E 69 gek.)

"Du Spottgeburt von Dreck und Feuer!", sagt Faust zu Mephistopheles. Was hätte Goethe zu Lichtenberg gesagt?

Höchst erfreulich finde ich die Tatsache, dass auch zu damaligen Zeiten die Genies untereinander heimlich wie Hund und Katze waren. Das tröstet über manchen achtlosen Blick, den man einstecken muss. Nicht wahr? Ach ja! Lassen wir das.

An die beiden Türme der Krakauer Marienkirche knüpft sich eine Legende von zwei Baumeistern, Brüder. Der eine hatte seinen Turm schneller fertig und brachte den anderen um, damit dessen Turm nicht die Höhe des seinen erreiche.

Hat Baumeister Lichtenberg seinen Turm freiwillig in halber Höhe stehen lassen ? Aus Angst vor der möglichen Höhe? Aus Angst vor den vielen Brüdern, die schon hohe Türme hatten?

Wenn es nun stimmt, dass er sich an einen seiner Aphorismen gehalten hat?

' Vom Wahrsagen lässt sich's wohl leben in der Welt, aber nicht vom Wahrheit sagen.'

 (J 765)

Sicher für alle Epochen der Menschheitsgeschichte praktikabel. Aber für meinen Lichtenberg?!

Fehlte ihm gegenüber seinen Zeitgenossen das gerade Rückgrat? Seines war von Kindheit an stark verkrümmt.

Ich kenne in entgegengesetzter Richtung Leute, die allein auf Grund ihrer biologischen Perfektheit die Stirn haben, nicht einen ernsten Gedanken an sich und die Welt zu verschwenden.

Die Existenzen, die sich selbst problematisch sind, haben es schwer. Die Zensur seines Verstandes wäre so mächtig gewesen, vermutet der Autor des Nachwortes, das sie alles künstlerisch Werdende zerstörte. Das könnte vielleicht stimmen, scheint mir. Der Baumeister wollte den perfekten, den alles überragenden Turm! Ja, er war kein Duckmäuser! Ich lass mir doch von der Literaturwissenschaft meinen Freund nicht besudeln!

Er hat sich seine Lichtenbergblitze aufgespart, hat sie immer heller haben wollen, um einmal den 'Sonnenblick' zu tun; einmal seinen Turm zu vollenden. Genau!

Und dann kam er nicht mehr dazu, weil er krank wurde. Zehn Jahre war er krank und starb dann mit 55 Jahren entkräftet und einsam.

Basta!

Dass er seinen Aphorismus;

' Die letzte Hand an sein Werk legen, heißt es verbrennen.' (F 172)

nicht mit Leben, bzw. Vernichtung erfüllt hat, beweist schließlich, jedenfalls mir - er hat bis zuletzt auf die Kraft zum 'Sonnenblick' gehofft.

Ich werde allerdings nicht den Fehler begehen und solange warten, bis ich alt und krank geworden bin und nicht mehr kann, ich werde sofort...

Entschuldigung !

In der Tür des Wintergartens ist meine Frau aufgetaucht:

"Nun komm endlich! Du musst doch hungrig sein."

Mein Magen knurrt zustimmend. Meine kalten Füße scheinen ebenfalls erfreut zu sein, dem Wintergarten bald entkommen zu können.

"Moment noch!", bitte ich alle drei: "Ein letzter Aphorismus von Lichtenberg."

' Ein kanadischer Wilder, dem man alle Herrlichkeiten von Paris gezeigt hatte, wurde

am Ende gefragt, was ihm am besten gefallen hätte. Die Metzgerläden, sagte er.'

 (J 126)

Meiner Frau hatten in Krakau (nein, von den Metzgerläden schweigen wir) - ihr hatten die Salzbrezeln für einen Zloty das Stück am besten gefallen. Und mir (weil ich nicht immer zuerst ans Essen denke), mir haben die Blumen auf dem großen Marktplatz, die von fliegenden Händlern tagtäglich (es geht die Sage, selbst im Winter!) in riesigen Mengen feilgeboten werden, am besten gefallen. In die Striptease-Bar hatte mich ja meine Frau nicht gehen lassen.

1978

Ankunft in Rheinsberg

"Da wären wir! Uferweg 17." - Vati schaltet den Motor ab und klopft dem Trabi anerkennend auf die Armaturenbrett-Schulter: "Fein gemacht, alter Junge! 370 Kilometer und nur eine kurze Rast!"

Dann wendet er sich mit steifen Gelenken vom Fahrersitz. Sich an der geöffneten Autotür im Gleichgewicht haltend, macht er stöhnend ein paar Kniebeugen. Mutti und die beiden Kinder sind auch heilfroh, endlich aus dem sowieso schon wenig geräumigen, und nun durch allerlei Gepäckstücke zusätzlich verengten Fahrbehältnis herausklettern zu können. Mutti geht ein paar Schritte seitwärts, so als wolle sie das Anwesen rings um jenes funkelputzneue Eigenheim, in welchem sie Quartier beziehen wollen, in Augenschein zu nehmen. Hauptsächlich ist sie allerdings weniger von Neugier als von Blähungen geplagt.

Die Kinder stieben wie aus einem Käfig entsprungene Löwenjunge auf der sandigen Straße herum und brüllen sich den Frank-Schöbel-Kinder-Hit 'hurra, wir haben Ferien' von der Seele.

Ja, sie haben Ferien und freuen sich so...

Seinen eigentlichen Anfang wird der Urlaub aber erst nehmen, nachdem die Familie bereits drei 'Tage in Rheinsberg/Mark weilt.

Das Quartier, ein bescheidenes Appartement im Erdgeschoss des im Winkel zwischen dem Flüsschen Rhin und dem Waldrand der Rheinsberger Heide gelegenen, frisch eingeweihten Eigenheimes, kann für ein Ehepaar mit zwei Kindern, von vier bzw. fünf Jahren, nicht günstiger gedacht werden. Ein separater

Eingang garantiert Unabhängigkeit und Schutz vor allzu großer Nettigkeit der Quartiereltern. Das geräumige, modern, aber nicht unfreundlich eingerichtete Wohn-Schlafzimmer besitzt durch ein breites Fenster intimen Kontakt mit Sonne, Wetter, Wald und Sternen. Dazu die kleine Terrasse zum Rhin-Flüsschen hin... das blau gefliese Wasch-, Dusch- und Sitzungszimmer... eine kleine Kochnische...

"Das ist ja der blanke Westen!" - ruft Mutti entzückt aus und erntet von Vati einen vor-wurfsvollen Blick - die Kinder! Vati ist Genosse und hat irgendwie immer noch nicht den Glauben an die Möglichkeit einer sozialistischen Gesellschaft verloren.

Die Kinder entdecken gerade im Geräteschuppen ein zweisitziges Tretauto: "Das ist ein Mehrschedes" - stellt Söhnchen fachmännisch fest. "Ein Westauto!" - Töchterchen strahlt.

"West, West, West!" - stöhnt Vati - "Was ihr bloß dauernd mit dem Scheißwesten habt!"

Schon auf der Fahrt hatten die Kinder jedes vorüberblitzende Auto westlicher Bauart mit 'ah' und 'oh' begrüßt. Und Söhnchen tönte: "Wenn ich mal groß bin, will ich auch so ein schönes Auto haben. Warum hast du bloß einen Trabi, Vati?"

Vati, der schon groß ist und seinen Trabi liebt, hatte sich in beleidigtes Schweigen geflüchtet. Was hätte er auch antworten sollen?

Im Parteilehrjahr hatte mal ein Propagandist von der Stadtbezirksleitung geäußert, dass die kapitalistische Welt auch in den besten Autos ungebremst dem Abgrund zurast.

Nun ja - Vati flüchtet sich diesmal, um weiteren ost-westlichen Debatten zu entgehen, auf die komfortable Toilette.

Die Mischbatterie über dem Waschbecken, der Handtuchhalter, die Duscharmaturen - formschön und chromblinkend! "Und wenn nicht blanker Westen, dann zumindest glänzender Inter-Shop!" - denkt Vati resignierend.

In der Ruhe und Abgeschlossenheit des Örtchens kommen ihm zu allem Überfluss auch seine Zahnschmerzen zu Bewusstsein. Wenn es ein konkreter Zahn wäre, der da revoltiert... geschenkt! Aber es ist ein nicht lokalisierbarer Schmerz, der den ganzen Unterkiefer überschwemmt. Vati schickt ein Stoßgebet gegen die blauen Fliesen der Wände: "Colgate' hilf!"

Als Vati wieder draußen auf der Bildfläche erscheint, haben Mutti und die Kinder den Trabi bereits entladen und alles im Wohn-Schlafzimmer aufgetürmt. Da die Kinder erst mal Hunger anmelden, wird das Einsortieren auf später vertagt.

Die Mahlzeiten empfängt unsere Familie, wie einige hundert weiterer FDGB-Urlauber, im Speise- und Kultursaal des FDGB-Heimes 'Freundschaft'.

Wahlessen freundliche Bedienung, variable Tischzeiten... - auch von dieser Seite, wie von der schon beschriebenen Qualität des Quartiers her, sind also alle objektiven Voraussetzungen für einen erholsamen Aufenthalt in Rheinsberg gegeben. Trotzdem beginnt der richtige Urlaub erst am vierten Tag. Bis dahin spielt sich eine modern-sinfonische Ouvertüre ab - eine Disharmonie an der anderen!

Und sie spielt sich eben zufällig, wie erwähnt, in Rheinsberg/Brandenburg ab. In jenem Rheinsberg also, in welchem der Junge Fritz zwischen 1736 und 1740 den 'Schlupfwinkel' für seine unpreußischen Neigungen zu Kunst und Philosophie fand; welches Theodor Fontane zu seinen berühmten "Wanderungen" inspirierte und dem er ein gewichtiges Kapitel Aufmerksamkeit widmete; in jenem Rheinsberg also, in welchem 1957 die Vorausabteilungen der Erbauer des ersten Kernkraftwerkes der DDR eintrafen; in welchem viele Jahre vorher - 1912 - Kurt Tucholsky sein turtelndes Liebespaar, Claire und Wolfgang, aus Berlin über Löwenberg, mit dortigem Umstieg von D- auf Klein-Zug, ankommen ließ; in jenem Rheinsberg also, in welchem Prinz Heinrich, Fritzens jüngerer Bruder, von 1752 bis zu seinem Tode, 1812,   residierte und einen augenscheinlich warmblütigen Hof hielt ("Wie er die Frauen nicht liebte, so auch nicht den Wein..." schrieb Fontane).

Von Prinz Heinrich, wie auch vom Jungen Fritz und den Erbauern des Kernkraftwerkes liegen mir keine schriftlichen Stellungnahmen zum Problem ihrer Ankunft in Rheinsberg vor.

Bei Fontane finden sich folgende Passagen:

"Rheinsberg von Berlin aus zu erreichen ist nicht leicht. Die Eisenbahn zieht sich auf sechs Meilen Entfernung daran vorüber, und nur eine geschickt zu benutzende Verbindung von Hauderer (= Fuhrleute) und Fahrpost führt schließlich an das ersehnte Ziel... im Trabe... (bei unserer, unter aktueller Beobachtung stehenden Familie geschah es nicht im Trabe, sondern im Trabi) ...nähern wir uns... und fahren endlich, zwischen Parkanlagen links und einer Sägemühle rechts, in die Stadt Rheinsberg hinein.

Hier halten wir vor einem reizend gelegenen Gasthofe, der noch dazu den Namen 'Ratskeller' führt... so beschließen wir ... gewissenhaft zu proben, ob der Ratskeller seinem Namen Ehre mache oder nicht."

Diese Probe kann sich unsere Familie schenken. Der Ratskeller, zwar noch an alter Stelle unter den hohen Kastanien am Triangelplatz gelegen, bildet nur noch ein hohles, von Mäusen und Spinnen bewirtschaftetes Wrack. Und wenn Fontane im Ergebnis seiner Probe zu der Ansicht gelangte, dass der 'Rheinsberger Ratskeller" seine Besucher zwingt, ihn "zu nehmen, wie er ist", da er "seine eigene Art bilde", besitzt das auch für heutige Besucher eine zwingende Verbindlichkeit; sollte jedoch den örtlichen Räten nicht als Argument für verpasste Restaurierungsmaßnahmen abgenommen werden. Die Art, die der Ratskeller heutzutage bildet, ist nicht "nicht zu verachten", sondern durchaus! Von wegen Ratskeller - Gespenstergruft!

Und mitternächtlich zur Gespensterstunde... in einem der Zimmer des ersten Stockwerkes... vielleicht spuken sie noch immer herum... Claire und Wolfgang, wie sie sich Tucholsky ausgedacht oder erlebt hat... wer weiß... - "... es war kahl, einfach, blumig tapeziert. Holzbetten standen darin, ein großer Waschtisch, eine Vase mit einem künstlichen Blumenstrauß, an der Wand hingen zwei Pendants: 'Eroberung Englands durch die Normannen', und in gleichartigem Rahmen und symmetrisch aufgehängt 'Großpapachens 70. Geburtstag' " Oder wenn sie nicht spuken... liegen sie vielleicht in süßen Träumen beieinander... oder nicht in Träumen... jedenfalls beieinander...

So malt es sich Vati aus, als er mit Mutti das Wrack des Ratskellers in großem Bogen schaudernd umschreitet. Neidvoll. Ja, neidvoll! Ihm fehlt das Beieinander. Mutti auch.

Aber nochmal zur vormaligen eigenen Art des Ratskellers, wie sie Fontane erlebte:

"Wer nämlich um die Sommerzeit hier vorfährt, pflegt nicht unterm Dach des Hauses, sondern unter dem Dach prächtiger Kastanien abzusteigen... Hier macht man sich's bequem und hat einen Kuppelbau zu Häupten, der alsbald das Gewölbe des besten Kellers vergessen macht. Wenigstens nach eigener Erfahrung zu schließen. Ein Tisch war uns gedeckt, zwei Rheinsberger... gesellten sich zu uns, und während die Vögel immer munterer musizierten und wir immer lauter und heiterer auf das Wohl der Stadt Rheinsberg anstießen, machte sich die Unterhaltung."

Kaum angekommen und gleich guter Dinge!

Die damals vorherrschende Art des Reisens, mit Zeit und Pferd und Kutsche über holprige Straßen, mag es Fontane möglich gemacht haben, sich den Ballast des Alltags schon vor der Ankunft am Reiseziel abzurappeln, bzw. abrütteln zu lassen und sich sofort der neuen Eindrücke launig zu bemächtigen. Mit Trabi über die Autobahn hingegen... Sicher, da rüttelt es auch gehörig, aber nichts ab, sondern höchstens fest.

Andererseits mag Fontane soviel an Ballast nicht gehabt haben. Zumindest reiste er nicht in Familie und die Zeiten waren vergleichsweise gemütlich für einen Herrn seines Standes.

Tucholskys Paar, das aus dem doch schon recht hektischen Berlin der ersten Vorweltkriegszeit mit der immerhin schon gutgefederten Eisenbahn angereist war, hatte ebenfalls wenig Mühe mit der Ankunft:

"Noch brausten und dröhnten in ihnen die Geräusche der großen Stadt, der Straßenbahnen, Gespräche waren noch nicht verhallt, der Lärm der Herfahrt... (man halte sich dagegen den Lärm in einem mit 90 - 100 km/h über die Autobahn hopsenden Trabi vor Ohren!!!) ...der Lärm ihres täglichen Lebens, den sie nicht mehr hörten, den die Nerven aber doch zu überwinden hatten, der eine bestimmte Menge Lebensenergie wegnahm, ohne dass man es merkte... Aber hier war es nun still, die Ruhe wirkte lähmend, wie wenn ein regelmäßiges, langgewohntes Geräusch plötzlich abgestellt wird. Lange sprachen sie nicht, ließen sich beruhigen von den schattigen Wegen, der stillen Fläche des Sees, den Bäumen..."

Nach einer relativ kurzen Phase der Wortlosigkeit fanden Claire und Wolfgang wieder zu ihrem neckischen Geplapper zurück. Doch für unser Ehepaar sind es nicht nur der abrupte Wechsel von Lärm auf Stille und jenes beklemmende Nachzittern der Nerven in die Stille hinein, die die ersten Urlaubstage überschatten - um ihren Zustand in ein Bild zu bringen, könnte man an den beliebten Kinderunsinn erinnern: Ein Kind wird in die Mitte genommen und dreht sich mit Unterstützung der anderen schnell und immer schneller um die eigene Achse, bis er plötzlich gestoppt wird... und dann kein Gleichgewicht findend herumtorkelt oder gar auf den Boden stürzt.

Vati dreht sich in einem Baukombinat als Produktionsingenieur. Abgesehen von unvermeidbaren Überstunden bringt er sich schon in den normalen acht Stunden täglich zwischen Telefonen, Besprechungen, Materialproblemen, Havarien und größeren Katastrophen auf Hochtour. Mutti wirbelt zwischen Bildschirmrechner, fehlenden Rechenzeiten, Programmfehlern, Anwenderforderungen und internationalem Rückstand. Von gesellschaftlicher Tätigkeit, nörgelnden Kindern und Haushaltallerlei erhalten beide zusätzlichen Drall.

Solange man sich dreht, und sei es noch so rasend, hat man sich in Gewalt, nach dem Stopp tritt doppelter Missmut ein - Missmut, dass man sich so rasend drehen ließ, und Missmut, dass man den Drehungen nachträglich solchen Tribut zollen muss. Und von diesen Empfindungen wird man eingepuppt.

Sie sind eine Rüstung, aus der man nicht herausklettern kann. Vati nicht, Mutti nicht. Man geht neben dem anderen, sehnt sich nach ihm, möchte ihn berühren, möchte mit ihm lustig und albern sein, aber man ist in sich gefangen. Und weil man sich darüber ärgert, ist man abweisend, schroff und launenhaft.

Außerdem mögen bei unserem Ehepaar die sieben Ehejahre erschwerend für die Ankunft gewirkt haben. Tucholskys Frischverliebte suchten sich einer im anderen zu finden, wie es alle Verliebten mit Vehemenz seit eh und je tun.

"Du bis min, ich bin din..." - wurde schon um 1100 gedichtet. Diese edle Selbstaufgabe schützt nicht vor Blindheit (man glaubt nicht, in wen man sich unter günstigen Umständen so alles verlieben kann!), aber sie schützt, solange sie in schönster Blüte prunkt, vor Nabelschau, Selbstzerfleischung und anderen egozentrischen Seelenwehwehchen.

Doch dieser sinnenbetäubende Rausch vergeht wie jeder andere. Stück für Stück holt man sich vom anderen zurück. Nichts mehr mit dem großzügigen Geschenk 'ich bin din'.

Nach sieben Jahren Ehe... - nein! ...da muss die Liebe trotzdem nicht tot sein.

Muss nicht! Und wenn sie noch lebt, dann wohl deshalb, weil sich die Liebenden nicht mehr einer im anderen suchen, sondern wieder in sich selbst. Aber darüber hinaus erlebt und begriffen haben, dass zu ihrem 'selbst' der andere gehört - als Stütze, Beichtvater, Beruhigungsmittel, Komplize, Rauschgift, Lotse, Pulswärmer, Herzschrittmacher... als Partner.

Ohne den anderen kann man nicht 'selbst' sein. Doch wer sein 'selbst' nicht hat, kann den anderen nicht finden. Und wenn beide ihr 'selbst' verloren haben, oder besser gesagt, momentan nicht finden können...

Man könnte von Dialektik oder von einem Teufelskreis sprechen. Die ersten drei Tage unseres Ehepaares in Rheinsberg waren beredtster Ausdruck dafür. Und wären die beiden Kinder nicht gewesen... - Vati hätte wahrscheinlich das Quartier nur zum Bierholen verlassen, und Mutti wäre wieder nach Hause gefahren. Aber die Kinder... und die wollen baden gehen.

"Wo hast du denn meine Badehose hingeramscht?", fragt Vati vorwurfsvoll.

Wir halten zirka zwei Stunden nach der faktischen Ankunft unserer Familie im Quartier. Der Wunsch der Kinder nach Wasser spricht auch aus den von den Anstrengungen der Reise und der Hitze des Tages verschwitzten Herzen der Eltern. Nachdem die Urlaubsutensilien grob in den Schränken verstaut sind, will man zum Strandbad aufbrechen. Aber... - wo ist Vaters Badehose?

"Was geht mich deine Badehose an?", fragt Mutti zurück.

"Hab ich die Koffer gepackt, oder du?!"

"Hättest du deine dämliche Badehose rausgelegt, hätte ich sie eingepackt".

"Wieso ist meine Badehose dämlich? Und... sag bloß, du willst diesen affigen grünen Bikini anziehn!"

"Wieso ist mein Bikini affig?!", äfft Mutti Vati nach.

Söhnchen schlägt sich auf Muttis Seite: "Mir gefällt dein Bikini, Mutti."

Töchterchen bohrt aus gegebenem Anlass an einer alten Stelle: "Ich will auch einen Bikini haben. Ihr habt es mir versprochen!"

Vati setzt sich wütend aufs Bett und brüllt: "Dann gehen wir eben nicht baden!"

Über die Kinder bricht einhelliges Unglück zusammen und es fließen auch ein paar Tränen.

"Na, schön" - Vati will ja auch zu gern ins kühle Nass - "kaufen wir eben einen Bikini und eine Badehose. Wir haben es doch! Ha! Wer, wenn nicht wir!"

Der Sarkasmus sticht Mutti in die Nase: "Und wir hätten noch mehr, wenn du nicht rauchen würdest!"

"Und wenn du Pralinen und Schokolade nur kilo- und nicht zentnerweise vertilgen würdest ", faucht Vati.

Natürlich fühlen beiden den Irrwitz der Situation und es hätte nur eines winzigen Ventils bedurft, aber leider...

"Na, los! Macht hin, sonst wird es dunkel, bevor wir am Wasser sind!"

Mehr an Friedfertigkeit ist bei Vati nicht drin.

Mutti presst die Lippen aufeinander, weil sie mit der, ihr schon auf der Zunge lauernden Bemerkung nicht die Badeaktion gefährden möchte. Sie lechzt nach dem Wasser.

Das Rheinsberger Strandbad befindet sich nördlich der Stadt am Grienericksee, dem sich der Rheinsberger See nach Norden hin anschließt. Nun ist es ja gewiss nicht ausgesprochen logisch (und gar nicht hydrologisch), dass Rheinsberg nicht am Rheinsberger See, sondern am Grienericksee liegt, aber es ist so. Generationen von Einheimischen und Touristen haben sich einfach dreingeschickt.

Vati jedoch gelingt es, sich über diesen Mumpitz, wie er es nennt, rechtschaffend zu empören. Als mildernden Umstand müssen wir ihm allerdings den soeben überstandenen Kauf einer Badehose für 35 Mark und eines Kleinmädchenbikinis für 21 Mark anrechnen: Auswahl war vorhanden - entweder oder!

Die Verkäuferin war beschäftigt und zeigte nur widerwillig Bereitschaft, ihr Gespräch mit der Kollegin vom benachbarten Gemüseladen zu unterbrechen; und die Preise... für die paar Fetzen!

Und dann liegt Rheinsberg nicht am Rheinsberger, sondern am Grienericksee! Da soll doch einer dreinschlagen!

Mutti war von dem Einkaufsvorgang nicht sonderlich bewegt worden. Sie ist durchtrainiert. Ihr obliegt es in der Familie seit jeher, Schuhe und Kleidung für die Kinder sowie sonstige Raritäten zu beschaffen. Vater hingegen, der diesen Stress nicht gewohnt ist... und dann das Strandbad am Grienericksee!

"In dieser Dreckbrühe soll ich baden?!"

Dabei ist das Wasser des Sees gegen die Wässer der Berliner Seen beinahe als aqua destillata zu verkennen."

"Und überall diese Schwanenschei..."

"Vati, Scheiße sagt man aber nicht!", erinnert Söhnchen.

Töchterchen gibt Mutti Meldung: "Mutti, Vati hat Schwanenscheiße gesagt!"

Mutti: "So was sagen nur ordinäre Leute".

Vati lässt sich in einen der Strandkörbe fallen und zischt: "Ihr könnt mich mal!"

"Solln wir dich killern?", fragt Söhnchen nach.

"Hau ab!", raunzt ihn Vati an und hat dabei die größte Wut auf sich selbst.

Bald tummeln sich die Kinder im Wasser. Mutti steht Aufsicht führend mit den Füßen drin und fröstelt. Da kommt Vati in der neuen Badehose (nach gigantischem Kampf gegen seine schlechte Laune) elastisch herangestürmt und stürzt sich in vollem Tempo unter Beifall der Kinder in die Fluten. Mutti bekommt einige Spritzer ab - iiiih!

Als Vati prustend und für seine Überwindung anerkennende Blicke erwartend auftaucht, faucht Mutti ihm ihre Begeisterung entgegen: "Jetzt sind wohl die letzten Sicherungen durchgebrannt! Unmöglich!"

Es ist nichts zu machen. Vati schwimmt verbiestert einige kleine Runden innerhalb des abgegrenzten Badebereiches. Mutti wechselt den nassgespritzten Badeanzug gegen den grünen Bikini.

Im weiteren Verlauf des Nachmittags bis zum 'Sandmännchen' fällt kein Wort zwischen den Erwachsenen. Und wenn nicht die Kinder dauernd etwas zu plappern und zu fragen hätten... ja, wenn nicht die Kinder!

Ein altes Sprichwort geht - Kleinkinderschiet, das ist der beste Ehekitt - oder so ähnlich. Was aber, wenn die Kinder größer geworden nur noch individuell 'schieten'? Wenn sie sich endgültig von den Eltern abnabeln möchten? Wenn sie ihr eigenes Leben beginnen?

Die Kinder unseres Ehepaares sind zum Glück noch nicht in dieser fortgeschrittenen Entwicklungsphase. Auch wenn sie nicht mehr in die Windeln 'schieten', so kitten sie in Notfällen durch Hilfs-, Liebes- und andere Bedürftigkeiten doch noch ganz zuverlässig. Immer wieder treiben sie ihre Eltern unbewusst aufeinander zu. Wie zum Beispiel an diesem ersten Abend des Urlaubsaufenthaltes:

Um den Kindern das Einschlafen zu erleichtern, scheint es Vati angebracht, das Quartier auf ein Stündchen zu verlassen. Er überwindet sich und richtet eine entsprechende Frage an Mutti: "Ob wir vielleicht spazieren gehn, bis die Kinder eingeschlafen sind?"

Mutti, der dieser Vorschlag hinsichtlich ihrer Blähungen sehr gelegen kommt, stimmt zu: "Wenn du meinst".

Sie gehen den Weg, der sich zwischen Rhinflüsschen und Waldrand Richtung Rheinsberger Heide hinschlängelt. Dass sie Hand in Hand gehen, ist teils Gewohnheit, teils ein Quäntchen Demonstration guten Willens, wie es im Diplomatenjargon heißt, wenn sich Vertreter unversöhnlich gegenüberstehender Parteien miteinander einlassen.

Von links aus dem Wald strömt der Duft von Pilzen. Rechts der Rhin-Fluss stinkt nicht (oder er tut es zum anderen Flussufer hin). Auf einer Koppel tummeln sich zwei Ponys. Am Horizont fackelt die untergehende Sonne ein Feuerwerk von Abendrot ab. Auf einer ausgedehnten Lichtung, die bereits von lockeren, vom Rhin herüberziehenden Nebelschwaden überhaucht ist, steht ein Rehbock.

"Wenn's gemalt wäre, würde man Kitsch dazu sagen", flüstert Mutti ergriffen.

Der Rehbock steht versteinert und schaut die beiden Menschen mit einem Blick unendlicher Gelassenheit an. Vati und Mutti halten den Atem an. Eine ganze Weile, noch eine Weile, dann neigt der Rehbock den Kopf etwas nach links, dreht sich und springt in plötzlicher Eile davon.

"Der war nicht aus Gips", sagt Vati. Mutti nimmt die Anspielung auf: "Schade, ich hätte ihm gern einen Stips gegeben. Es war ein hübscher Kerl".

Vati wagt ein Scherzchen: "Bloß, man hatte ihm Hörner aufgesetzt".

Mutti bleibt im Bild: "Dann war's kein flotter Bock. Hörner kriegen nur lahme Böcke aufgesetzt".

Diese Tatsache mag biologisch völlig wertfrei und von gewisser Bedeutung für die Gesunderhaltung der Art sein, aber Vati sind weitere Scherzchen vergangen - lahme Böcke kriegen Hörner aufgesetzt! Vati fühlt sich lahm.

"Aha! Und dein Kollege, dieser Hubert, der dauernd fremd läuft, wie du immer erzählst, das ist ein flotter Bock. Und so einer wird bewundert. Je mehr er den lahmen Böcken Hörner aufsetzt, desto mehr".

Mutti ist über Vatis Gedankensalto echt überrascht: "Wie kommst du denn auf Hubert?"

"Na, weil er doch wohl ein flotter Bock ist. Und weil du dich für den begeisterst".

"Nun bleib auf dem Teppich!" - Mutti entzieht Vati ihre Hand - "Ich, für den begeistert?! Der tut doch bloß so, als wäre er flott".

"Ach, wie schade für dich! Herzlichstes Beileid!"

Mutti stocken die Füße: "Flotter als du ist er aber noch allemal!"

Nun erstarrt Vati kurzzeitig zur Salzsäure: "Lass dich doch scheiden, wenn ich dir zu lahm bin!" - spricht es und geht seines Weges zurück zum Quartier.

Mutti folgt mit doppeltem Sicherheitsabstand. Keiner von beiden kann sich erklären, was er am anderen jemals liebenswert finden konnte.

Ja, was liebt man eigentlich am anderen?

Sagen wir - man liebt am anderen, dass er vor Einsamkeit schützt, dass er zuhört, wenn man sprechen muss, dass man sich mit ihm sehen lassen kann, dass man mit ihm schlafen kann, dass er da ist, wenn man jemand braucht... man liebt am anderen das, was er gibt, wenn einem gerade etwas fehlt; man liebt die Ergänzung zum eigenen Ich - wenn man überhaupt liebt! Oder?

Tucholsky sinniert in 'Rheinsberg', dem 'Bilderbuch für Verliebte' wie es im Untertitel heißt, über den Unterschied von Verliebtheit und Liebe:

"Viel, fast alles auf der Welt war zu befriedigen, beinahe jede Sehnsucht war zu erfüllen - nur diese nicht. Was war, von oben betrachtet, ein Liebender? - Ein Narr. Wenn sich ihm das geliebte Herz eröffnete, schwieg er, satt und zufrieden. Ganze Literaturen wären nicht, riegelten die Mädchen ihre Türen auf... Ein Amoroso war zu befriedigen, gebt ihm das Weib, das er begehrt, und der tönende Mund schweigt. Was gibt es, u n s zum Schweigen zu bringen?"

U n s , die wir "die Sehnsucht nach der Erfüllung" besitzen.

Und am Ende seiner Überlegungen steht bei Tucholsky der Satz: "Sie kann nicht befriedigt werden..."

Unser Ehepaar ist eigentlich überzeugt, dass sich diese Sehnsucht erfüllen kann. Oft schon hatten sie gespürt, dass der andere die 'liebenswürdige' Ergänzung zum eigenen Ich sein kann. Aber nun wieder dieser himmelstürzende Rückfall in Rheinsberg!

Oh, ja! Sie kann nicht befriedigt werden diese Sehnsucht - jedenfalls nicht ein für allemal. Das Meer hat Ebbe und Flut. Am

Ende des ersten Urlaubstages ist bei unserem Ehepaar Ebbe. Aber wie macht man Flut?

Über Partnerschaftsprobleme nachzudenken, ist eine alte Mode. Sinnvoll aber eigentlich erst heutzutage. Wie gering war doch die Chance der Frauen früherer Generationen, mehr als nur begehenswert zu sein, über weibliche Reize hinaus etwas geben zu können. Und wenn eine mehr als ein hübsches Gesicht, straffe Brüste und ein lockendes Hinterteil hatte, dann war es solch 'begabter' Frau doch nur selten gegeben, einen entsprechend begabten Mann zu kriegen. Das heißt, Mann vielleicht (wenn sie es sich auf Basis ihres sozialen Status leisten konnte), aber Ehemann...?

Und das gilt natürlich auch für die andere Seite: Frau vielleicht, aber Ehefrau...?

Goethe hatte die Frau von Stein und seine Christiane Vulpius. Frau von Stein hatte Goethe und den Herrn von Stein.

(Apropos Goethe - nehmen wir die ' Wahlverwandtschaften ' als weiteres Exempel zum Problem!)

Ludwig XV. von Frankreich hatte seine Marquise de Pompadour und irgendeine Adlige zur Gattin. Ob die Pompadour umgekehrt den Ludwig hatte, als ihren angemessenen, begabten Partner...?

Marx hatte...? ... Engels, seine Wissenschaft und seine Jenny.

Und der Fischer war mit seiner 'Fru' gestraft.

Aber der 'kleine Mann' hatte sein 'Lämmchen'.

Ob die aufgezählten Paare wahrhaftig in Nehmen und Geben so zueinander standen, wie eben konstruiert, sei dahingestellt. Aber die praktischen und theoretischen Versuche, die Hohlräume des eigenen Ich mit Geliebten, mit Freunden, mit dem Ehepartner auszufüllen, ziehen sich durch die Geschichte und die Literatur.

Was wäre übrigens geworden, wenn Romeo seine Julia bekommen hätte?

Tucholsky zitiert Alfred Kerr im Vorspann seines ' Bilderbuches für Verliebte ': " ...das beginnt nach der Liebeserfüllung; nicht vorher. Da entfalten die Seelen ihre volle Stärke, nicht vorher. Da geht der Kampf in voller Rüstung, nicht vorher. Da stehen die Charaktere auf gleichem Feld, nicht vorher. Da sind die Schranken zwischen zwei Menschen dahin, da erst, nicht vorher".

Romeo wäre vielleicht nach der 'Liebeserfüllung' fremdgegangen, und Julia ein Hausdrachen geworden. Oder umgekehrt.

Tucholskys Claire und Wolfgang befanden sich zweifelsohne noch im elysischen 'Vorher' . Auch wenn sich da schon einiges erfüllt hatte, aber der Kampf auf dem 'gleichen Feld' des Alltags, im Brackwasser des Hafens, den unser Ehepaar seit sieben Jahren führt...

Also, wie macht man Flut?

Der zweite Urlaubstag beginnt mit stiller See. Über Nacht haben sich die Wellen beruhigt.

Mutti, in deren Bett die Kinder bereits gegen 6 Uhr eingedrungen sind, fragt, als Vati gegen

7 Uhr erste Lebenszeichen gibt, mit Nach- und Vorsicht: "Möchtest du jetzt mit uns aufstehen, oder sollen wir dir vom Frühstück etwas mit herbringen?"

Ein wahrhaft edelmütiges Angebot, welches Vati desto versöhnlicher stimmt, je mehr ihm die Erinnerungen an den vergangenen Tag aufsteigen. Er hat die Friedensbotschaft vernommen und verspricht sich, alles Menschenmögliche zu einer Veränderung der Großwetterlage zu leisten. Man hat doch nur einmal im Jahr Urlaub!

Er besiegt also seine Faulheit und sagt: "Nein, nein - ich gehe selbstverständlich mit".

"Du könntest dich mal richtig ausschlafen", gibt Mutti zu bedenken. Vati reckt und streckt sich: "Ich bin munter wie ein Fisch im Wasser!" "Wie du willst", sagt Mutti und ist, sie will es selbst nicht fassen, eingeschnappt. Da hat sie ihm so ein feines Angebot gemacht ...und er? Er lehnt einfach ab!

Die Kinder haben sich mittlerweile über Vati hergemacht und versuchen ihn auszukitzeln. Und irgendwie zwischen Prusten und Lachen steigt ihm der Schalk ins Genick und er fragt: "Oder wollt ihr mich los sein?!"

Peng! Mutti, die schon im Bad am Waschbecken steht, klatscht den nassen Waschfleck auf den Boden: "Ich wollt dir nur einen Gefallen tun. Entschuldige bitte!"

Diesen Ton hat Vati auch drauf: "Bitte, bitteschön! Bleib ich eben hier!"

Mutti: "Rutsch mir den Buckel runter".

Töchterchen: "Ich will auch hier bleiben!"

Söhnchen: "Los, wir spielen Old Schepperhemd und Winnetou. Muttis Bett ist unser Wigwams".

Das geht natürlich nicht. Ordnung muss sein - zumindest für die Kinder. Vati nimmt seine erzieherische Verantwortung wahr und kommandiert: "Raus aus den Betten, ihr Indianer! Wir ziehen geschlossen zur Büffeljagd".

Und auf dem Weg zur Büffeljagd (sprich - vom Quartier zum FDGB-Heim) gibt es viele Abenteuer zu bestehen. Dauernd geraten Vati und seine Krieger in irgendwelche Hinterhalte der bösen Bleichgesichter. Am Bahnhof, wo es gilt, die Gleisanlagen verlustlos zu überqueren, tappen sie beinahe in eine Falle. Aber sie können, dank ihrer pfeilschnellen Mustangs, gerade noch unter den sich senkenden Schranken hindurch in das Tal der heulenden Wölfe entkommen. Mutti wird eine Beute der ruchlosen Killer. Sie steht allein an der Schranke und wartet fast zehn Minuten, bis endlich eine kleine Rangierlok vorüber tuckert und die Schranke den Weg freigibt. Hatte sie sich schon vorher ausgeschlossen gefühlt, so wächst in diesen zehn Minuten das Gefühl der Vereinsamung zu einem Felsbrocken erster Güte, der ihr die Seele abklemmt. Der von Hurrageheul begleitete Freudentanz der Indianer, welcher ihrer unbeschadeten Ankunft im rettenden Tal der heulenden Wölfe gilt, kommt zu spät.

"Könnt ihr euch nicht wie normale Menschen benehmen?!"

Nun gibt es für Vati zwei Möglichkeiten - entweder Muttis Vorwurf einfach überhören...

Er greift zur zweiten Möglichkeit und tut dumm. Die Kinder, die nicht so plötzlich aus ihrer Indianerhaut herausschlüpfen können, werden mit Kopfnüssen und strengen Worten aus den Jagdgründen der Prärie auf den Boden von Rheinsberg zurückbefördert: "Schluss jetzt! Mutti schämt sich mit uns!"

Dass die Hoffnung auf Flut für diesen Tag begraben werden kann, ist klar. Auch wenn sich Mutti jetzt sagt, dass es doch eigentlich prima war, wie Vati mit den Kindern...

Auch wenn sich Vati seine Empfindlichkeit vorwirft...

Wie zwei Erdhörnchen, gerade willens aus ihren Höhlen her-
auszulugen, hat sie ein Regenschauer verschreckt. Sie hocken in
der Nähe des Ausgangs und beobachten misstrauisch das Ter-
rain. Beim Frühstück herrscht beherrschte Höflichkeit:

"Würdest du mir bitte die Butter reichen".

"Bitte".

"Danke".

"Soll ich dir Kaffee nachschenken?"

"Ja, bitte".

"Bitteschön".

"Danke".

"Wie wäre es mit einem Spaziergang durch die Stadt zum
Schloss?"

"Ja, zum Schloss! Wo der böse Zauberer wohnt!" - Töchterchen
jubelt, Söhnchen meint: "Im Schloss wohnt der König, stimmt's
Vati?"

"Also, in dem Schloss hier hat früher wirklich ein König gewohnt. Und auch ein Prinz".

"Und Prinzessinnen?"

"Auch Prinzessinnen!", sprach Vater im Brustton der Überzeugung.

"Na, auf denn! Aber zuerst zur Toilette Händewaschen!" - Damit gibt Mutti ihre Zustimmung zu Vatis Vorschlag, durch die
Stadt zum Schloss zu spazieren.

Rein meteorologisch steht ein strahlendblauer milder Spätsom-
mertag an. Schäfchenwolken, ein laues Windchen, erstes Gold
in den Bäumen. Auf der Straße der Jugend, die vom FDGB-
Heim bis zum Karl-Liebknecht-Platz (Triangelplatz) vor dem

Diabetikersanatorium 'Helmut Lehmann' (Rheinsberger Schloss) führt und die Magistrale bildet, ist reges Begängnis. Unsere Familie lässt kein Schaufenster aus. In den Aushängen der örtlichen Filmlichtspiele tritt ihr die gewachsene Weltoffenheit des Landes deutlich entgegen. Die beiden pinguingroßen Gipseisbären nebenan im Fenster der Eisdiele, die wohl zum Eisschlecken animieren sollen, wirken wie aus einem besonders weltoffenem Schauerstück des Kinos entsprungen. In einem grässlich roten Maul zeigen sie gefährlich weiße Zähne, in ihren Augen blitzt menschenfresserische Gier und in den Pranken halten sie im spitzen Waffeltütchen ein bluttriefendes Eis.

Mutti schaut auch in dieses oder jenes Geschäft hinein - na, womöglich gibt es in Rheinsberg etwas, was es zu Hause gerade nicht gibt!

Bei Bäckermeister Horst Steffen kann sie den Streuselschnecken nicht widerstehen. Und aus der Adler-Apotheke, gegenüber dem August-Bebel-Platz (Kirchplatz) kommt sie wahrhaftigen Gottes mit fünf Päckchen Papiertaschentüchern heraus. Freudestrahlend!

"Wenn du nochmal reingehen würdet, hätten wir für die nächste Grippewelle ausgesorgt", bittet sie Vati.

Vati versteht nicht: "Warum hast du denn nicht gleich mehr genommen?"

Mein Jeh, was sind die Männer blöd! Mutti erklärt aber im Interesse der Sache ganz ruhig: "Weil pro Nase nur fünf Päckchen abgegeben werden".

"Wieso?"

"Damit keiner hamstern kann".

Das leuchtet Vati ein. Gegen Hamstern ist er aus Prinzip. Wenn er an das Waschmittellager bei Schwiegermutter denkt... oder als ihm ein Kollege voll Stolz in seiner Zweitgarage über 20 neue Trabantreifen vorwies...

Nur weil er keinen Konflikt mit Mutti heraufbeschwören will, betritt er die Apotheke. Er ist der einzige Kunde.

"Was darf's sein?"

"Ja, äh - fünf Päckchen... äh, Papiertaschentücher, bitte".

Die attraktive Apothekerin bringt Vati mit ihrem luftigen Kittel und mit dem dunklen Blick leicht in Verwirrung. In schwere dann, als sie fragt: "Die Frau da vorm Fenster mit den beiden Kindern gehört wohl nicht zu ihnen?"

Er ist ertappt. Sein Gesicht verfärbt sich ins Rötliche. Unter Aufbietung eines letzten Restes von Galgenhumor verzieht er sein Gesicht zu einem Lächeln: "Bisweilen", antwortet er doppelbödig. Die Antwort fällt auf fruchtbaren Boden. Die Leichtbekittelte bückt sich untern Ladentisch, wobei Vati tiefere Einblicke in das Apothekerinnendasein gewinnt, und holt komplizenhaft grienend fünf Päckchen hervor.

Mutti überlegt draußen inzwischen, ob man nicht auch noch die Kinder reinschicken sollte... womöglich braucht die Schwiegermutter in Erfurt... oder die Kolleginnen...

Es ist höhere Eingebung, dass Mutti den Gedanken fallen lässt. Vati kehrt moralisch völlig geknickt auf die Straße zurück und hätte für Muttis Weitblick kein Verständnis aufbringen können.

"Jetzt brauch ich ein Bier", stöhnt er erleichtert auf, nachdem die heiße Ware in Muttis grünem Dederonbeutel verschwunden ist.

In mancher Beziehung will Vati einfach nicht in diese Welt passen. Wir haben ja bereits erlebt, wie ihm die völlig normalen Umstände beim Kauf der Badehose und des Bikinis gegen den Strich gingen. Und überhaupt - als Mann vom Bau hat er es zum Beispiel nicht mal zu einer massiven Datsche gebracht! Oder... erst, als er den Trabi bekommen hatte, füllte er eine neue Bestellkarte aus! Und seit Jahr und Tag gibt er sich mit nur drei Fernsehprogrammen zufrieden!

Weltfremd wäre allerdings für ihn nicht der rechte Ausdruck. auch nicht, wenn wir die DDR als Nabel der Welt anerkennen. Vielleicht ist Vati nur ein wenig... sagen wir... na, ist im Prinzip egal! Im Moment ist er hauptsächlich durstig.

Da die Kinder auch Durst anmelden, erinnert sich Mutti, die durch die erbeuteten zehn Päckchen Papiertaschentücher gnädig gestimmt ist, bereitwillig: "Wir sind doch vorhin am 'Rheinsberger Hof' vorbeigekommen."

Kehrt marsch! Doch im Fenster neben dem Eingang hängt ein Schild: Wegen Urlaub geschlossen!

"Na, so was!" - wundert sich Vati in seiner DDR-fremden Art - "Es herrscht doch noch Urlauberhochbetrieb."

Ganz in der Nähe auf der anderen Straßenseite entdecken sie ein weiteres, zum Glück geöffnetes Lokal: Friedensklause!

"Ein großes, ein kleines Bier und zwei Fassbrausen, bitte".

Sie werden prompt bedient, so dass Vati im ersten Schreck denkt, die 'Friedensklause' wäre privat. Aber sie ist HOG.

Nach dem dritten tiefen Schluck entspannt sich Vatis zerknittertes Gesicht. Mutti empfindet wieder rührenden Stolz auf die Kinder, die so wohlerzogen am Tisch sitzen und brav ihre Brause schlürfen. "Was haben wir doch für nette Kinder!", raunt sie

Vati ins Ohr. Ein Hauch von Frieden bereitet sich über ihrem Tisch in der 'Friedensklause' aus. Nomen est omen, wie der Engländer sagen würde. Vati zündet sich noch ein Zigarettchen an, für Mutti und die Kinder wird Pfirsichkompott serviert. die Kellnerin streicht Töchterchen übers Köpfchen und wünscht sich - "solche schönen Locken!", Söhnchen erzählt wie es spannend war, als im Kindergarten Feueralarm geprobt wurde. An der Wand neben der Theke entdeckt Vati einen gerahmten Sinnspruch: Je böser das 'Weib, je schöner die Kneip. Er grient in sich hinein, stößt Mutti mit dem Ellbogen leicht in die Seite - "Da, lies mal!"

Kaum, dass er es gesagt hat, erstirbt sein Grienen. Er ahnt - der Spruch wird in Muttis Fettnäpfchen landen. Je böser das Weib...

Seine Ahnung trügt nicht. Mutti liest, zuckt verächtlich die Schulter und zeigt Vati den Giftzahn: "Danke für die Blumen".

Vati beteuert: "Ich hab's doch nicht so gemeint. Ich fand's bloß lustig".

"Ich auch".

"Verstehst du denn gar keinen Spaß?!"

"Ich könnte mich ausschütten vor Lachen".

Nun bitten zwar die Kinder, auch lachen und sich ausschütten zu dürfen, doch sie können den Friedenshauch mit ihrer humoristischen Einlage nicht festhalten - der ist schon durchs offene Fenster entfleucht.

Jaja, die Umwelt, zu der ein gerahmter Sinnspruch ebenso wie eine Apotheke oder ein Textilgeschäft gezählt werden muss, beeinflusst den Menschen (das wissen wir seit Marx), aber auch die zwischenmenschlichen Beziehungen, wie wir deutlich erkennen können.

Vati ruft energisch: "Chefin, zahlen!"

Die verdutzte Kellnerin blafft zurück - "Immer mit der Ruhe!" - und lässt sich nun ausgiebig Zeit. Als sie endlich kommt, ist Vati in kriegerischer Stimmung und lässt sich auf den letzten Pfennig herausgeben. Das kann die Friedenskellnerin bei ihrem Gesamtaufkommen an Trinkgeldern lächelnd verschmerzen, aber es fuchst sie. Noch ahnt sie nicht, wie nahe die Stunde ihrer Rache schon ist.

Der Aufbruch erfolgt fluchtartig und grußlos.

Auf der Magistrale wieder das Gewimmel der Kur- und Urlaubsgäste.

In Mutti bohrt das Selbstmitleid: Was tu ich nicht alles für ihn! Und er... ? Böses Weib! So was nennt sich Urlaub. Und dann, gleich nach dem Urlaub dieses Symposium, wo ich - oje, oje - warum hab ich nur diesen Vortrag übernommen! Rechnergestützte Konstruktion - wenn ich wenigstens das Ausgabeprogramm zum Laufen kriegen könnte... Muttis innerer Kreisel ist wieder in Schwung geraten.

Vatis Rädchen drehen sich knirschend in der Asche des friedlichen Vormittags: Wenn's so weitergeht, kann ich mich wenigstens richtig auf die Arbeit freuen!

Erst als unsere Familie wieder den August-Bebel-Platz erreicht hat, bemerkt Mutti, dass ihr grüner Dederonbeutel fehlt. Die Beute! Zehn Päckchen Papiertaschentücher! Sie erschrickt tödlich.

"Was man nicht im Kopf hat... " - Vati kann seine Zunge mit knapper Not zügeln.

"Wir schaun inzwischen mal zur Kirche hin", sagt er stattdessen. Das ist rein informativ und kommt bei Mutti erstaunlicherweise auch so an. Sie eilt in innerlichem Aufruhr zurück zur Friedensklause.

Von ihrem Slalomsprint durch die Menge der Spaziergänger ziemlich außer Puste stürzt sie durch die Eingangstür, rennt um ein Haar die Kellnerin samt Tablett voller voller Biergläser über den Haufen und wird am Tisch von vorhin vom Donner gerührt - der Beutel, den sie an die Lehne ihres Stuhles gehängt hatte, ist fort.

Der junge Mann, der jetzt auf Vatis Platz sitzt, zuckt auf die Frage nach einem grünen Dederonbeutel die Schulter: "Wat geht mir ihra grüna Beutel an, Frau?!"

Zu allem entschlossen wirft sie sich der Kellnerin, die sich mit einem Tablett voller leerer Gläser nähert, in den Weg: "Mein grüner Dederonbeutel... haben sie vielleicht meinen..."

"Gehn sie aus dem Weg" - fährt ihr die verärgerte Kellnerin über den Mund - "Sehn sie denn nicht, dass sie mir jetzt zum zweiten Mal eine Unfallgefahr sind!"

Mutti schaltet sofort auf reumütige Demut: "Entschuldigen sie bitte, aber mein grüner..."

Die Kellnerin deutet mit Nachdruck auf ein Schild und entschwindet in die Wirtschaftsräume hinter der Theke. Oh, süße Rache!

"Auf Garderobe haben die Gäste selbst zu achten!"- verkündet das Schild.

Na, so schnell gibt Muttern nicht auf, nicht, wenn es um zehn Päckchen glücklich erbeuteter Papiertaschentücher geht! Sie stellt sich provokativ neben die Theke. Ein Mahnmal des grünen Dederonbeutels, sozusagen. Mal wird sie nach links abgedrängt, mal nach hinten, doch sie lässt sich nicht verdrängen.

Während Mutti ihre Mahnwache an der Theke der Friedensklause hält, umrunden Vati und die Kinder die Rheinsberger Kirche.

Neben der kleinen Tür im Kirchturm ist in einem Aushangkasten ein frommer Wunsch zu lesen: "Gott gebe Ihnen, dass Ihnen die Zeit in Rheinsberg zur Freude und zum Segen werde".

Vati murmelt ein inbrünstiges Amen.

Ansonsten - mal abgesehen von der Sonnenuhr hoch oben an der Wand des Kirchenschiffes, deren Wirkungsweise den Kindern zu erklären Vati viel Mühe bereitet - finden alle drei die Kirche langweilig. Dass Fontane diesem grauverputztem, beinahe schmucklosen Feldsteinbau, der in Teilen aus dem 14. Jahrhundert stimmt, ein ganzes langes Kapitel Aufmerksamkeit in seinen 'Wanderungen' widmete, lag auch weniger an der Architektur, sondern an einigen Innereien.

Dem Erzpreußen Fontane, der die "kurbrandenburgische Derbheit" am Alten Fritz "all seiner Voltaire-Schwärmerei zum Trotz", so deutlich erkannte und bewunderte, stach besonders der Gegensatz zwischen der urigen Bredow-Epoche (16. Jahrhundert) und der französisierenden Prinz-Heinrich-Epoche (1744 - 1802) ins Auge:

"In Schloss und Park stören die französischen Inschriften nicht, wohl aber h i e r in der Kirche, darin deutsche Kunst und deutsche Sprache längst vorher Hausrecht geübt hatten".

In der Inschrift des Grabmonumentes des Joachim von Bredow trat Fontane "die ganze Kernigkeit jener großen Zeit entgegen":

"O frommer Christ, urteile mild,

Der du anschaust dieses Bild.

Fragst du, wer ich sei im Grab?

Gewesen bin ich und itzt ab..."

Es folgen noch zwei kernige Strophen.

Im Vergleich dazu sind dem Fontane die französischen Verse zum Gedenken an ein Fräulein Elsener, die er am Fuß eines Aschenkruges entdeckte, "klein und m a r k l o s ":

"Wir lieben sie, weil sie lieblich vereint
 Tugend, Sanftmut und Zauber der Wangen,
 Jetzt nun, wo sie hinübergegangen,
 Folgt ihr die Klage, und jeder weint."

Solche Verse "unter deutschen Liedern und K e r n sprüchen" störten Fontanes dichterisches Empfinden mit Recht, und auch sein vaterländisches!

Was von beiden stärker?

Ein echter Teutscher konnte den Franzmann nicht leiden. Und was die Kernigkeit der großen Zeiten derer von Bredow betrifft...: "Die feudalen Stadtherren, besonders die Bredows, zwangen die Bewohner zu hohen Abgaben und Frondiensten. Die Forderungen der Bauern im deutschen Bauernkrieg 1525 drangen bis nach Rheinsberg. Beschwerden der Bürger und Bauern über Joachim von Bredow führten zur sogenannten 'Ungnade' des Kurfürsten. Aber wie sah diese aus? Kurfürstliche Soldaten überfielen 1527 Burg und Stadt Rheinsberg, plünderten sie aus und warfen den Bredow in den Turm, aus dem er bald durch einen Vergleich zugunsten des geldgierigen Kurfürsten befreit wurde... Die Lage der Bauern hatte sich dabei aber keineswegs gebessert".

(Tourist-Wanderatlas 'Rheinsberg/Neuruppin').

Da liegt der Zeiten K e r n begraben!

Naja, marklos war Fontane zwar nicht (wer soviel durch die Mark gewandert ist, was wunder!), aber eben marxlos!

"Und was wird in der Kirche gemacht?" - will Töchterchen von Vati wissen.

Vati hat in seiner Schulzeit intensiven Religionsunterricht genossen (wie heutzutage die Kinder Staatsbürgerkunde), aber trotzdem, oder vielleicht gerade deshalb... - diese Story vom zaubernden Herrn Jesus und von der Allmacht Gottes waren einfach zu realitätsfern für ein nach Logik und Wahrheit lechzendes Jungenherz. Vati war ein gespaltenes Verhältnis zur Kirche geblieben, weshalb er Töchterchen ausweichend Antwort gibt: "Da drinnen wird gesungen, und es werden Märchen erzählt, was man Gottesdienst nennt".

Singen und Märchenhören ist natürlich ganz nach dem Geschmack der Kinder: "Bitte, bitte - wir möchten zum Gottesdienst!"

"Soweit kommt's noch!" - donnert Vati. Und zu seinem Glück braucht er keine Erklärung für die kategorische Verweigerung liefern, sondern nur auf die angeschriebenen Öffnungszeiten verweisen: "Montag - Freitag 9 Uhr 30 - 11 Uhr zur Andacht und Besichtigung, Juni - August.

Und man schreibt schon September.

"Diese Kirche ist ein sogenannter Saisonbetrieb. Am letzten Tag des August war Sommerseelenschlussverkauf".

Über diesen famosen Witz muss Vati allerdings alleine lachen. Die Kinder finden es nur traurig und wollen wissen, was Sommerseelen sind.

"Sommerseelen - das sind so... äh, wie Schönwettersozialisten".

"Und wie sind die?"

"Wenn's schön ist, aalen die sich in der Sonne; wenn's regnet, meckern die über die Partei, beziehungsweise über den lieben Gott".

"Red nicht solchen Quatsch!" - rügt Söhnchen - "Meckern tun bloß Ziegen!"

Obwohl Vati einen Moment der Atem stockt - er rede Quatsch?!! - findet er die Bemerkung zum Kringeln. Pfiffig, pfiffig! Kommt ganz nach mir!

Die Kinder geben aber noch keine Ruhe - ein Märchen vom Gottesdienst! Vielleicht könnte den Kindern die Geschichte gefallen, die Fontane von einem Gottesdienst erzählt:

"... Gegenüber dieser Kanzel, an der schweren alten Eichentür stand am Pfingstsonntag 1737 König Friedrich Wilhelm I., eben erst von Berlin her in Rheinsberg eingetroffen. Als ein frommer Christ, der nicht leicht an einer Predigt vorüberging, war er, eh er den kronprinzlichen Sohn im Schloss drüben überraschte, zuvor noch in die Kirche getreten. Und das war gut. Aber freilich, ein so frommer Herr er war, ein so strenger Herr war er auch, und der alte Geistliche Johann Rossow, der das Glück oder Unglück hatte, den König schon von früher her zu kennen, erschrak beim Anblick seiner Majestät dermaßen, dass er nur noch fähig war, mit zitternder Stimme den Segen zu sprechen. Worauf der König mit dem Stock nach der Kanzel hinauf drohte, eine Form der Aufmunterung, die begreiflicherweise völlig ihres Zwecks verfehlte. Johann Rossow starb bald nachher infolge des Schrecks".

Oh, ja - es ist schon gut, dass heutzutage die führenden Genossen ihre Besuch in Betrieben und auf Versammlungen rechtzeitig vorankündigen. Der Kaderverschleiß wäre nicht zu verkraften.

Die Kinder können diese Lehre aus der Anekdote mangels Lebenserfahrung nicht ziehen, überlegt sich Vati, weshalb er den Kindern die Anekdote nicht erzählt und ihnen dafür Steinchenzielwerfen vorschlägt. Als Ziel dient ein Papierkorb. Geworfen wird von einer der Bänke aus, die auf dem gärtnerisch schön gestalteten Bebel-Platz für die Gäste der Stadt bereitstehen. Kurtaxe hat man ja schließlich bezahlt und sich damit das gute Recht "zur kostenlosen Benutzung der den Erholungszwecken dienenden Anlagen des Rates der Stadt", wie es die Kurkarte formuliert, erworben.

Die Glocke der Kirche schlägt eben elfmal ihr "O, Land Land Land - höre des Herrn Wort" in den Wind, als Mutti wieder von ihrer Mission zu den Ihren auf dem Bebel-Platz stößt. Sie entschuldigt sich für ihr langes Wegbleiben mit der ausführlichen Schilderung der Rückeroberung des grünen Dederonbeutels aus den Krallen der Friedenskellnerin - wie sie sich hat nicht abwimmeln lassen; wie die Kellnerin letztendlich weichgemahnt und entnervt den grünen Dederonbeutel unter der Theke vorholt und scheinheilig fragt, ob das vielleicht der gesuchte sei; und wie sie, ohne der Kellnerin einen Dank zu schenken, erhobenen Hauptes die Arena als Siegerin verlässt.

Vati staunt und bekennt freimütig: "Das hätte ich niemals fertig gebracht".

Das Töchterchen fällt ein hartes Urteil über die Kellnerin: "Hexe, Hexe klau klau, ausgestopfter Wauwau".

Was haben wir doch für intelligente Kinder! freuen sich Vati und Mutti über das kleine Wortspiel. Und das Töchterchen freut sich, weil sie sich etwas ausgedacht hat, was die Eltern freut. Söhnchen setzt noch einen drauf: "Die gehört in den Hintern gebissen!"

In diesem allgemeinfreudigen Klima momentis fällt es allen Vieren nicht schwer, eine Planänderung zu beschließen. Einstimmig wird der Besuch des Schlosses mit der von Fontane geborgten Begründung - "da das Rheinsberger Schloss all seines Zaubers unerachtet doch am Ende kein Zauberschloss sein werde, das jeden Augenblick verschwinden könne" - auf Nachmittag verschoben und zunächst der mittäglichen Stärkung im FDGB-Heim entgegen geschritten.

Der eheliche Wassertiefstand hat sich um eine halbe Tauchtiefe gehoben.

Durch die Aufregung mit dem grünen Dederonbeutel ist der Zwischenfall in der Friedens-klause - böses Weib und so - bei Mutti in Vergessenheit geraten, oder auch ... großmütig dahin abgeschoben worden.

Überhaupt scheint eine der wichtigsten Voraussetzungen einer Ehe das Vergessenkönnen zu sein. Nicht das Grüne-Beutel-in-Kneipen - oder das Badehose-zu-Hause-Vergessen, sondern das bewusste Vergessen von Worten und Untaten, die nicht zu verzeihen, nicht ungeschehen und auch nicht mit feierlichen Gelübden gutzumachen sind. Wer nicht vergessen kann, wird mit dem Nachtragen nicht fertig. Er schleppt und schleppt und schleppt sich selbst zuschanden. In diesem Sinne ist Vergesslichkeit wie Jiu-Jitsu, reine Selbstverteidigung. Natürlich gibt es Brocken, gegen die der beste Judoka nichts ausrichten kann. Sogar mit dem altbewährtem Brückeschlagen... man kann sich nicht erwehren. Die Last drückt zu Boden. Da sollte man abklopfen. Wer allerdings zu früh abklopft, macht sich zum doppelten Verlierer - gegenüber dem Bedränger und gegenüber sich selbst.

Bei unserem Paar ist fürs Abklopfen noch kein angemessener Anlass gegeben. Die Brocken, deren man sich bisher zu erwehren hat, lassen sich mit etwas Geschick leicht abschütteln. Aber man braucht nicht nur Geschick, sondern auch den Willen zum Schütteln. Und den Willen schöpft man nur aus der Überzeugung, dass sich der Aufwand lohnen wird; dass man hinterher mit dem anderen wieder wie einst im Wonnemonat Mai... oder aber wenigstens wie im April...!

Nach dem Mittag registrieren die Kinder immerhin vorwonnigliche Märzstimmung. Söhnchen wagt daher einen Vorstoß: "Vati, in der Gaststätte gibt es Eisbecher. Mit Schlagsahne!"

Töchterchen schiebt nach: "Mit Früchten, ja Vati?"

Da das Schloss kein Zauberschloss ist, kann es auch noch ein weiteres Weilchen warten. Vati nickt den Wunsch der Kinder wohlwollend ab.

Muttis Meinung zum Vorschlag der Kinder muss Vati nicht einholen. Sie kann sowieso keinem Eisbecher widerstehen.

Also begibt sich unsere Familie in schönstem Einklang ins Cafe des FDGB-Heimes.

Aber die Welt ist schlecht. Kaum, dass ein Zipfelchen Entspannung am fernen Horizont winkt, schon kommt ein kalter Regenguss!

Geschlagene vierzig Minuten warten sie auf ihre Eisbecher. Und dann: "Das Eis ist aus Wasser, ja Mutti?" - erkennt Töchterchen.

"Der marmeladenartige Brei sollen bestimmt die Früchte sein!" - mutmaßt Mutti.

"Die Schlagsahne schmeckt nach Hering" - nörgelt Söhnchen.

Vati kämpft stumm mit dem lila eloxierten Alubecher. Der Verbindungsniet zwischen dem kegelförmigen Fuß und der oberen breiten Schale ist derart lose, dass die Schale, jedes Mal, wenn er mit dem Plastelöffel ins Eis sticht, abkippt und sich leicht dreht. Das ist mehr oder minder bei allen vier Bechern zu verzeichnen. Und da diese wackligen Blechbehältnisse auf Glastellern serviert wurden, ist es allein eine Frage der Zeit, wann einer der Becher sich seines Inhaltes entledigen wird. Das Schicksal schlägt bei Töchterchen zu. Immer auf die Kleinen!

Das gelbe Blüschen, das weiße Röckchen, ja selbst die weißgelb geringelten Kniestrümpfe werden vom rötlichen, marmeladeartigen Brei gezeichnet. Mutti, die das Unglück mit einem blitzschnellen Griff nach dem umgekippten Becher eindämmen will, versetzt bei dieser Rettungsaktion ihrem eigenen Becker einen solchen Schlenkrich, dass er auch umkippt, in schönem Halbkreis über den Tisch rollt und dabei den zähflüssigen Inhalt gleichmäßig verteilt.

Das ist zu viel für Vati. Da entgleist ihm glatt das Zwerchfell. Vor Lachen läuft er blau an. Auch Söhnchen amüsiert sich über die grandiose Schweinerei. Töchterchen hingegen heult - vor allem um ihr geliebtes weißes Röckchen - und Mutti... wird bleich... vor Wut: "Was gibt's denn da zu Lachen! Hol lieber einen Lappen!"

Vati schnappt nach Luft wie ein Karpfen. Die Leute ringsum an den nächstliegenden Tischen schießen vernichtende Blicke ala 'kein Benehmen!' ab, die wie Schüsse auf Muttis Haut brennen. Aus ihrer Wut lodert Hass auf gegen diesen albern feixenden Kerl von Mann, gegen diesen ungeschickten Balg von Tochter, gegen diese gaffenden Spießer, gegen... ja, und gegen ihr eigenes Ungeschick. Ihre Augen werden schmal, die Lippen beben. Sie erhebt sich abrupt, stülpt Vatis noch halbgefüllten Becker mit dem Inhalt nach unten auf den Tisch und verlässt das Cafe. Peng! Der Milchglaseinsatz der Tür klirrt bedenklich. Töchterchen rennt schluchzend hinterher - noch mal peng!

Vati und Söhnchen sitzen wie begossene Dackel vor der abgebrannten Hundehütte. Dann kommt der Kellner mit einem Scheuerlappen und murmelt etwas von asozial und Sachsentrotteln. Vati hilft unbeholfen mit dem Taschentuch beim Nachpolieren der Tischplatte, bittet mit reichlichem Trinkgeld um Entschuldigung, schnappt Söhnchen und schleicht gesenkten Kopfes von hinnen.

Mutti hat sich derweil draußen auf einer Bank einigermaßen erholt. Töchterchen ist bereits von den gröberen Bestandteilen des Eisbecherinhaltes gesäubert, doch gegen den ins Gewebe eingedrungenen marmeladeartigen Früchtebrei kann nur warmes Wasser und 'Spree-Syntex' helfen. Man muss also auf schnellstem Wege ins Quartier, beschließt Mutti.

Als Vati mit Söhnchen vor die Bank mit den beiden weiblichen Unglücksamseln tritt, bittet Mutti kleinlaut wie selten um Entschuldigung.

Vati juckt wieder das Zwerchfell. Diese zerknirschte Mutti!

Und das besapperte Schwesterchen erst, amüsiert sich Söhnchen.

Doch Vati ist gnädig: "Schon gut! Aber es war ein teures Vergnügen. Mit Wiedergutmachungsgebühr 20 Mark.

"20, wieso?" - Mutti staunt.

"Weil viermal drei zwölf sind und weil ich..."

83

"Da hast acht Mark Trinkgeld gegeben!" - Mutti will es nicht fassen- "Für diese Wasserpampe! Dass du immer mit dem Geld so um dich schmeißen musst!"

"Der eine schmeißt mit Geld, der andere mit Eisbechern - so ist das eben". - kontert Vati erbost, denn wenn einer unschuldig ist, und wenn einer den Skandal ausbaden musste, dann doch wohl er!

Die Fortsetzung des ehelichen Dialoges, der auf dem Weg zum Quartier geführt wird, ist leider nicht jugendfrei.

Töchterchen und Söhnchen haben wieder, wie alle Kinder irgendwelcher sich reizend bis zur Weißglut findenden Eltern, unter der gifthaltigen Atmosphäre zu leiden und ziehen schiefe Schnuten. Ihnen gefallen die Eltern viel besser, wenn sie zueinander nett sind. Wie würden sie jubeln über Dialoge, wie sie Claire und Wolfgang laut Tucholsky in Rheinsberg geführt haben:

"... Seh mal: 'ne Akazie! 'ne blühende Akazie, lauter blühende Akazien!

Is gar keine, ist 'ne Magnolie!

Hach! Also wer weiß denn von uns beiden in der Botanik Bescheid?

Ich oder ich?

'ne Magnolie is es.

Meine Liebe, ich müsste bedauern, es mit einem kräftig geführten Schlag gegen Sie nicht bewenden lassen zu können. Alle Wesensmerkmale der Akazie deuten auch bei diesen Bäumen auf eine solche hin.

Is aber 'ne Magnolie.

Herr Gott, Claire! Siehst du denn nicht diese typisch ovalen Blätter, die weißen, kleinen traubenförmigen Blütenstiele! Mädchen!
Aber... Wölfchen... wo es doch 'ne Magnolie is..."
Oder:
"Wolfgang ?
Claire ?
Glaubssu, dass es hier Bärens gibs? Eine alte Tante von mir ist beinah mal von einem...
... von einem Bären zerrissen worden?
Nein... Habe ich das gesagt? - Ich meinte nur... Aber, du - beschützs mich doch, ja?
Ich schwöre dir...
Hm."
Aber ach... - Mutti und Vati bleiben letztlich nur die Flucht ins Schweigen, um sich vor den Kindern nicht wie die Bären gegenseitig zu zerreißen.

Die Sendepause währt den weiteren Nachmittag. An den Besuch des Schlosses ist nicht mehr zu denken. Nachdem Mutti Töchterchen umgezogen und die eingematzten Sachen im Waschbecken eingeweicht hat, wirft sie sich auf ihr Bett und bleibt dort wie gefällt liegen. Vati verkrümelt sich mit einem Buch und dem Liegestuhl auf die kleine Terrasse, die zum Quartier gehört, und schläft nach der ersten halben Seite der Lektüre ein. Die Kinder tummeln sich auf der Wiese, die sich bis hinunter an den Rhin erstreckt, und scheuchen die Wildenten durcheinander.
Jeder ist mit sich allein, wenn man die Kinder als eins betrachtet. Und Mutti, die nur liegt und nicht schläft, denkt mit Nach-

druck - jeder stirbt für sich allein! Dabei fühlt sie sich so unendlich deprimiert, dass ihr Inneres an undefinierbaren Stellen schmerzt. Anders gesagt - ihr pfietscht die Seele.

Plötzlich glaubt sie zu wissen, weshalb alles so eisig ist zwischen ihm und ihr - er braucht mich nicht mehr!

Dieser Gedanke ist von gleicher tragischer Dimension wie der umgekehrte - ich brauche ihn nicht mehr. Brauchen und sich gebraucht fühlen... geben und nehmen...

Leider kommt sie in dieser Nachmittagsstunde noch nicht zu der Frage, was er denn bei ihrer gegenwärtigen Verfassung von ihr gebrauchen könnte. Ja, und was kann sie bei seiner Verfassung von ihm brauchen? Und was können sie sich gegenseitig anbieten?

Wieder halten sie die Läden voreinander fest verschlossen. Erst später, nach der Rückkehr vom Abendbrot im FDGB-Heim, als die Kinder schon in den Betten verstaut sind und sie wie am Vorabend spazieren gehen, damit die Kinder ungestört einschlafen können, schimmert hie und da ein kleiner Lichtstreif durch einen Lattenritz von einem hinüber zum anderen. Eine Andeutung von Flut?

Sie haben den Weg Richtung Stadt eingeschlagen, der sie zu ihrer Überraschung direkt auf das Knobelsdorffsche Portal des Schlossparkeinganges mit den korinthischen Säulengruppen, den allegorischen Figuren der Göttinnen Flora und Pomona und der mit Putten und Vasen bestückten halbkreisförmigen Balustrade führt. In der bereits fortgeschrittenen Dämmerung glauben sie im ersten Moment vor den Ruinenresten eines nachgemachten antiken Tempels zu stehen. Die schlanken Säulen, die kein Dach tragen, verführen zu diesem Eindruck. Als sie dann dicht genug heran sind, wird ihnen die Funktion des Ensembles deutlich.

"Hier beginnt der Schlosspark!"

"Aber, wo ist das Schloss?"

Am Ende der sich lang streckenden, von hohen Bäumen gesäumten Allee kann man einen Ausschnitt des südlichen Schlossflügels erkennen, doch... - " Das da vorn kann das Schloss nicht sein" - meint Vati - " das muss Türme haben".

Demzufolge biegen sie an der ersten größeren Abzweigung der Allee nach links ein, wo Vati irgendwo das richtige Schloss vermutet. Sie sind völlig allein. Rheinsberg, einschließlich seiner Gäste, sitzt längst vor den Fernsehapparaten. Eine feierliche Ruhe liegt über dem Park. Das Licht des kaum bewölkten Himmels ist ermattet und wird schon von den ersten Sternen überfunkelt. Unter den Bäumen und auf den Wiesen nistet tiefe Dunkelheit. Ein Pavillon, ein eigenheimgroßer von Säulendurchgängen durchbrochener achteckiger Bau, genannt 'Salon' leuchtet ihnen magisch aus dem Schattenreich entgegen. Die hellen Mauern, wie auch der weiße Marmor der vier die Jahreszeiten symbolisierenden Figuren, die rings auf den Rasenflächen des Rondells den Pavillon bewachen, scheinen das Licht des Tages gespeichert zu haben.

"Irgendwie überirdisch" - raunt Vati.

"Fast unterirdisch!" - bestärkt Mutti.

Die zwischen Romantik und Gespenstik pendelnde Stimmung legt sich wohltuend auf die wund geriebenen Gemüter unseres Ehepaares. Im Pavillon lässt Vati ein Bündel Streichhölzer aufflammen, so dass sie für Sekundenbruchteile den vom Himmel herabstürzenden, drallen Babyengel, von Antoine Pesne an die

Decke gemalt, bewundern können. Dann noch tiefere Dunkelheit. Abstände beginnen zu schmelzen. Schweigen wird zur wortlosen Übereinstimmung. Und ein noch massiveres Schweigen überrieselt die beiden, als sie sich nach geraumer Zeit vom Pavillon losgerissen auf einem schmalen, beinahe von Gras und Gestrüpp überwucherten Pfad, nach rechts hin ein ungezähmtes Waldstück durchquert haben und... ihren Augen kaum trauen wollen. Sie stehen am Ufer des Sees. Gegenüber liegt das verwunschene Schloss - weiß und gelb phosphoreszierend, gerahmt von der schwarzen Mauer mächtiger Bäume.

In einem der beiden freundlich-dicken Türmen schläft Dornröschen. Im anderen wartet Rapunzel sehnsüchtig auf ihren Prinzen. Unterm überdachten Säulengang zwischen den betürmten Seitenflügeln des Schlosses sitzen die sieben Zwerge und beweinen ihr Schneewittchen im gläsernen Sarg. Aus den Fenstern des Schlosses fließt goldenes Licht, das Rumpelstilzchen aus Stroh spinnt, in den See und versinkt unauffindbar nahe des Ufers zu Füßen unseres verzauberten Paares zwischen Seerosen und Schilf. Zwei Schwäne gleiten lautlos, die Hälse starr und stolz aufgerichtet, vorüber.

"Schwäne sollen sich ein ganzes Leben lang lieben und treu sein." - flüstert Mutti.

"Jaja, die Schwäne!" - seufzt Vati.

Auf dem Rückweg zum Quartier - sie gehen, um sich nicht zu verlaufen, den gleichen Weg, den sie gekommen sind, zurück - denken beide über die treuen Schwäne nach. Mutti kommt zu dem Schluss, dass es Schwäne viel leichter haben mit sich - die können nicht sprechen und sich also auch nicht dauernd missverstehen!

Vati schürft nicht wesentlich tiefer und findet, dass das Wort 'Treue' ein Humbug ist - entweder man liebt, dann ist man automatisch treu, oder man liebt nicht, dann ist Treusein purer Selbstbetrug!

Zum Glück hat Vati keine Gelegenheit, seinen flachmuldigen Betrachtungen Taten folgen zu lassen. Und als er später neben Mutti im Bett liegt und den verbliebenen Abstand zu ihr von knapp einer Körperdrehung störend empfindet, doch keinen Weg weiß, ihm zu überbrücken, ist er schließlich froh, dass außer dieser unfassbaren Verstimmung der letzten Tage ihn nichts weiter als eben nur eine knappe Körperdrehung von ihr trennt. Wenn da noch eine andere Frau wäre... Ein Abstand kann leicht zur Schlucht aufreißen.

Mutti ist bei ihren Abstandsmessungen kurz vorm Einschlafen zu dem Ergebnis gelangt, dass der Abstand eigentlich höchstens eine Wadenlänge betragen kann. Doch auch ihr fehlt ein Fünkchen Mumm. Anstatt ein Bein um Wadenlänge zu ihm hinüber zuschieben, zieht sie beide Beine bis fast zur Brust an und schläft in sich eingeigelt letztlich ebenfalls ein.

So ist der zweite Urlaubstag unseres Ehepaares ohne Flut dahingegangen. Die abendlichen Erlebnisse von Schloss und Park Rheinsberg allerdings besaßen partiell Flutungsansätze und hätten eindrücklicher nicht ausfallen können. Wäre man nämlich, wie ursprünglich geplant, am Tage von der Stadtseite, vom Karl-Liebknecht-(Triangel)Platz her dem Schloss auf die Mauern gerückt.... erstens wären sie am schmiedeeisernen Tor von einer Schrifttafel belehrt worden: "Untersagt ist das Betreten der Rasenflächen und Uferanlagen, das Rodeln, Skilaufen und Angeln sowie Verunreinigungen und Beschädigungen der Anlagen!

Hunde sind an der Leine zu führen! Eltern haften für ihre Kinder!"; zweitens hätten sie sich von den aller zehn Meter in den Rasen gepflockten Tafeln "Betreten Verboten!" beleidigen lassen müssen - hält man uns für unbelehrbar?!; drittens hätten sie angesichts der riesigen Kohlenhalden und der Unmengen von Kisten, Kästen, Kartons und anderem Leergut vor dem Nordflügel im Schloss drinnen die Zentrale des 'Vereinigten Kohle- und Altstoffhandels' vermuten müssen; und viertens wären sie zu dem pietätlosen Ausruf - Ein Königsreich, ein Königreich für eine Diabetes! - verleitet worden, da nur Diabetiker Zugang zum Schloss finden.

Jaha, nichts da mit Neugierbefriedigung wie sie Tucholsky beschreibt! Nichts da von wegen Ziehen "an einer Messingstange mit Porzellangriff", worauf eine "Glocke scheppert", ein "Fenster klappt", sich eine "Tür oberhalb der kleinen Stiege öffnet" und erst mal nichts kommt, sondern es "nur tappt", aber sich dann ein massiger Kastellan in den Hof schiebt - Mein Name ist Herr Adler", der einem wie Claire und Wolfgang, sachkundig durch das Schloss geleitet. Nichts da mit einem Besuch des Arbeitszimmers vom Jungen Fritz im südlichen Turm, welches Fontane "sehr klein" mit "entzückender Aussicht über Wald und See" beschrieb. Nichts da mit Schnuppern an historischer Stätte, wo ein Kronprinz sich auf die Thronbesteigung vorbereitete, der die Uniform "Sterbekittel" genannt hatte; wo einer der späteren Zentralfiguren europäischer Geschichte des 18. Jahrhunderts seinen Neigungen zu Kunst und Philosophie nachhing; wo der zukünftige Eroberer Schlesiens sein Idealbild vom "Fürsten als erstem Diener des Staates" im 'Antimachialvell' entwarf; wo eine der vielschichtigsten Herrscherpersönlichkeiten der deutschen Geschichte seine ersten Briefe an Voltaire verfasste und dessen Antwortschreiben empfing; wo der vom Vater tyrannisierte Sohn vor seiner ihm zugeteilten Gattin, Elisabeth Christine von Braunschweig-Bevern, weitestgehend unbehelligt blieb und vom nächsten Schäferstündchen mit der "schönen Försterstochter von Bienenwalde" träumen konnte; wo dieser von bürgerlichem Personenkult zum Denkmal verkieselte Kerl mit seinen Freunden und Lehrern - Knobelsdorff, Pesne, Jordan, Graun und anderen - lebendig lebte; wo dieser Friedrich II. freier Mensch war und frei denken durfte ...

Diesem "Philosophen auf dem Thron" wird es übrigens noch heute oft als persönlicher Makel angerechnet, dass er die Politik seines Vaters, des berüchtigten Soldatenkönigs, mit Eroberungskriegen fortsetzte und weiterführte. Manche möchten ihn als Heuchler von Rheinsberg in die Ecke stellen. Seine Reformen, wie die Abschaffung der Folter, seine Förderung der Künste, sein Engagement für Aufklärung und Wissenschaften... das wird ihm beinahe als bösartige Listen, mit der er seinen durch und durch miesen Charakter maskieren wollte, angekreidet.

Oh, heilige Einfalt!

Wenige Wochen vor seinem Regierungsantritt schreibt der Junge Fritz in einem Brief an Voltaire: "Die Dekoration eines Gebäudes kann wechseln, ohne dass die Fundamente und das Mauerwerk verändert wurden; das werden sie an mir erleben".

Stimmt, wie will denn auch so ein popliger König Fundament und Mauerwerk ändern!

Man nehme doch seinen Satz nicht als zynisch-programmatische Absichtserklärung! Man nehme ihn als Zeichen von Resignation, als Erkenntnis der Machtlosigkeit eines Mächtigen. Ein Lenin hat auch noch keinen Kommunismus gemacht.

Und man erinnere sich daran, wie man selbst von der Schulbank ins Leben stolperte, und wie man nach geraumer Zeit des wahren Strebens einsehen musste, dass man nicht vorwärts kommt, dass gewissen Fundamente und Mauern für den Kopf zu hart sind.

Dem Fritz ging es, wie es allen jungen Fritzchens geht, die aus ihren Träumen in die Realität purzeln, die aus den Räumen lautersten Wollens in das Labyrinth der Zwänge geraten. Der zweite Fritz von Preußen fand einen fest gefügten Staatsmechanismus vor und traf auf ein Europa, in welchem einer dem anderen die Butter auf dem Brot missgönnte. Philosophen und Künstler können über ihrer Zeit sein; der Staatsmann, der Politiker, der Funktionär... sie müssen mit der Realität vorlieb nehmen.

Kennen Sie folgende Geschichte? In einen volkseigenen Betrieb, der sich viele ökonomische Verstöße hatte zu Schulde kommen lassen, wurde ein fähiger Genosse, Dr. Dr. oec., von der Hochschule für Ökonomie eingesetzt, der den Betrieb auf Vordermann bringen sollte. Er brachte ihn, aber auf Kosten noch ärgerer Verstöße. Er wisse doch um die ökonomischen Gesetze, stellte man ihn schließlich zur Rede. Da fragte er, was die Gesetze mit der allgemeinen Praxis zu tun hätten.

Oder, wie oft schon hatte sich unser Vati geschämt - heimlich -, eine Baustelle an den Auftraggeber übergeben zu müssen, um die Planstatistik des Betriebes zu retten, obwohl er genau wusste, wo unter den Fassaden der Hund begraben lag. Nein, da war nichts Kriminelles, nur so Kleinigkeiten. Ein bisschen Mogelei, wie sie jeder auf dem Kerbholz hat. Und vielleicht hat Vati von diesen Dingen, die seine Berufsehre doch ankratzen, geträumt, denn als er am Morgen des dritten Urlaubstages erwacht, fühlt er sich schäbig und klein und zerschunden und allen Unbilden der Erde hilflos ausgeliefert. Der dumpfe Schmerz von den Zähnen her schrillt plötzlich bis zu den Augen hinauf.

Töchterchen hat eingepullert, Söhnchen reißt auf der Toilette die Kette vom Spülkasten, Mutti will wissen, wie das Wetter wird und ob sie wohl ohne Strickjacke losgehen könne, und er schneidet sich zu allem Überfluss beim Rasieren in die Unterlippe.

"Warum rasierst du dich denn nicht elektrisch!" - lautet Muttis zartfühlender Kommentar. Zu ihrer Entschuldigung muss allerdings in Erwägung gezogen werden, dass sie womöglich auch geträumt hat, und vielleicht von ihrem 'Programmsystem zur rechnerinternen Darstellung von Objekten', an welchem sie und die anderen der Arbeitsgruppe seit drei Jahren herumpuzzeln und welches niemals einen Nutzer finden wird (wenn kein Wunder geschieht), weil in weiteren drei Jahren, wenn das Programm fertig sein könnte, es keiner mehr braucht, beziehungsweise, alle die, die es mal hätten gebrauchen können, sich längst ein ähnliches Programm aus dem NSW beschafft (oder abgekupfert) haben werden. Außerdem - Mutti ist diejenige, welche die Spuren von Töchterchens Bettnässerei beseitigen muss. Und schließlich das Problem mit der Strickjacke. Und ihre Blähungen. Und da kommt dieser Mann mit diesem winzigen Ritz in der Lippe und tut, als müsse er verbluten - lachhaft!

Während der Reparatur der Spülkastenkette, die Vati auf dem Porzellanrand des Klobeckens balancierend ausführt, erhält der neue Urlaubsmorgen einen zusätzlichen Riss: Mutti muss mal eilig. Vati fummelt am Spülkasten und fummelt und fummelt und fummelt. Als es Vati plätschern hört, glaubt er zuerst, es hinge mit seiner Reparatur zusammen, doch dann schaut er in Richtung der Geräuschquelle - durch die offene Toilettentür, durch das geöffnete Fenster... da hockt Mutti mitten auf der Wiese.

Fast wäre Vati vom Porzellanrand des Klobeckens abgerutscht und hätte bautz gemacht. Wenn das die Quartiereltern sehn! Das schlägt doch dem Fass die Krone ins Gesicht!

"Wenn du ewig an dieser läppischen Kette herumdokterst...!" - verteidigt sich Mutti - "Und außerdem hat's ja keiner gesehen".

"Ach, wegen mir kannst du dich auf den Markt hocken und pinkeln, aber du hast den Kindern wirklich ein feines Beispiel gegeben!" Vati ist ganz Entrüstung.

Töchterchen ergreift für Mutti Partei: "Ich kann schon lange so pullern, ohne Klo".

Söhnchen kann unmöglich zurückstehen, wenn es darum geht, etwas zu können: " Ich kann das schon viel viel länger. Und ich kann sogar zielen!"

Mutti feixt: "Da hast du's!"

"Sinnlos!" - Vati bricht die Diskussion vergnatzt ab und gibt den Befehl zum Abmarsch: "Wenn wir uns nicht beeilen, kriegen wir wieder keine Frühstückseier ab".

Mit den Eiern klappt es schnappab und das Frühstück geht ohne erneutes Ärgernis über den Tisch. Für die Vormittagsunternehmung überlassen die Eltern den Kindern die Wahl: Schloss, wie schon gestern geplant... oder doch per Trabi zum Stechlinsee?

Die Kinder entschieden sich... ob mehr für den Trabi oder mehr für den See, sei dahingestellt, jedenfalls nicht für das Schloss.

Wie meistens klemmt sich Vati hinters Lenkrad. Mutti hat zwar auch einen Führerschein, doch sie fühlt sich noch nicht sicher genug und hat, wie schon so oft, Vatis Angebot, sie solle doch fahren, abgelehnt.

"Wie willst du dich jemals ans Fahren gewöhnen, wenn du dich nichtmal hier auf den leergefegten Landstraßen traust?"- gibt Vati zu bedenken.

"Ich will heute nicht". Mutti bleibt störrig.

"Aber irgendwann musst du doch anfangen!"

"Aber nicht heute".

"Schade um das viele Geld für deine Fahrstunden".

"Immerhin hab ich weniger Stunden gebraucht als du!"

Das war ein Tiefschlag. Vati revanchiert sich mit betont rasanter Fahrweise, was Mutti, wie er weiß, nicht verträgt.

"Bitte, fahr wie ein normaler Mensch" - fordert Mutti nach einigen Kilometern.

"Fahr du doch, wenn's dir nicht passt!" Vati kann triumphieren, denn Mutti hat keine Antwort parat.

Den Kindern macht Vatis Fahrweise ausnehmendes Vergnügen. Jedes Mal, wenn in einer Kurve die Reifen quietschen, quietschen sie begeistert mit, was zusätzlich an Muttis geschundenen Beifahrernerven zerrt. Als Vati kurz nach einer Abzweigung, die nach links von der Menzer Landstraße abgeht, eine exzellente Vollbremsung ausführt, explodiert Mutti: "Du Idiot! Dir müsste man die Fahrerlaubnis glatt entziehen."

"Nanana!" - antwortet Vati begütigend, denn die Vollbremsung kommt ihm im Nachherein selbst etwas riskant vor. Es war eine Reflexhandlung gewesen.

"Irgendwie da links drüben muss doch das Atomkraftwerk liegen". Vati glaubt, den Grund für sein Verhalten hinreichend erklärt zu haben. Zu gerne möchte er sich eines dieser heiß umstrittenen Denkmäler der Atomzeitjugend aus der Nähe anschauen.

"Aus nur wenigen Gramm Uran können die täglich soviel Energie machen, wie anderswo mit einem ganzen Zug Braunkohle. Fahrn wir mal hin?"

Mutti ist nicht zu begeistern. Die Fahrt und die Vollbremsung sitzen zu tief in ihrer Seele". Ich werd mich noch verseuchen lassen! Fahr weiter!"

"So ein Unsinn !" - stöhnt Vati auf - "So ein Atomkraftwerk verseucht die Umwelt weniger als jedes Kohlekraftwerk".

"Das sagst du!"

"Nein, das sagen alle vernünftigen Leute. Bloß, du hörst ja mehr auf deine Kollegen, diese intellektuellen Spinner, die die grüne Mode mitmachen. Überhaupt scheinst du dich mit denen besser zu verstehn als mit mir. Mensch, warum bist du nicht mit denen in Urlaub gefahrn!"

Vati ist außer sich. Mutti lächelt wie man lächelt, wenn man sich überlegen fühlend über etwas sehr Abgeschmacktes lächelt.

"Da brauchst du gar nicht so überheblich zu lächeln! Du... ach, mir reicht's!" - sprichts, steigt aus dem Trabi, knallt die Tür ins Schloss und schreitet, ohne sich umzublicken, zurück gen Rheinsberg.

Die Kinder sitzen verschreckt wie Mäuschen bei einem Vulkanausbruch auf der Rückbank und zucken sich nicht.

"Na schön" - sagt Mutti und rutscht auf den Fahrersitz.

"Geht der Vati für immer fort?" - fragt Söhnchen.

"Soll er doch!" - antwortet Mutti.

"Nein, Vati soll wiederkommen!" - trotzt Töchterchen unter Tränen.

Gähnen soll ja bekanntlich ansteckend sein. Tränen mitunter auch. Doch Mutti hat sich schnell wieder in der Gewalt - klein beigeben? Unmöglich!

"Wir fahren zum, Stechlinsee, basta!"

Mutti legt den ersten Gang ein. Der Motor heult auf.

Vati lauscht, ob ihm der Trabi vielleicht folgt. Nein, die Motorgeräusche verlieren sich schnell in der Ferne.

Den Blick verbissen auf den funkelgrauen Straßenbelag gerichtet, marschiert Vati im Takt seiner aufgewirbelten Gedanken drauflos. Reichlich sechs Kilometer liegen vor ihm. Den viel gerühmten Schönheiten des Märkischen Mischwaldes mit seinen Durchblicken auf glitzernde Seen schenkt er keine Beachtung.

Mutti und die Kinder absolvieren ihren Ausflug ohne rechte Freude. Die Ruderpartie auf dem Stechlinsee mit einem Boot namens 'Georgi Dimitroff' muss nach wenigen Metern abgebrochen werden, weil die Kinder ihr Misstrauen in Muttis Ruderkünste lauthals heulend zum Ausdruck bringen. Sie zittern außerdem vor Angst, weil sie durch das herrlich klare Wasser des Sees bis auf den ständig tiefer und unheimlicher werdenden Grund blicken können. An ihrer beinahe panikartigen Angst hat ein älterer Herr großen Anteil, der aus Freundlichkeit und um den Kindern die Wartezeit am Bootssteg zu verkürzen, von dem sagenhaften roten Hahn erzählt hat, welcher am Grund des Sees sitzt und zornig aufsteigt, wenn jemand mit einem Boot dem See bei steifer Brise die Stirn bieten will, und der in solchem Fall den See mit den Flügeln schlägt bis er schäumt und wogt und schließlich das unbotmäßige Boot kreischend und krähend, dass es weit übers Land schallt, angreift. Der ältere Herr benutzte die Fontane'sche Variante der Sage.

Die Kinder sahen nun in jeder Wasserpflanze, die vom Grund heraufleuchtete, den zornigen Hahn. Also retour!

Mutti ist nicht sehr böse über den Abbruch der Ruderpartie. Auch ihr hat dieses gruselig klare Wasser einen Schauer nach dem anderen unter die Haarwurzeln gejagt. In Ufernähe wird ein weiterer Nachteil solch klaren Wassers ersichtlich - der Zivilisationsunrat liegt unverhüllt vom Mantel der Trübnis zu Tage. Die Kinder entdecken Plastebecher, Bierflaschen, Scherben, ein Rad von einem Kinderwagen, Sofasprungfedern, zwei Bierbüchsen, einen henkellosen Eimer und jede Menge solcher... Töchterchen vermutet, weiße Luftballons. Mutti lässt sie bei diesem Glauben. Wie hätte sie den Kindern auch erklären sollen, was Präservative sind?

Nach einem trübsinnigen Spaziergang durch Neuglobsow kehren sie mit einer rundum 'schlechten Meinung' in der Gaststätte "Fontanehaus" ein, die so heißt, weil Fontane da oft gerastet haben soll. Im glatten Widerspruch zu jenem Spruchband unter der Traufe des schönen Fachwerkgebäudes - "Wer goder Meinung kommt herin, der soll mer ganz willkommen sin" - sind Mutti und die Kinder trotz ihrer schlechten Meinung willkommen. Von Abspeisen kann keine Rede sein. 'Gode Meinung' will aber unter den Dreien nicht aufkommen. Man fühlt sich eben unkomplett.

Der zweite Teil des Spruchbandes an der Vorderseite der Gaststätte lautet übrigens: "Wer aber andersch kemm herfür, der blief mer lever für der Thür".

Das Spruchband an der Hofseite des Gebäudes ist ein frommes Gebet: "Schütze, Vater, dies Gebäud vor dem Feuer, Wasser, Sturm - Fülle segnend seine Räume, du, der nicht vergisst den Wurm".

Unsere Familie fühlt sich in ihren vier Teilen zu dieser mittäglichen Stunde von allen guten Geistern vergessen.

Die Trennung tut ihre Wirkung. Vati kommt sich nicht nur unkomplett, sondern regelrecht vereinsamt vor.

Und dann die wachsenden Befürchtungen und Ängste... - wenn der andere wirklich ernst macht?! Wenn der andere Versöhnung ausschlägt?! Auf der Rückfahrt nach Rheinsberg fährt Mutti fast so rasant wie Vati gefahren ist. Hoffentlich hat er nichts angestellt in seiner Wut! Mutti betet leise: "Hilf, oh du, der du nicht vergisst den Wurm!"

Wenn er sich besoffen haben würde... Schwamm drüber!

Wenn er sich eine andere angelacht hat... Mutti darf nicht weiterdenken. Ihr Herz klopft wie ein wildgewordener Presslufthammer.

Vati, der auf den sechs Kilometern Landstraße viel Zeit zum Nachdenken gehabt hat, sitzt mit ähnlicher Herzfrequenz auf einer Bank vorm FDGB-Heim und wartet ungeduldig auf den blauen Trabi, der doch jeden Moment aus Richtung Menz herantuckern muss. Er bringt es nicht über sich, seinen Posten auf ein Viertelstündchen zu verlassen. Sie muss doch jeden Moment... so verfällt an diesem Tag auch Vatis Mittagessenmarke. Und die Momente verstreichen einer nach dem anderen ergebnislos. Wenn sie einen Unfall gebaut hat?! Oder wenn... im Wald irgendein Lustmörder...

Auf welche ausgefallenen Varianten des Unheils man in derartigen Situationen des Harrens und Wartens gelangen kann, dürfte allgemein bekannt sein. Und je mehr Zeit zu solcherlei Ausuferungen der Phantasie vorhanden ist, desto deutlicher treten die Konturen der Schreckensbilder hervor. Dagegen verblassen dann die verwegensten Horrorfilme.

So sind denn beide heilfroh, als sie sich endlich, ja, endlich, endlich wiederhaben. Um den Hals möchten sie sich fallen - im ersten Moment. Im zweiten Moment, als die Unheilvisionen ausgelöscht und wie niemals vorhanden verflogen sind, schlagen sie betreten voreinander die Augen nieder.

"Na, wie war's? - fragt Vati, als wäre es die normalste Sache von der Welt gewesen, dass Mutti allein mit den Kindern am Stechlinsee war. Mutti antwortet leichthin im gleichen Ton absoluter Alltäglichkeit: "Da müssten wir noch mal zusammen hin".

Die Erzählwut der Kinder ist kaum zu bremsen. Nach dem Prinzip von 'ein Ehepaar erzählt einen Witz' berichten sie von Muttis Fahrkünsten, von der Bootsfahrt, vom Mittagessen in der Gaststätte und hauptsächlich vom bösen, bösen Hahn, der im Stechlinsee wohnt.

Der Hahn im Stechlinsee... - Vati erinnert sich da an einen Vortrag im RIAS, den er vor einiger Zeit gehört hat, und in welchem Ex-Sozialist Karl-Heinz Jakobs unter dem Titel 'Fluchtlinien' seinen inneren Unrat ohne sich zu schämen in den Äther entleert hatte. Dieser Jakobs hatte doch auch auf den Stechlinsee Bezug genommen. Aber genau! Speziell auf dessen sagenhafte Sensibilität, die darin bestanden habe, auf ferne, in anderen Erdteilen auftretende Katastrophen zu reagieren, die Erschütterungen in der Welt mitzuleben und vermittels des Hahnes in die Welt hinauszuschreien - Die Erde bebt!

Und nun, so hatte Jakobs räsoniert, da in der Welt "die Zeit der Vulkanexplosionen, Bomben, Kernwaffenversuche, Erdbeben, Raketenstarts und der Millionen Toten in Asien, Amerika und Afrika war, schien die alte Mechanik des Sees nicht mehr zu funktionieren... alle seine Quellen, die seine kleine Wasserfläche mit Kontinenten und Ozeanen verbanden, schienen verstopft. Nichts mehr berührte den sensiblen See. Eine weitere Verbindung zur übrigen Welt war kaputt".

Na, mancher braucht eben als Ersatz für eigene Sensibilität einen See zum Mitbeben, wenn es in der Welt drunter und drüber geht. Und dann spazierte doch dieser Jakobs am See entlang heimwärts, wobei er und seine Begleiter sich wegen des entsensibilisierten Sees "ein weiteres Mal gedemütigt fühlten", und da hörten sie es "Ein schwaches Summen in der Luft. Hatte der See seine Mechanik geändert, modernisiert vielleicht? Vielleicht brodelte der See nicht mehr auf seine altmodische Weise... vielleicht hatte er sich auf Luftvibration umgestellt? - signalisierte nun auf moderne Art den Tod in der Welt".

Den Tod in welcher Welt? Auf solche unwesentlichen Fragen geht Jakobs selbstverständlich nicht ein. Aber dieses Summen...! Das muss er natürlich erst noch etwas mystifizieren: Dann tauchen "graue Schatten auf... ein Betonklotz ohne Fenster, ohne Menschen, ohne Tür und ohne Dach. Von dort kam der feine verführerische Ton".

Wie es sich Kinder in Museen auch nicht verkneifen können, wollte nun Jakobs den geheimnisvollen Betonklotz betatschen. Aber hoppla! Da war, wie infam, ein Zaun drumrum! Und keine Inschrift, die Auskunft gibt!

"Erst nach längerem hin und her und nachdem wir uns vergewissert hatten, wo wir uns befanden, in welcher Zeit und unter welchem Stern, kam uns der befremdliche Gedanke, dass wir hier wohl vor dem Kernkraftwerk Rheinsberg standen".

Eine von hoher Intelligenz zeugende Denkleistung! Aber wieso befremdlich?

Jedes Kind kennt doch unser erstes umweltfreundliches Kraftwerk!

Gut, Jakobs ist kein Kind mehr und hat vielleicht nie Staatsbürgerkunde genossen. Außerdem, ab einem bestimmten Lebensalter, bei einem früher, bei einem später, setzt nun mal Verkalkung ein.

"Die anderen Spaziergänger im Stechliner Wald beachteten das Bauwerk gar nicht, weder bewundernd, noch erschauernd. Was ist mit uns geschehen?

Was ist mit ihnen geschehen? - dachten wir, sprachen es auch aus - dass sie so ganz und gar verstummt sind. Woher diese Gleichgültigkeit vor einer Technik, die wir nicht begreifen?"

Nanana, wer begreift hier was nicht?! Von sich auf andere schließen, ist nicht die feine Art! Und das, was man nicht begreift, einfach als Teufelswerk diffamieren - das ist finsteres Mittelalter oder Maschinenstürmerei.

Gut, Jakobs mag außer Staatsbürgerkunde auch keinen vernünftigen Physikunterricht gehabt haben, aber wer schreibt, muss doch auch lesen können!

Na, zugegeben - die Auswahl des Lesestoffes ist auch eine Kunst.

Aber wie ging's weiter? "Woher diese Gleichgültigkeit.. vor einer Wissenschaft, deren Gefahren wir nicht überschauen? - vor einer Regierung, die wir weder gerufen, noch beauftragt haben, und die d a s d a für uns erdacht hat?"

Das muss ja wirklich eine ganz ganz böse Regierung sein!

"Wo kommt es her, was da im Inneren des Betons so tönt, fragten wir uns dann. Die lärmenden Zeitungen der Regierung schweigen sich darüber aus. Und deren Funk- und Fernsehstationen vermeiden jeden Hinweis."

An dieser Stelle war Vater beim Zuhörn von einem tiefen Mitleid erfasst worden - ach, der arme Jakobs! Nun muss er doof sterben!

Eine völlig andere Frage ist übrigens, ob Vati mit der Medienpolitik des Landes einverstanden ist. Diesbezüglich vermutet Vati nämlich sogar bisweilen, dass an den entscheidenden Hebeln von Presse, Funk und Fernsehen der DDR bezahlte Agenten des CIA sitzen!

Ja, zweifelsohne würde es lohnen, sich an weitere Passagen der Fluchtlinie des Herrn Jakobs zu erinnern, aber Vati hat sich eben leider nur an die oben aufgeführten erinnert, weil diese mittelbar mit den unmittelbaren Ereignissen des Vormittags verknüpft waren.

Für die Nachmittagsunternehmung der Familie entschied wieder der Wunsch der Kinder: "Wir wollen baden!"

"Aber keine zehn Pferde bringen mich noch mal in das Strandbad, wo es in der Gegen hier von Seen förmlich wimmelt" - schränkte Mutti energisch ein.

Als unsere Familie nun kurz am Quartier vorbeifährt, um die Badeutensilien zu holen, erhält sie wie bestellt von der netten Quartiermutter ein en heißen Tipp: "Wenn wir badengehen, dann fahren wir zum Witwesee. Wir machen dort immer FKK".

So - FKK!

Vati lässt einen abschätzenden Blick über die Quartiermutter, die er auf Mitte Vierzig schätzt, gleiten. Sein stummes Urteil lautet - gut gehalten! Kann sich zur Not vielleicht wirklich noch ohne sehen lassen.

"Mit dem Auto sind sie in 15 Minuten dort. Immer die Paulshorster Straße lang, da stoßen sie direkt auf den Witwesee drauf".

Der Begriff 'Straße' für den Weg über Paulshorst, das aus sieben höchstens acht Häusern besteht, ist zwar geschmeichelt, aber der See... ein See, von einem See! Klares, den blauen Himmel reflektierendes Wasser. Ringsum am Ufer nicht ein Bungalow, keine Staatsvilla, kein öffentlicher Badestrand, kein Motorboot. Weit und breit kein Mensch, nur herrlicher Wald, in den hier und da der Herbsthahn schon hineingepickt hat. Und Ruhe. Und dann ein winziges Stück Sandstrand, eine Art Lichtung im Schilfgürtel . . .

Wer in dieser Umgebung auf die Idee kommt, Badekleidung anzuziehen, der muss eindeutig als zivilisationsgeschädigt gebrandmarkt werden.

Hier hat Nacktbaden nichts mit FKK zu tun.

Bekannte unserer Familie, die FKK-Fans sind, lassen sich keine Gelegenheit entgehen, nackt herumzuhopsen. Letzthin, als unsere Familie wieder mal bei denen auf Besuch war, mussten auch erst 15 Minuten verstreichen, bis er endlich in Hosen und sie im Kleid erschien. Die Mäntel und Hüte waren ihnen vom Gastgeber 'unten ohne' abgenommen worden. Sie hatte 'oben ohne' erst mal das frisch renovierte Bad vorführen müssen. Motto: Mein Gott, was sind wir doch unprüde!

Gegenüber der 'Witwe' ist krampfhafte Produktion von Moderne nicht gefragt. Unsere vier genießen einfach das schöne Gefühlt, ein Stück Natur in der Natur zu sein. Hier werden Vatis Reizungen und Muttis Entzündungen entscheidend gelindert. Dies Schlückchen vom Busen der Natur geht ihnen wie Balsam unter die Haut. So, wie eine Melodie den Hörer in Resonanz bringen kann, so tut es dieser Ausschnitt aus der Unendlichkeit von Zeit und Raum mit unserer Familie. Bei den Kindern strömt der Jubel über die Lippen. Und nachdem sie sich im Wasser ausgetobt haben und sich zähneklappernd zwischen Vati und Mutti, die sich am Ufer in der Sonne aalen, kuscheln, legt sich über die vier Menschlein ein komisch-kosmischer Frieden, welchen auch der Marxist nur mit der Gegenwart des lieben Gottes erklären kann.

Beim Abendbrot im FDGB-Heim gibt es am Kinderbüfett Bouletten - Vatis Leib- und Magenspeise! Und da die Kinder diesbezüglich absolut nicht nach ihrem Erzeuger geraten sind, kann sich Vati ohne Gewissensbisse genüsslich deren Bouletten einverleiben. Für Mutti sind eingemachte Heringe vorhanden. Die Kinder laben sich an Gewürzgurken mit Senf. Plötzlich merkt

Vati beim Kauen, dass ihm irgendetwas fehlt: "Das darf doch nicht wahr sein!" - Vati traut seinen Sinnen nicht - " Meine Zahnschmerzen sind weg".

"Meine Blähungen auch" - stellt Mutti fest und das familiäre Stimmungsbarometer steigt um weitere -zig Hektopascal.

Das Tischgespräch gerät in Bereiche, in denen Tucholskys Claire und Wolfgang parlierten:

"Wölfchen, ess man Suppens mitm Messer?

Wa?

Na, ich hab mal einen gesehen, der hat mitm Messer gegessen.

Suppe?

Neieinn..."

Und weiter mit Claire, nachdem sich eine ältere Dame echauffiert hatte:

"Wölfchen, die meint mir. Konnste ihr nicht geforderd gehabt habs? - söh mal, ich bin 'ne Feine, nich wahr? - oder glaubsu, ich bin eine Prostitierte? Nei-n. Ich ja nich. Ich nich.

Hä?

Lass das Alter gewähren, mein Kind. Vielleicht hat sie nicht so hübsche Jugenderinnerungen... Wie schrieb der große Friedrich an den Rand seiner Akten? -

'Mein lieber Geheimrat', schrieb er, 'wir sind alt und können nicht mehr, wir wollen uns über die freuen, die noch können'."

Bei unserer Familie klingt das Tischgespräch so:

Mutti - "Wer Bouletten frisst, der isst auch sein eigen Fisch und Brut!"

Vati - "Ich hab noch nie Fisch gegessen, und unsre Kindlinge... igitt"!

Töchterchen - "Was sind denn Kindlinge?"

Vati - "Solche Winzig wie ihr".

Söhnchen - "Wir passen ja sowieso nicht in dein Maul".

Vati - "Hahaa! Wenn ich den Mund richtig aufreiße, wie ein Wolf, dann ... hahaa!"

Mutti - "Wenn du sie frisst, darfst du aber nicht kauern, damit, wenn ich dir den Bauch aufschneide, sie wieder unbeschädigt heraus schlüpfern können".

Töchterchen - "Ja, wir spielen Koträppchen!"

Söhnchen - "Du doofe, das heißt Rotkäppchen! Und ich bin die Großmutter. Vati muss uns jetzt verschlucken."

Vati - "Holt mir noch zwei Bouletten, sonst tu ich's wirklich!"

Er knurrt gefährlicher als jeder echte Wolf. Das junge Paar am Nachbartisch, welches die Hochzeitsreise nach Rheinsberg führt und das außer Händchenhalten in der Öffentlichkeit noch nichts mit sich anzufangen weiß, schaut verwundert herüber. Sie tuscheln miteinander und er tippt sich vielsagend an die Stirn.

Töchterchen - "Vati, die Frau dort hat dir eben einen Piep gezeigt!"

Das Gesicht des jungen Ehemannes mit dem gepflegten Bubikopf erstrahlt in schönstem Rot. Nicht, weil er des Piep-Zeigens überführt worden ist, sondern weil man ihn in seiner Männlichkeit verkennen konnte. Verlegen schaut er seiner ihm Angetrauten tief in die Augen. Mutti flüsternd - "Schau mal, die flittern!"

Vati leise - "Das ist Glubschen!"

Mutti - "Es heißt doch nicht Glubschwochen! Flitterwochen heißt es und da wird geflittert".

Söhnchen laut - "Flittern tun die Vögel, ja Vati?"

Vati - "Bisweilen, ansonsten flattern sie mehr".

Töchterchen - "Und was ist ein Flatterhemd?"

Mutti - "Gut zum Flittern !"

Vati - "Du musst es ja wissen!"

Mutti - "Ich erinnere mich dunkel".

Der Weg zum Quartier und auch die unvermeidlichen Querelen mit den Kindern, die wie üblich nicht ins Bett wollen, können das gute Klima nicht verhagen. Der schon zum festen Urlaubsrhythmus gehörende abendliche Spaziergang kann unter den günstigsten Voraussetzungen beginnen. Vati und Mutti schlagen wieder den Weg Richtung Schlosspark ein, der sie zuerst durch die Siedlung führt.

"Was ist Knobelsdorff gegen die Eigenheimbauer!" - meint Mutti mit neidvollem Blick auf eines der Eigen-Superhäuschen.

"Soll bloß einer sagen, unsre Architekten können nichts!" - stimmt Vati zu.

"Und warum architektern die unsre Neubaugebiet so arschlos?"

"Das ist immer so" - erklärt Vati - "guck doch, was der Knobelsdorff, der das Rheinsberger Schloss umgemodelt, der die Berliner Oper und Sanssouci architektert hat, was der in Rheinsberg für ein Wohngebiet entwürfelt hat!"

Sie waren vorhin auf dem Rückweg vom FDGB-Heim zum Quartier zwei drei dieser Knobelsdorffschen Wohnkarrees zwischen Lange-, See- und Kirchstraße abgelaufen. Niedrige ein- bis zweigeschossige Häuschen mit kleinen Fenstern; dicht an dicht entlang der schnurgeraden Straßen, deren unverhältnismäßige Breite das Ausbreiten von Feuersbrünsten behindern sollte; alle nach festen Bautypen - mal ein bisschen größer, mal ein bisschen kleiner; hier und da mal ein Fassadenschmuck; und wenn man die beeindruckenden Bäume gedanklich auf ihre

Größe von vor 240 Jahren reduziert... wo gibt es größere Abhängigkeiten zwischen Kunst und Ökonomie, als in Wohngebietsbaukunst?!

"Wo die Eigenheimers bloß den schnöden Mammon herhaben?" - Mutti kommt aus dem Wundern nicht heraus. Vati wundert sich nicht so sehr: "Na, erstens gibt es Kredit und zweitens... pro Bett, das hier an Urlauber vermietet wird, verdient man 10 Mark den Tag. In 14 Tagen sahnen unsere Quartiereltern zum Beispiel... also 14 mal 40 Mark bei vier Betten.. das sind... "
"Sag's nicht!" - bittet Mutti - "sonst kann ich nicht mehr schlafen vor Missgunst".
Sie kommen beim Thema - Ungerechtigkeit in dieser Welt - ziemlich in Rage, die sich aber im Schlosspark schnell in Wohlgefallen auflöst. Diesmal biegen sie nicht vorzeitig nach links ab, sondern halten geradewegs auf das Schloss zu.
"Und sie gingen durch den dämmrigen Park, in dem die Baumgruppen erdunkelten, sich schwärzlich auseinander schoben... Der Himmel war am Nachmittag schimmernd klar gewesen - noch spannte er sich wie ein ungeheurer Bogen von Osten nach Westen, aber nun hatte er eine dunkle Färbung angenommen, er war fast schwarz, und weiße Wolkenflecken zogen rasch unter ihm dahin.
Gewiss blies der Wind immer so in die Baumgipfel, dass sie aufrauschten, strich durch die Stämme, raschelte schleifend im Laub... Sie empfanden: Abschied."
Das galt für Tucholskys Claire und Wolfgang. Mutti und Vati empfanden ein zaghaftes Stück von Ankunft. Ein Stück Ankunft

bei sich selbst, ein Stück Ankunft beim anderen, ein Stück Ankunft im Urlaub.

Vor der breiten Freitreppe, die von zwei exotischen Sphinxen bewacht wird und nach unten ins Parterre zum Orangerie Rondell führt, schlagen sie einen Haken nach rechts. Zwischen Hecken taucht ein geheimnisvolles Bauwerk auf.

"Eine Pyramidone!"

Vati hebt belehrend den Zeigefinger: "Wo Sphinxen rumhocken, da muss auch eine Pyramidone sein. Denk doch bloß an Ägyptien!"

"Ob noch eine Mume drinnliegt?"

Sie umschleichen auf leisen Sohlen, um die 'Mume' nicht zu erschrecken, am schulterhohen eisernen Gitterzaun die Backstein- 'Pyramidone'.

Kein Eingang!

Fontane erinnerte sich bei einem seiner Besuche im Jahre 1853 "noch deutlich den großen Zinksarg, auf dem ein rostiger Helm lag" durch den offenen Eingang gesehen zu haben. Er berichtet weiter: "Seitdem ist ein brutaler Versuch gemacht worden, ebendiesen Sarg, in dem man Schätze vermutete, zu berauben, was nun, nachträglich noch, zur Erfüllung der Testamentsanordnung, will also sagen zur Vermauerung der Pyramide, geführt hat.

Wo früher der Eingang war, befindet sich jetzt eine große Steintafel mit der von Prinz Heinrich selbst verfassten Grabschrift".

Aus dieser in Französisch verfassten Grabschrift versuchen Mutti und Vati, so gut es im letzten Dämmerlicht des Tages eben geht, heraus zu klabüstern, wem die pyramidonale Grabstätte errichtet worden ist. Mutti wirft ihre längst verblichenen

Französischkenntnisse in die Waagschale. Sie hat vor einigen Jahren mal fünf Monate an einem Abendkurs in Französisch teilgenommen, um eine Wettbewerbsverpflichtung ihrer Arbeitsgruppe bezüglich allseitiger Qualifizierung mit Leben zu erfüllen. Aber sie war selbst schon mit dem Leben von Söhnchen erfüllt und musste den Abendkurs im siebenten Monat sausen lassen.

"Jettè par sa naissance... vulgaire appelle... d L'humanitè... das ist eine Art Gedicht!" - verkündet Mutti. "Das dreht sich irgendwie um einen Fredric-Henri-Louis, Sohn des Frederic-Guillaume... roi de Prusse... also, König der Prussen..."

"Prussen?" - unterbricht Vati - "Das heißt bestimmt Preußen!"

"Und die Russen sind die Reußen!" - schlussfolgert Mutti, bevor sie weiterstoppert: "Passant... also, Passant ! ...Souviens-toi que la perfection n'est point sur la terre . . . irgendwas mit Punkt auf der Erde..."

"Hmm?" Vaters Großmutter hätte längst gewusst, wer da begraben liegt. Wie oft hatte sie ihm von diesen gekrönten und ungekrönten 'Prussen' geschwärmt. Vati wühlt verbissen in sämtlichen Nebenfächern seines Gedächtnisses.

Mutti hat noch etwas entziffert: "Zum Schluss steht - geboren am 18. Januar 1726, gestorben am 2. August 1802.

"1802! Na klar, jetzt hab ich's!" - Vati schlägt sich vor die Stirn, Mutti: "Mein Gott jetzt hatters - im Kopf?"

Vati: "Hahaa! Das ist das Grab vom jüngeren Bruder des Alten Fritzen. Verneige dich!"

"Du bist wirklich ein schlauer Hund!" - lobt Mutti und drückt Vati zur Belohnung einen schmatzenden Schmatz auf die Stirn.

Vati revanchiert sich, so dass es zu einer pietätlosen Knutscherei kommt.

Ein Prinz, der Prinz geblieben ist, gibt eben keine Ehrfurcht heischende 'Mume' ab. Hätte sich hingegen die 'Pyramidone' als Grabstätte des Alten Fritzen herausgestellt... das hätte Erstarrung auslösen können!

Manche Namen verblassen mit der Zeit, selbst wenn man ihnen Pyramiden und Denkmäler setzt, und manche werden immer leuchtender, obwohl man ihre Pyramiden abgetragen hat. Und bei den verblassenden Namen hilft kein Putzen. Und bei den leuchtenden kein Vernebeln.

Wieso sprechen übrigens einige von einem 'Come-back' des Alten Fritzen ? Der war bei den Leuten immer als Stern erster Größe präsent. An Grabstätten von solchen Leuchten knutscht man nicht. Aber am Grab eines Kronprinzen...

Vati kratzt sich anschließend verschämt das Kinn. Mutti sagt: "Ja‚ja, hättest dich ruhig gründlicher rasieren können, du Stacheltier!"

War unser Ehepaar, bevor sie zur Pyramide gelangten, Hand in Hand gegangen, zieht es nun kreuzweise umärmelt von dannen.

Am Schloss vorüber werden sie von sinfonischer Musik begleitet. Im Spiegelsaal des Diabetiker-Sanatoriums, wo vormals der Junge Fritz flötete, findet ein Konzert mit Siegfried Stöckigt statt.

"Diabetikermusik" - kommentiert Mutti, der anscheinend an diesem Abend gar nichts mehr heilig ist.

Über den Platz der Befreiung (Markt) kommen sie zur Seestraße, dort zum Haus Nummer 15 von Adolf Menzel, Malerhandwerk, Telefon 2221, und schließlich zum Cafe 'Seepavillon' am

Ufer des Grienericksees. Durch Fenster und Türen scheppern Hawaiklänge. Ein Schild neben der Tür verspricht "Tanz unterm Kreuz des Südens".

Weil keine Eintrittskarten mehr zu haben sind, müssen Vati und Mutti eben im Freien unterm 'Großen Wagen' tanzen. Mutti hat sofort die Initiative ergriffen: "Darf ich bitten, Kleener, oder wolln mer erscht tanzen?" Vati ist etwas genierlich zumute - "Wenn uns einer sieht!", weshalb er sich für das kleinere Übel entscheidet: "Lieber tanzen!"

Im Seepavillon jault die Hawaigitarre. Der See flirtet plätschernd mit der Uferbefestigung. Unserem Ehepaar ergeht es wie Claire und Wolfgang: "Und da packte es die zwei, und sie drehten sich langsam, schwebend, und sie tanzten auf dem struppigen Rasen, schweigend, ruhig anfangs, dann schneller und schneller..."

Endlich drehen sich Vati und Mutti um eine gemeinsame Achse. Sie fühlen sich überflutet von... na, von... von der Flut eben!

Die endgültige Ankunft im Urlaub vollzieht sich allerdings, da unser flutvolles Paar bei der Rückkehr im Quartier die Kinder noch putzmunter mit Höhlenbau beschäftigt vorfindet, erst am nächsten, dem Morgen des vierten Tages:

Die Kinder schlafen noch tief und fest. Die Sonne scheint schon schön - und zwar durch das breite Fenster direkt in Muttis Gesicht. Mutti wird ein bisschen munter, will sich auf die andere Seite drehen, um ungeblendet weiterschlafen zu können, und trifft dabei schlaftrunken mit dem auspendelnden Arm nach vollendeter schwungvoller Wendung Vatis Hals. Vati ist wortwörtlich schlagartig wach und beschwert sich nachdrücklich:

"Du schlägst mich! Du, die ich vor sieben Jahren in jugendlichem Leichtsinn ehelichte?!"

Mutti findet Worte des Trostes: "Sei froh, dass ich dich nur ge- und nicht erschlagen habe!"

Vati verspricht spontan - "Ich bring dich um!" - und geht auch sofort handgreiflich ans Werk, was nach geringfügigen Schwierigkeiten mit Muttis Schlafanzughose, die zusammen gewurschtelt nicht über Muttis Füße rutschen will, in der übereinstimmenden Feststellung mündet, dass man sich viel öfter umbringen sollte.

Als schließlich, kurz nach vollendeter Mordtat, die beiden Kinder zum Kuscheln ins Ehebett eindringen, ist unsere Familie plötzlich angekommen.

Die Ouvertüre ist beendet. Das eigentliche Konzert kann beginnen. Und es ist von erfrischender Harmonie bis zum Schlussakkord - manchmal auch ziemlich mörderisch!

Mit Wehmut besteigen sie am Ende ihren Trabi und tuckern zurück nach Hause (nicht nach Berlin, wie Tucholskys Claire und Wolfgang, aber auch) in eine "große Stadt, in der es wieder Mühen für sie gab, graue Tage und sehnsüchtige Telefongespräche, verschwiegene Nachmittage, Arbeit und das ganze Glück ihrer großen Liebe" - bis zur nächsten Ebbe! ...die sie aber vielleicht... vielleicht in Erinnerung an die Rheinsberger Ankunft ein bisschen schneller überwinden werden.

1981

Praga-Varieté

In den Schaukästen am Eingang der Tanzbar zogen die Konter-
feis ausgezogener Damen an zum Stehenbleiben, zum Betrachten und schließlich zum Besuch der Bar. Sie liegt in einer Quer-
straße des Wenzelplatzes. Bekannt?

Wir, mein Studienkamerad Alf und ich, wir hätten allerdings
auch ohne diese Lockvögel versucht, in der Bar einen Platz zu
bekommen - es war beinahe 21 Uhr, ein eisiger Wind trieb sich
(wie auch wir) seit Stunden rastlos durch die Straßen von Prag
und nur noch drei Stunden bis Jahreswechsel. Wir wollten Sil-
vester feiern, nicht erfrieren.

Alf klopfte an die kupferbeschlagene Tür der Bar. Etwas zaghaft, fand ich.

"Kräftiger! Oder solln die uns gleich als brave DDR-Bürger
identifizieren? Immer schön forsch!"

Alf beherzigte meinen Ratschlag und schlug beherzt zu.

Die Tür öffnete sich einen Spalt. Gerade weit genug, um einem
livrierten Portier Platz zu bieten. Wir schauten ihm erwartungs-
voll in sein amtlich verkniffenes Gesicht. Er musterte uns von
oben bis unten. Mit unserem Aufzug - wir hatten uns völlig un-
studentisch in Schale geschmissen - schien er zufrieden zu sein,
denn seine Miene veränderte sich nicht im geringsten, als er uns
in gutem Deutsch nach unserem Begehr fragte.

"Zwei Plätze" - antwortete ich kurz und knapp im Tone eines
Menschen, der gewohnt ist, nicht abgewiesen zu werden. Zweifelsohne hatte ich den richtigen Ton getroffen. Der Portier
brachte großes Bedauern zum Ausdruck, uns nicht dienlich sein

zu können: "Leider, alles besetzt, meine Herrn." (Hört, hört: Meine Herrn!!!)

Das war ein hoffnungsvoller Auftakt. Nun galt es, die Taktik ein wenig zu ändern. Unseren Wert hatten wir festgelegt. Der Würde des Portiers musste im folgenden Honig gezollt werden.

Alf erledigte dies mit großem Feingefühl, derweil ich auffällig unbeteiligt eine Zwanzig-Kronen-Note aus meiner Brieftasche angelte, sorgsam zusammenfaltete und dem Portier in die Brusttasche seiner Uniformjacke steckt, auf welcher in goldgestickten Lettern 'Praga-Varieté' zu lesen stand. Nachdem Alf seine steinerweichende Rede geendigt hatte, verwandelte sich die amtliche Miene des Portiers in eine verhärmt nachdenkliche. Wir verharrten in Ehrfurcht vor diesen geistigen Prozessen, die sich vor unseren Augen abspielten und schwiegen pietätvoll.

Endlich erschien ein Leuchten in seinen Augen. Es war wie das Erwachen des Frühlings: "Sie können sich, wenn mechten, an der Bar Platz nehmen eventuell."

"Aber wenn der Strip nichts taugt, wolln wir unser Geld wiederhaben!" - schränke Alf unsere Bereitschaft, sein Angebot zu akzeptieren, ein. Nun öffnete er die Tür vollends und gab uns mit einer würdigen Verbeugung und einem herzlichen 'Prosit Neujahr' den Weg frei.

Das Foyer der Bar war von ausgesucht seriöser Schnuddligkeit. Die roten Teppiche waren abgewetzt, dass man die einstigen Muster kaum noch ahnen konnte; die holzgetäfelten Wände waren vom Atem der Zeit (oder der Raucher) geschwärzt; die Kristallüster von Staub und Fliegendreck umflort; der große Spiegel neben der Garderobe schien die Masern zu haben; und die Garderobefrau den Drang, einer Fregatte im Kriegsputz täuschend zu ähneln. Einzig der Obulus, den wir für die Aufbewahrung unserer Mäntel und Hüte entrichten mussten, nötigte uns, ob seiner Höhe, echte Bewunderung ab - 6 Kronen!

Nachdem wir mit zitternden Händen weitere 160 Kronen für den Eintritt abgeliefert hatten, blieben uns in der gemeinsamen Kasse für die Silvesterfete 40 Kronen. Zum Verprassen. Auf ins Getümmel!

Die Varieté-Bar gleicht einem kleinen Doppelstockzirkus. Die untere Etage besteht aus einer Bühne für das Orchester, der Manege, deren Boden allerdings nicht wie im Zirkus mit Sägespänen bestreut, sondern mit Parkett ausgelegt ist, und dem Bartresen im Hintergrund. Rings um die Manege sind, ebenfalls kreisförmig, die Tischreihen angeordnet. Die obere Etage ist von gleicher Größe und wie der Rang in Kinos oder Theatern beschaffen. Hinter den von der Balkonbrüstung nach oben abgestuften Tischreihen befindet sich, ähnlich wie hinter den Tischreihen der unteren Etage, ein Rundgang.

Wir hielten uns zumeist auf dem oberen Rundgang auf, um nicht allzu oft mit dem Bartresen und seinen Verlockungen in Berührung zu kommen. Es war wie beim Sechstagerennen - unentwegt drehten wir unsere trostlosen Runden. Und wir waren beileibe nicht die Einzigen. Auf den Rundgängen herrschte Jahrmarktsgewimmel, bzw. wenn man so will, Silvestergewimmel. Von Baratmosphäre verblieb die dicke Luft.

Unser Aufenthaltsbereich besaß einen entscheidenden Nachteil - vom Programm unten bekamen wir höchstens ein Drittel mit. Das empfanden wir besonders schmerzlich, als die erste Striptease-Nummer vom Stapel lief. Die durchaus anschauenswerte

Dame bewegte sich mit konstanter Boshaftigkeit auf jenem Teil der Parkettmanege, den wir von oben nicht einsehen konnten.

Für 80 Kronen pro Nase glaubten wir, ein Recht auf den vollen Kunstgenuss ableiten zu können. Entschlossen begaben wir uns nach unten und fanden nahe der Orchesterbühne einen überblickgewährenden Standort, der auch weit genug vom Bartresen entfernt war. "Jetzt kann's spielen!" frohlockte Alf.

Vorerst mussten wir unsere Aufmerksamkeit an eine aufgetakelte Omi und ihren dressierten Pudeln verschwenden. Dabei war gegen die possierlichen Tierchen nichts einzuwenden, aber Pudel und aufgetakelte Omis gibt es auch zu Hause in Karl-Marx-Stadt.

Gelangweilt ließ ich meinen Blick schweifen und schaute - hoffentlich bin ich vor Überraschung nicht rot geworden - einer sehr hübschen Blondine in die fest auf mich gerichteten Augen. Sie saß oben an einem Tisch direkt an der Brüstung. Ihr Blick hatte etwas Magisches. Ich riss mich zusammen und von ihm los und schrieb alles dem Zufall zweier sich kreuzender Blicke und meinen vom Durst angegriffenen Sinnen zu.

Dann verlosch die Saalbeleuchtung.

"Habt acht!" - kommandierte Alf. Ich spitzte die Augen. Ein Scheinwerfer erstrahlte. In seinem Lichtkegel in der Mitte der Manege stand ein entzückendes Rotkäppchen. Mit dem Einsatz des Orchesters begann die liebe Unschuld einen Mädel-dreh-dich-ei-hopsa-sasa-Tanz von höchst eigenwilliger Choreografie aufs Parkett zu legen. Dabei verteilte sie Blumen aus dem Henkelkörbchen, in welches (laut literarischer Vorlage der Gebrüder Grimm) eigentlich Kuchen und Wein für die Großmutter gehören, an das dankbare Publikum.

"Was soll denn das werden!" - murrte ich voreilig, denn mit dem nächsten Paukenschlag flog das Körbchen quer übers Parkett und Rotkäppchen vollführte einen Hopser, der wohl 'Gott sei Dank, das Ding bin ich los!" - ausdrücken sollte. Der Scheinwerfer wurde auf Gelb ein-gerichtet. Mein Herz wummerte plötzlich ziemlich heftig. Nach einer wilden Pirouette landete Rotkäppchens Bluse auf dem Parkett. Das Röckchen verlor sie während einer Bauchtanzeinlage, wodurch sie sich nun auch als Rotunterhemdchen entpuppte.

Alf flüsterte: "Möchte wissen, was ich früher gegen Märchen hatte!"

"Hm" - sagte ich mit trockener Kehle.

Das Rotunterhemdchen besaß hinten einen langen Reißverschluss. Ich konnte nicht umhin, den älteren Herrn, der ihn öffnen durfte, zu beneiden. Der Scheinwerfer wurde auf Rot umgeschaltet. Das Orchester spielte 'Love-story'. Rotkäppchen ließ das Rotunterhemdchen von ihren Schultern gleiten.

Manometer! Diese Märchenfiguren sind noch längst nicht bis ins Letzte ausinterpretiert!

Alf stöhnte: "Warum bin ich nicht als Wolf geboren worden!"

Rotkäppchen, jetzt eher Eva die Siebzehnte, kreierte eine Art indischen Tempeltanz. Niemals hätte ich gedacht, dass mich asiatische Folklore derart fesseln könnte.

Als schließlich der Scheinwerfer verlosch, spendete ich starken Beifall. Alf auch. Aber im übrigen Publikum fanden wir nur wenig Unterstützung. So war es mit einem 'da capo', welches wir erhofft hatten, Essig.

"Bei den dämlichen Pudeln haben die alle geklatscht wie wild, aber bei echter Kunst..." - Alf winkte resigniert ab.

Um unserer Enttäuschung über die Niveaulosigkeit des restlichen Publikums Herr werden zu können, steuerten wir den Bartresen an. Auf dem Weg durch die Menge begegnete ich wieder dem Blick der blonden Schönheit vom oberen Rang. Ich maß dem wiederum keine Bedeutung zu, zumal ich bemerkt hatte, dass sie einem schwarzlockigen, vollbärtigen Hünen zur Seite saß. Ich zweifelte an meiner Konkurrenzfähigkeit.

Wir nahmen einen Juice-Wodka zur Brust. Obwohl wir danach nur noch 15 Kronen unser Eigen nennen durften, bereuten wir die Ausgabe nicht. Die Stärkung hatte notgetan und die letzte Nummer im Rahmen des Kulturprogrammes war ein stilechter Elfenreigen, der von uns wieder das Äußerste an Aufmerksamkeit fordern sollte. Vier, mit einer Schleierschärpe kostümierte Elfen, tanzten um eine fünfte Elfe, die sich gleich dem Blütenstempel einer Tulpe auf einem azurblauen Seidentuch postiert hatte, mit ein bisschen Schminke bekleidet war und sanftes Palmenwiegen im Winde vollführte. Das Seidentuch stellte die Blütenblätter der Tulpe dar, die sich um den Stempel schlossen und wieder öffneten. Diesen Vorgang hielten die vier schleierbeschärpten Elfen in Gang.

Mich erfasste eine romantische Stimmung und ein Gefühl von Frühling machte mir feuchte Hände.

Der Applaus fiel trotz unserer emsigen Bemühungen wieder sehr mager aus. Als wären die zumeist wie wir aus der DDR stammenden Herrschaften Besseres gewöhnt!

"Es ist die blanke Schande" - knirschte Alf.

Ich nickte: "Heuchlerische Bande!"

Das Programm war also zu Ende - bis zum Jahreswechsel verblieb eine knappe Stunde.

Wir setzten unsere Rundgänge fort und sondierten das Publikum, um potentielle Tanzpartnerinnen für den folgenden Tanz ins neue Jahr einzukreisen. Doch Fortuna schien uns nicht günstig gesinnt. Entweder waren die weiblichen Exemplare bereits in männlicher Obhut, oder sie waren zu alt, oder sie jagten uns, was zum Beispiel zugespitzt bei den mittlerweile dienstfreien Entkleidungskünstlerinnen, die sich in der Nähe des Bartresens etabliert hatten, der Fall war, heilige Schauer des Entsetzens über den Rücken - wir wollten ja nicht gleich gefressen werden!

Den Moment des Jahreswechsels mit seinem obligatorischen Brimbamborium - Licht aus, Knutschen, Prosit Neujahr! - begingen wir in Gesellschaft eines Glases Juice pur. Für den Wodka hatte unsere Barschaft nicht mehr gereicht. Geschweige für Sekt.

Die Stimmung ringsum hatte allerdings einen gewissen Höhepunkt erreicht.

"Eigentlich könnten wir die Mücke machen", meinte Alf, "das Milieu ist unser nicht mehr würdig."

Fast hätte ich zugestimmt, doch ich spürte wieder jenen magischen Blick der blonden Schönheit auf mir ruhen. Außerdem sah ich, wie ein spätes Liebespaar den Saal in Richtung Garderobe verließ. Darauf machte ich Alf aufmerksam: "Die scheinen von oben gekommen zu sein. Vielleicht erwischen wir die Plätze."

Kurzer Sprint die Treppen hoch zur oberen Etage und ... wir fanden den freigewordenen Zweimanntisch und eine noch dreiviertelstvolle Flasche Rotwein.

"Die müssen es aber eilig gehabt haben!" Wir grienten verständnisinnig.

So saßen wir im folgenden quietschvergnügt an der Balkonbrüstung, beobachteten das ausgelassene Treiben unten auf der Tanzfläche und ließen uns den herrlich billig-schmeckenden Rotwein unserer Vorgänger bzw. Vorsitzer munden. Na, ehe der Kellner den Wein nochmal verkauft?!

Und wieder begegnete ich dem Blick der blonden Schönheit. Diesmal aus ziemlicher Nähe und mir wurde ernsthaft schwach zumute. Ich zurrte meinen Schlips zurecht, strich mir die Haare aus der Stirn, legte mir die Worte, mit denen ich sie zum Tanz auffordern wollte, gut abgestimmt bereit und erhob mich todesmutig, als der nächste Tanz begann. Der schwarz-lockige Hüne neben der blonden Schönheit wird mich vom Rang entsprechend den Ge-setzen der Ballistik auf die Parkettmanege befördern - dessen war ich mir sicher.

"Halt mir die Daumen, Alf!"

"Wieso?" - fragte er verwundert.

"Na, dass ich gut lande". Zu allem entschlossen schritt ich in Richtung der blonden Schönheit aus.

Sie blickte mir entgegen. Ich lief Spießruten.

Endlich fehlten bis zu ihrem Tisch nur noch drei, vier Schritte.

Meine Kehle war eng wie ein Nadelöhr. Da erhob sie sich von ihrem Platz und kam mir einen Schritt meiner Verbeugung zuvor. Ich stammelte in meiner Verwirrung - darf ich bitten? Sie gestatten doch? - wie es sich laut Knigge gehört. Der schwarze Hüne zeigte keinerlei Reaktion und die blonde Schönheit war schon vorausgeeilt. Zeit, mich richtig zu wundern, fand ich nicht.

Sie tanzte von nun an jede Tour mit mir. Ich war in Trance. Sie trug ihr langes blondes Haar hochaufgesteckt. An ihren Schläfen ringelten sich sogenannte Korkenzieherlocken zu den Wangen. Ihre Gesichtszüge waren ebenmäßig und von einer Zartheit... vorhin Rotkäppchen, jetzt Schneewittchen! Ich war im Märchenland.

Ihre Augen waren selbstverständlich blau, ihr Mund rot wie Blut. Und sie war so anschmiegsam, dass mir die Hormone in die Hose rutschten. Aber es war ein Kreuz - sie verstand kein Wort Deutsch, ich kein Tschechisch. Mit Russisch und Englisch hatte ich auch kein Glück. Mir blieben ein paar Internationalismen - Amore, Sweetheart usw. - und die Zeichensprache. So legte ich ihr symbolisch mein Herz zu Füßen und was der großartigen Gesten mehr sind.

Nach der dritten Tour wurde ich dann sehr deutlich und küsste sie. Sie erwiderte ebenfalls deutlich. Diese Deutlichkeit behielten wir bei den folgenden Touren bei, doch immer nur dann, wenn wir uns auf jenem Teil der Parkettmanege befanden, den ihr Begleiter, der schwarzlockige Hüne, von oben nicht überblicken konnte.

Die Stunden bis 4 Uhr vergingen im Galopp, d. h. genauer gesagt, im Foxtrott, Beat und Blues. Tanzen, Küsse im toten Winkel, zurück nach oben, Übergabe an den schwarz-lockigen. Ja, konnte oder wollte der Kerl nicht mit ihr tanzen? Vielleicht hat er ein Holzbein? Meine Gehirnwindungen bildeten Knoten. Und ehe ich sie entwirren konnte - fini! Letzter Tanz, letzter Kuss, aber ich hatte es irgendwie fertiggebracht, von ihr die Erlaubnis zu erhalten, sie nach Hause begleiten zu dürfen. Diesen Erfolg zähle ich zu meinen internationalistischen Glanzleistungen.

Sie wollte auf mich an der Garderobe warten. Wie sie mit ihrem hünenhaften Begleiter klarkommen würde, konnte ich mir nicht ausmalen. Wenn ich er wäre und eine solche Frau hätte... Die Welt ist bunt, gab ich mir zu bedenken.

Ich ging zu Alf, um ihm die aktuelle strategisch-taktische Situation zu erläutern. Alf war aber nicht allein. Ich traf am Tisch ein, als er gerade einem aufgeregten Kellner beteuerte: "Wir ... (dabei zeigte er auf mich und ich nickte vorsichtshalber)... wir erst seit einer Stunde hier..., nichts bestellt... nichts gegessen... nur Reste vertilgt... verstehen?" Er brach mit einer hilflosen Geste ab. Ich begriff - heiliger Vincenz!

Es gab ein Riesenspektakel. Kellner, Geschäftsführer und eine Truppe, die ich mit 'Rausschmeißer" hinreichend charakterisiert glauben möchte, belagerten und beschimpften uns. Es half auch wenig, dass wir uns als brüderlich verbundene DDR-Bürger zu erkennen gaben. Wir saßen in der Tinte, planschten noch eine kurze Weile und ertranken. Wir mussten unsere Personalausweise zum Pfand abliefern.

"Morgen... hundertachtzig Kronen... sie werden zurückbekommen Ausweise!"

Der Geschäftsführer war gnadenlos.

Unsere Unschuld konnten wir gegen die Stimme des Kellners, der Stein und Bein schwor, uns den ganzen Abend bedient zu haben, nicht dokumentieren. Moralisch, materiell und körperlich geknickt, jagte man uns gegen 5 Uhr an die eiskalte Neujahrsluft.

Von meiner blonden Schönheit war natürlich nicht mal mehr die Spur einer Spur vorhanden.

Ich schüttelte den Kopf über soviel Missgeschick und seufzte: "Ach, Jana!"

Alf fragte: "Was denn, Nana hieß sie? So sah die doch schon aus!"

Manchmal hat Alf Tomaten auf den Augen. Nana! Und der schwarzlockige Hüne eine Art Zuhäl...???

Ich weigerte mich entschieden, den Satz bis zu Ende zu denken. Er schien zwar alles auf das Logischste zu erklären, aber die einfachen logischen Erklärungen sind selten die richtigen. Ich konnte mich nicht völlig überzeugen.

Den restlichen Neujahrstag verschliefen wir im Quartier. Was hätten wir ohne einen Heller in Prag anfangen sollen? Am zweiten Tag des neuen Jahres verkloppten wir meinen Fotoapparat im An- und Verkauf für 250 Kronen. Ein Verlustgeschäft von umgerechnet 400 Mark. Und 180 Kronen mussten wir für unsere Ausweise abliefern.

"Teurer hätte die Nacht mit Jana, oder wenn du willst Nana, auch nicht sein können". Mir blutete das Herz.

Alf tadelte mich wegen fehlender Ansätze sozialistischer Moral in meinen Worten. Ich versprach, mich irgendwann, wenn ich Rentner bin, zu schämen.

1971

Zufällige Begegnung mit einer Brücke

Als das Telefon auf meinem Schreibtisch an jenem Freitag gegen vierzehn Uhr energisch schepperte - zu einer Zeit also, da man sich in den Büros des Landes allgemeinhin seelisch und moralisch auf das bevorstehende Wochenende einzustimmen beginnt - riet mir meine innere Stimme: Lass es scheppern und melde dich nicht!

Ich gehorchte spontan. Doch nach zirka drei Minuten ging mir das ewige Gebimmel an die Nerven und ich nahm den Hörer ab.

"Itevaukameyer"

Vom anderen Ende der Strippe meldete sich:

"Evaugreizmüller. Schönen guten Tag. Wir haben ein echtes Problem."

"So" - äußerte ich, ohne übertriebenes Interesse zu heucheln.

Jeder Anrufer, vorausgesetzt er ruft dienstlich an, hat ein (aus seiner Sicht) echtes Problem für uns auf Lager. An echten Problemen leidet ein Baubetrieb keinerlei Mangel.

"Wir verlegen in Greiz eine neue Gasleitung, müssen Sie wissen".

Zwar fand ich keineswegs, dass ich das wissen müsste, aber ich ließ ihn weiterreden.

"Ja - und dabei ist es nötig, eine Reichsbahnstrecke zu unterqueren. Daraus ergibt sich..."

An dieser Stelle seiner Ausführungen unterbrach ich den Kollegen Evaugreizmüller.

"Ich weiß" - sagte ich schlicht.

"Ja, aber... wieso?"

Die sieben Geißlein hatten den Wolf auch gleich an der Stimme erkannt. Der Märchenwolf wusste sich zu helfen. Ich war gespannt, ob sich mein Widersacher auch etwas einfallen lassen würde. Um aber von vornherein gewisse Übermütigkeiten einzuschränken, gab ich ihm ein paar Grundsatzinformationen vor: "Wenn Sie von uns einen unterirdischen Rohrvortrieb haben wollen, brauchen Sie entsprechende Bilanz. Zweitens sind wir bis übernächstes Jahr total ausgebucht. Drittens ist die Materialsituation..."

An dieser Stelle wurde ich vom Kollegen Evaugreizmüller in meiner Rede unterbrochen.

"Ich weiß" - sagte er. Schlicht, wie ich vorhin.

"Ja. aber... wieso?"

Nun saß der Wolf auf dem hohen Telefon und sprach, als hätte er gleich zwei Pfund Kreide gefressen:

"Kommen Sie doch einfach mal nach Greiz, Kollege Meyer. Da schauen wir beide uns die Sache mal in Ruhe von allen Seiten an. Wir werden bestimmt eine Lösung finden, von der sich der Projektant nichts träumen ließ. Verstehen Sie, Kollege Meyer?! Wie wär's?"

Nachtigall, ick hör dir trapsen! Da gibts was zu neuern!

Neuerertätigkeit ist für einen Technologen im Baugewerbe nicht nur schlechthin Ehrensache, sondern die einzig reale Möglichkeit, das kärgliche Gehalt etwas aufzubessern. Und wenn die unterirdische Querung des Kollegen Evaugreizmüllers wegzuneuern ist... bei rund 20 000 Mark Einsparung, ergäbe sich eine Vergütung von mindestens... Vielleicht hatte ich es doch nicht mit dem bösen Wolf zu tun. Vielleicht eine Art Froschkönig?

Selbstverständlich bewahrte ich vorläufig gelangweiltes Minimalinteresse:

"Na schön - Greiz. Das Vogtland ist ja eine schöne Ausflugsgegend".

Kollege Evaugreizmüller belehrte mich:

"Greiz gehört seit 1918 politisch gesehen zu Thüringen. In seiner landschaftlichen Charakteristik wird Greiz allerdings zum Vogtland gehörend betrachtet und sogar als Perle desselben bezeichnet".

Trotzdem wurden wir uns schließlich einig:

"Mittwoch, den soundsovielten, zehn Uhr in Greiz! Alles klar! Wiederhörn!"

Am soundsovielten steuerte ich meinen privaten Trabbi bei neblig nasskaltem Wetter, doch in froher Zuversicht, einen persönlich-schöpferischen Beitrag zur Neuererbewegung leisten zu können, gen Greiz zum Froschkönig. Jawohl, meinen privaten Trabbi!

Natürlich hatte ich nicht versäumt, im Kollegenkreis laut und herzhaft auf den Fuhrpark unseres Betriebes zu schimpfen, der wiedermal nicht in der Lage war, mir für eine dringende Dienstfahrt einen PKW zu stellen und mich in meinem Pflichtbewusstsein förmlich zum Einsatz meines privaten Trabbis vergewaltigt:

Sparen, sparen, sparen - damit die Herren Leitungskader auch bei beschränkten Benzin-kontingenten frühmorgens von Zuhause abgeholt werden, tags ihre Besorgungen innerhalb der Stadt erledigen lassen können und abends nach Absolvierung gesellschaftlicher Festivitäten nicht angetrunken öffentliche Verkehrsmittel benutzen müssen!

Zugegeben - meine Empörung war bezüglich des soundsovielten etwas geheuchelt. Doch wenn nicht diese Neuererei gewinkt hätte... jedenfalls würde ich dann die Göltzschtalbrücke noch immer für eine x-beliebige Brücke halten. Vielleicht für ein bisschen berühmter und etwas größer als die x-beliebigen, aber letztlich doch für x-beliebig. Und das wäre ungerecht. Ja, das wäre sogar grundsätzlich falsch! Das wäre eine Beleidigung für das gesamte Vogtland!

Die Göltzschtalbrücke - von Anfang an und wohl auch für alle Ewigkeit die größte Ziegelsteinbrücke der Welt - liegt noch vor der Grenze zum thüringischen Bezirk Gera und dürfte daher auch politisch zum Vogtland gehören. Mich durch Kollegen Evaugreizmüller diesbezüglich exakt belehren zu lassen, vergaß ich leider.

Ich war die Autobahn über Zwickau gemütlich bis zur Abfahrt Reichenbach entlang gehoppert; war dort gut durchgerüttelt auf die einschläfernd glatte F 94 eingeschwenkt; habe Reichenbach am südwestlichen Standrand streifend in seiner Hauptmasse rechts liegen gelassen; bin, anstatt dem direkten Weg der F 94 nach Greiz zu folgen, versehentlich Richtung Mylau abgewichen; habe Mylau weniger seiner sehenswerten dreitürmigen Burganlage aus dem 12. Jahrhundert, als vielmehr seiner schlechten Straßen wegen im Schritttempo durchmessen; war gerade dabei meinem Trabbi auf die letzten Kilometer bis Greiz ordentlich die Sporen zu geben... da steht plötzlich dieses rote Monster im Weg. Potzbrücke noch eins!

Vier Etagen übereinander getürmte gemauerte Riesengewölbe. Ähnlich den Aquädukten des antiken Rom. 78 Meter hoch. 575

Meter lang. Sicher, das klingt, wenn man es liest, nicht gerade ausgeprägt gigantisch, aber wenn man diesen sachlichen Angaben in Ziegel materialisiert gegenübersteht, ist man baff. Unfassbar!

Und alles sauber und akkurat zusammengepuzzelt! Ein Stein, ein Kalk... ein Bier? Bei 26 Millionen Ziegelsteinen? Und zusätzlichen 64 000 Kubikmetern Granit, Sand und Bruchsteinen? Die Stein-Kalk-Bier-Methode muss von der Maurergilde erst nach dem Bau der Göltzschtalbrücke erfunden worden sein. Sie hätte sich ja sonst in den Jahren des Baus (1845-1851) bis auf den letzten Lehrling infolge galoppierender Leberzirrhose ausrotten müssen.

Auch die 'Pass off! - Methode' scheint damals noch nicht entdeckt gewesen zu sein - 1302 Verletzte und Verstümmelte, 31 Tote.

Ohne Methode passt eben keiner auf sein Leben off!

Vielleicht hatten die nicht mal eine präzise Wettbewerbsvorgabe!

Und die Initiativen zur Senkung der Streu- und Bruchverluste ...

In derartige, pietätlose Erwägungen verstrickt, doch innerlich von Ehrfurcht betroffen, stand ich und staunte zu den 26 Millionen noch ein paar Ziegelsteine hinzu. Unvorstellbar!

Allein die Ziegel heutzutage aufzutreiben! Geschweige die Gerüste! 23 000 Baumstämme mussten dafür herhalten. Und Maurerhämmer, und Kellen und Arbeiter (bis 2 600 schufteten 12 bis 13 Stunden täglich) und überhaupt...

Natürlich wird von uns Bauschaffenden heutzutage auch Gigantisches vollbracht. Aber in Relation zum historischen Stand der

Produktivkräfte? Ob man späterhin unsere Neubaugebiete als gigantische Leistung der Zeit betrachten wird?

Vielleicht den Fernsehturm in Berlin. Vielleicht die rekonstruierten mittelalterlichen Stadtkerne von Quedlinburg, oder Erfurt, oder... vielleicht die total verlumperten Straßen-netze mancher Großstädte, die über Jahrzehnte mit Flickschusterei funktionstüchtig erhalten wurden?

Unten am Sockel des mächtigsten, sich direkt über die Göltzsch spannenden Hauptgewölbes der Brücke entdeckte ich eine eiserne (oder bronzene, jedenfalls metallene) Schrifttafel - gewidmet den ums Leben gekommenen Mäuerern, vermutete ich automatisch. Doch für deren Namen scheint sich niemand interessiert zu haben. Die Tafel kündet von anderen Männern - von den Mylauer Kommunisten Bühring, Potzel, Schmid, Steinbach, Dick, Prager, Schroth und Thom, die in der Nacht vom 12. zum 13. 3. 1932 anlässlich der bevorstehenden Reichspräsidentenwahl in 56 Meter Höhe mit zwei mal drei Meter großen Buchstaben "Wählt Thälmann" an die rote Brücke gemalt hatten.

Ich versuchte abzuschätzen, wo ungefähr die Schrift angebracht worden war. Ich stellte mir vor, da oben mitgetan zu haben. Dabei wurde mir schwindlig. Diese Kommunisten müssen vielleicht verrückte Kerle gewesen sein! Wagemutig!

Die Zeiten haben sich geändert. Auch die Kommunisten. Man darf da wohl nicht einfach vergleichen. Schade.

Die Erbauer, sprich die Leiter des Brückenbaus - OB.INGEN.R.WILKE und INGENIEUR F.ROST - haben sich links bzw. rechts des oberen Hauptgewölbes (von Mylau her gesehen) knapp unter der Oberkante in steinernen Lettern verewigen lassen. Ich hatte größte Mühe beim Entziffern. Der Nebel lag schwer auf der Brücke und quoll ab und an in Fetzen über den Rand hinweg und sank träge ins Tal.

Den Weg vom Brückenrand ins Tal soll ja auch einer der beiden Baumeister gegangen sein. Kurz bevor die erste Lokomotive (15. 7. 1851) über die Brücke dampfen sollte. Aus Angst, die Brücke könnte zusammenstürzen. Selbstaufgabe.

Einen sachlichen Hinweis auf diesen Vorfall konnte ich nirgends entdecken. Ob nun Wilke oder Rost die Nerven verloren hatte...? Eigentlich hätte Professor Johann Andreas Schubert von der Technischen Bildungsanstalt Dresden, der die statischen Berechnungen geliefert hatte, zuerst das Nervenflattern bekommen müssen. Aber nein, einer der beiden Bauleiter soll soviel selbstzerfleischende Verantwortung für sein Produkt empfunden haben, dass er nicht auf die Idee kam, dass er doch im Falle des Zusammensturzes alles auf den Statiker schieben könnte. Da sind unsre Bauleiter von ganz anderem Schrot und Korn. Hart im Nehmen! Umsichtig beim Abschieben von Verantwortung! Clever bei der... was rede ich von Bauleitern! Reden wir auch von Technologen, Projektanten, Baugrundgutachtern, Statiker, Bauaufsichten und was da sonst noch beim Bauen am Werke ist. Prognostische Stürze von Brücken oder Schreibtischen sind nicht zu befürchten. Gott sei Dank! Und trotzdem wäre es schade, wenn sich der Selbstmord an der Göltzschtalbrücke, begangen aus tiefempfundener Verantwortung, als Legende erweisen würde. Ich beschloss, einfach zu glauben, dass es ihn gegeben hat. Genau wie ich an den Flug des Ikarus glaube, oder an die Standhaftigkeit Giordano Brunos auf dem Scheiterhaufen, oder an die Tat der Mylauer Kommunisten...

Was müssen das für Menschen sein, die sich selbst über ihren Aufgaben vergessen! Wie groß müssen die Aufgaben sein?!

So kam ich an diesem soundsovieltem, als ich eigentlich zum Kollegen Evaugreizmüller wollte, um mit ihm ein Neuerergeschäftchen zu regeln, urplötzlich über die ideellen Motive unseres Treibens ins Grübeln. Ich weiß, dass das nichts einbringt, doch auch Erich Honecker denkt offensichtlich über solche Dinge nach. Er sprach von der wachsenden Bedeutung des subjektiven Faktors bei der weiteren Entwicklung von Wirtschaft und Kultur. Aber wer hört schon auf uns?

Auf den letzten Fahrtkilometern bis Greiz stand ich noch voll unter dem Eindruck dieser Monsterbrücke. Das neblig triste Wetter konnte keinen Einfluss auf mein Innenleben gewinnen. Auch auf der Rückfahrt von Greiz gelang es dem Wetter nicht. Da stand ich voll unter dem Eindruck dieses Evaugreizmüllers.

Meine Eindrücke von der Stadt möchte ich verschweigen. Sie sind zu stark durch diesen Menschen verfärbt. Sie würden auf die Perle des Vogtlandes einen ungerechten Grau-schleier werden. Aber wenn alle Greizer so wie dieser Evaugreizmüller sind ... - lockt mich mit scheinheiligen Andeutungen, die eindeutig eine Neuereraufgabe avisieren, nach Greiz und dann fällt nicht ein Tönchen in dieser Richtung. Im Gegenteil! Dieser hinterlistige Fuchs (von wegen Froschkönig oder Wolf! Ich bin wirklich manchmal zu naiv!) hatte zwischenzeitlich die Bilanzen geklärt, das Material beschafft und für unsere Produktionsarbeiter eine Ziel-prämie aus dem Fonds seines Generaldirektors herausgekitzelt. Nichts zu machen, ich war gefangen. Es gab reineweg nichts auszusetzen. Auch an der Baustelleneinrichtung nichts. Es gab nichts zu Neuern!

Wir werden also in Greiz projektgemäß die Reichsbahn unterqueren. Die Kollegen Produktionsarbeiter werden am Ende je ein Marx-Bildchen als Zielprämie einstecken. Und ich gucke in die Röhre. Und dabei war ich mit meinem privaten Trabbi... nicht weiterdenken!

Wenn ich nicht wenigstens dieser Brücke begegnet wäre...

Schluss jetzt! Setz den Punkt unter dieses finstere Gaunerstück! Aber wer da glaubt, mich freitags kurz vor Feierabend nochmal so einkaufen zu können, der irrt!

Es sei, er macht offen ein ehrliches Angebot.

Dass es meinem Betrieb demnächst gelingen könnte, mich für meine Tätigkeit so zu motivieren, meinen subjektiven Faktor so zu aktivieren, dass ich von vornherein eine aufgeschlossene Haltung zu meinen Aufgaben zeigen könnte, liegt außerhalb des Vorstellbaren.

1981

Klausdorf

"Also, Klausdorf ist gebucht für dich!" - verkündete mir unser Abteilungsobergewerkschafter Artur.

"Klausdorf? Für mich?"

Es war Montag. Genauer - montags, fünf Minuten nach Beginn der neuen Arbeitswoche. Vor drei Minuten hatte ich bereits den ersten Telefonanruf erhalten. Natürlich eine Havariemeldung von der Baustelle - der Diesel ist alle, wir können nicht ... alle Räder stehen still...

Dass der Diesel zur Neige geht, konnte der Brigadier Ende der vorigen Woche natürlich unmöglich voraussehen.

Außer diesem aufmunternden Anruf hatte ich noch nichts im Magen; geschweige irgendwelche Gedanken an Urlaub im Kopf.

"Was soll ich mit Klausdorf?"

"Waaas?! Du willst den Platz nicht nehmen!" - fauchte Artur los. "Was glaubst du, was ich kämpfen musste, damit du als Angestellter den Platz kriegst! Und jetzt! Das kannst du doch..."

Deprimiert stand Artur in meiner Tür, die er vorhin mit dem Elan des 'Frohe-Botschaft-Engels' geöffnet hatte.

"Tür zu! Es zieht!" - sagte ich begütigend.

Artur tat wie ihm geheißen. Das fiel ihm sicher gar nicht auf, da er meist nur das tut, was ihm aufgetragen wird. Artur wird von der staatlichen Leitung wie auch von den Genossen der Parteileitung als sehr zuverlässig eingeschätzt.

Arturs vorwurfsvoll fragende Miene ließ mir ein unmontägliches Lächeln aufsteigen. Ich lenkte ein:

"Mir wurde der Urlaubsplatz in Klausdorf zugesprochen, wenn ich dich recht verstanden habe, Artur?"

137

"Ich habe für dich gekämpft!"

"Du?"

"Ja, freust du dich denn nicht?" Artur begriff mich nicht in meiner Montagmorgenstimmung. Konnte er nicht! Für ihn ist Montagfrüh die schönste Jahreszeit der Woche. Endlich kann er wieder seine ganze Persönlichkeit von gut zwei Zentner Brutto in den Dienst der Werktätigen stellen; endlich dicke Zigarren schmauchen, ohne (wie zuhause) die Toilette oder den Balkon aufsuchen zu müssen; endlich zur Bestätigung der Wichtigkeit seine Daseins den Werk-tätigen, wie z. B. an jenem Montag mir, frohe Nachrichten überbringen können...

Artur ist im Prinzip ein gemütlicher Patron. Selten verfolgt er irgendwelche Prinzipien! Und du hast ihn doch auch mit wiedergewählt - gemahnte ich mich zur Gerechtigkeit.

"Klar, ich freu mich. Sehr sogar, Artur!"

Seine leidensignalisierende Körperhaltung verflüchtigte sich. Da wölbten sich wieder Brust und Bauch in die heile Welt des Arbeiterstaates, wie ihn sich Artur nicht günstiger vorstellen konnte. Ich gönnte ihm die Erleichterung. Was konnte denn Artur dafür, dass er diesen Brigadier, diesen Diesel-Dussel, in dessen Brigade lediglich das Geld immer stimmt, kürzlich zum vierten Male zum Aktivisten küren musste? Er hatte keinen anderen auftreiben können! Und weil einer angeordnet war laut Direktive zur Durchführung des Tages der Bauarbeiter ... Wer weiß, wie sich Artur hinter seiner ihn hüllenden Speckschicht fühlte?

Ein Gefühl des Mitleids übermannte mich. Ich reichte ihm Feuer für seine erloschene 'Brasil'. Er sog genüsslich den ersten Zug bis tief in die letzte Zehenspitze.

"Ja, aber wenn du wirklich nach Klausdorf willst, kann..."

138

"Was, dann?" Ich stutzte.

"Dann bezahle den fälligen Beitrag für die letzten drei Monate."

Feinfühligkeit war eben auch nicht Arturs Stärke.

Einschließlich Soli hatte ich rund sechzig Mark Mitgliedsbeitrag zu berappen. Montags früh und immer noch auf nüchternen Magen!

So war es eindeutig Arturs Schuld, dass ich von vornherein gegen dieses Klausdorf etwas voreingenommen war.

Klausdorf!

"Ist Klausdorf ein Bockau?" - fragte mich am Abend unsere Tochter mit skeptischem Naserümpfen. In ihrer Kindergartengruppe gab es einen Klaus, der dauernd einpullerte.

Klausdorf!

Ihre Frage, ob dieses Dorf ein Bockau wäre, erklärt sich daraus, dass wir im letzten Urlaub in Bockau (Erzgebirge) gewesen waren, wo es uns allen sehr gut gefallen hatte. Besonders die alte, schön hergerichtete Kirche, die wir direkt vorm Fenster unseres Quartiers zu stehen und zu läuten gehabt hatten. Und diese Kirche war für unsere Veronica zum Synonym für Urlaub geworden. Die Kirche hieß Bockau, und Bockau ist Urlaub mit Kirche - so in etwa die Formel, die sich in ihrem Kopf festgesetzt haben musste. Roni, wie wir unsere Veronika der kürze halber rufen, war von der universellen Anwendbarkeit ihrer Formel ebenso überzeugt, wie... wie... na, wie zum Beispiel 'Franz Joseph Strauß von seiner für den bundesdeutschen Wahlkampf aufgestellten Formel: 'Freiheit oder Sozialismus!'

Eigentümlich, wie sich in Köpfen von Kindern Formeln entwickeln können, die jeder Logik spotten, aber nichtsdestotrotz zum Maßstab des Denkens werden.

Wie oft hatten wir unserer Roni erklärt, dass man die Kirche im Dorf bzw. in Bockau lassen muss, weil jede Kirche ihren eigenen Namen trägt und Bockau ursprünglich sowenig mit dem Begriff Urlaub zu tun hat, wie Freiheit mit Kapitalismus.

Letzteren Vergleich akzeptierte Roni zwar sofort - im Gegensatz zu einigen Millionen Bundesbürgern, die den Strauß gewählt hatten - aber Kirche blieb für sie Bockau mit Urlaub oder umgedreht bzw. ganz anders. Wer kann kurzschlüssige Hirnturbulenzen bis ins letzte grammatisch nachgestalten!

Bezüglich Klausdorf konnte ich unserer Roni jedenfalls keine befriedigende Auskunft erteilen. Was wusste ich, ob Klausdorf ein Urlaub mit Kirche wird!

Klausdorf!

Wo könnte man Näheres erfahren?

Ich griff zum Buch: 'Reiseführer DDR', TOURIST-Verlag 1978, 8. bearbeitete Auflage, 211-250 Tausend.

Man sollte ja grundsätzlich gut vorbereitet sein auf alle Sehens-, Hörens- und Anfassenswürdigkeiten, wenn man hinaus in die Welt fährt. Ich meine natürlich die Welt, die für uns DDR-Bürger zählt. Also für uns DDR-Bürger, die wir normalsterblich sind.

Ka... Ka... Kla... Kla... Klau... Klau... - Klausdorf war im Register des Reiseführers nicht aufgeführt.

Es liegt im Kreis Zossen, wusste ich von Artur.

Zet... Zet... Zo... Zo... Zoss... Zoss... - Zossen, die Kreishauptstadt, ebenfalls nicht! Mir schwante Arges.

Aus der Beilagekarte des Reiseführers war zu ersehen, dass Wünsdorf nahe bei Klausdorf liegt. Ich witterte Morgenluft -

Wünsdorf: Ensemble der Roten Armee, Kasatschok, DSF, Katjuschas, Waffenbrüder...!

We... We... Wü... Wü... - Fehlanzeige! Der verantwortliche Lektor des TOURIST-Verlages sollte selbstkritisch seine Einstellung zur unverbrüchlichen Freundschaft mit dem Land des Roten Oktober überprüfen!

Ludwigsfelde, der nächste größere Ort, den die Beilagekarte ausweist, liegt zirka 20 km von Klausdorf entfernt.

Lu... Lu... Ludwigsfelde! Endlich ein Treffer!

So stieß ich über Ludwigsfelde auf den Unterabschnitt 'Teltow und Flämingvorland ' (S. 167). Und da heißt es:

"Im Süden der Hauptstadt führt der Nottekanal von Königs Wusterhausen an Mittenwalde vorbei... blalabla... zum Mellensee."

Klausdorf liegt am Mellensee.

"Er (der Nottekanal) durchschneidet dabei die weiten Niederungen bei Zossen, die die Großtrappe, der größte Laufvogel in Mitteleuropa, bewohnt. Ein Denkmal am Ortsausgang von Mellensee erinnert an die preußischen Freiwilligen, die hier am 21.08.1813 ihr Leben zur Befreiung des Landes von napoleonischer Fremdherrschaft gaben."

Nottekanal, Großtrappen, weite Niederungen und ein Denkmal für ein paar Preußen, die anscheinend ein Leben übrig hatten - na, sonst hätten sie es ja nicht freiwillig für König und Vaterland ... Spaß beiseite!

Aber was mir doch immer wieder am ollen Goethe imponiert, ist die Sage, dass er über die napoleonische Fremdherrschaft nicht so erzürnt war, wie das übrige vaterlandsseelige Gesindel. Als hätte der olle Goethe Lenin gekannt! - "Der Charakter eines

Krieges (ob er ein reaktionärer oder ein revolutionärer Krieg ist) hängt nicht davon ab, wer der Angreifer ist und in wessen Land der 'Feind' steht, sondern davon, welche Klasse den Krieg führt, welche Politik durch diesen Krieg fortgesetzt wird." (Lenin, 'Die proletarische Revolution und der Renegat Kautsky', Dietz Verlag 1980, S. 77)

Schade, dass Napoleon nicht das ganze feudale Europa entlausen konnte. Und wenn, ob es genützt hätte? Deutschlands Geschichte nach 1813 quillt nicht direkt über von Progressivität. Aber Napoleon hätte Europa nicht regieren können. Die Organisation der gesellschaftlichen Organismen auf Basis von Nationen war das historisch Angemessene! Aber wenn man sich überlegt, dass ein Großeuropa womöglich drei bis vier Kriege hätte einsparen können... wenn es Napoleon eben gelungen wäre... Geschichtsspekulationen führen zu nichts.

Und Klausdorfs Beitrag zur deutschen Geschichte darf man wahrscheinlich sowieso als unbedeutend vernachlässigen. Aber vorsichtshalber einen Blick in Fontanes 'Wanderungen durch die Mark Brandenburg"!

Im Viertel Teil nähert sich Fontane auf Seite 355 der mich interessierenden Gegend um Klausdorf: 'Saalow - Ein Kapitel vom alten Schadow'.

Saalow liegt bei Mellensee. Mellensee, wie gesagt, bei Klausdorf.

Also bitte, Herr Fontane!

"Auf dem Plateau des Teltow, ziemlich halben Weges zwischen Trebbin und Zossen, liegt das Dörfchen Saalow. Elsbruch, Kiefernwald und sandige Höhen fassen es ein, und die letzteren, die den grotesken Namen der 'Höllenberge' führen, bilden neben einem benachbartem See, der 'Sprotter Lacke', so ziemlich die ganze Poesie des Orts."

Enttäuschend!

Und dann stellt sich noch heraus, dass in Saalow nicht Schadow selbst, sondern nur dessen späterer Erzeuger gelebt hatte.

Na schön - was kann eine Gegend für ihre historische und touristische Belanglosigkeit? Im Gegenteil - desto friedvoller, unberührter und erholsamer wird sie sein!

Ich richtete mich auf einen nervenglättenden und naturnahen Urlaub zwischen säuselnden Kiefern, lauschigen Seen und über Wiesen tripptrappende Großtrappen ein.

Brigitte, was mein mir angetrautes Weib ist, freute sich diebisch, als ich sie über die Klausdorfsche Situation in Kenntnis setzte: "Herrlich! Keine Burg, nicht die winzigste! Kein Gartenhäuschen eines großen Literaten! Kein Hünengrab! Kein berühmtes Museum! Wahrlich - nichts, rein gar nichts schien es in und um Klausdorf herum zu geben, wohin ich die Familie würde schleppen können, um den Allgemeinbildungsquotienten zu heben. Wie herrlich war diesbezüglich der Urlaub in Potsdam gewesen!

Brigitte stöhnt noch heute, wenn sie daran erinnert wird.

Also Klausdorf.

Während der dreistündigen Fahrt von Karl-Marx-Stadt nach Klausdorf hatte unsere Roni bei diversen Ortsdurchfahrten immer wieder Gelegenheit zum Jubeln: "Ein Bockau! Ein Bockau - bim baum, bim glock!"

Ob Klausdorf von ihr als Urlaubsort akzeptiert werden würde, reduzierte sich scheinbar auf die Frage: Hat Klausdorf eine Kirche?

Bei unserer Ankunft in Klausdorf war es aber schon dunkel. Die Schuld für mangelhafte Beleuchtung schoben wir, wie es allgemein üblich ist bei Mangelerscheinungen, der Partei in die Schuhe. Zweitens hatten Britta und ich größte Not, unseren Bungalow in der Wald-straße zu finden, so dass wir Ronis Kardinalfrage keine intensive Aufmerksamkeit schenken konnten. Die Frage blieb offen. Und sie blieb es bis zum Abreisetag. Zum Glück für die Partei braucht die Schuldfrage nicht gestellt zu werden, da bei Roni bereits am zweiten Tag unseres Urlaubs das 'Bockau-Problem' in den tieferen Hintergrund gerutscht war, was allerdings nicht in Richtung eines flatterhaften Charakters unserer Tochter interpretiert werden darf. Ja, es zeugt doch eher von ihrer Fähigkeit, sich stets den wichtigen Fragen des Lebens, wie zum Beispiel der Gepäckentladung oder der Inspektion der Kulturbaracke und des Spielplatzes, zu stellen. Wenn man dagegen den Franz Joseph nimmt, der starr und steif festhält an... pardon! Was hab ich's denn andauernd mit diesem Bayern?! Ich kann mich da gar nicht recht verstehn. Das ist doch primitiv! Der Mann ist doch derart offensichtlich... und doch haben ihn einige Millionen Bundesbürger gewählt! Völlig freiwillig! Hmm - auch Hitler ist nicht nur durch nackte Gewalt ans Ruder gekommen. Er hatte seine Wähler. Hmm - bedeutet das etwa, dass man den Massen besser keine Wahl lässt? Oder wenn, dann nur die richtige? Denn wenn die falsche Idee die Massen ergreift... Und wenn es die richtige, aber in den Augen der Mächtigen die falsche ist, dann nützt auch die Wahl nicht viel. Siehe Chile! Eigentlich ist die Wählerei ein einziges, unnötiges und teures Marionettenstück. Die Puppen tanzen sowieso nur solang, solang es denen passt, die die Fäden vorher geknüpft haben.

144

A propos Fäden - die hielt bei der Umlagerung unseres Reisegepäcks aus dem Trabi in den Bungalow selbstverständlich meine Frau in den Händen. Ich durfte schwitzend tanzen. Hin und her, her und hin. Britta betonte mehrfach, sie habe nur das Allernötigste eingepackt. Es war unglaublich, was man alles allernötigst im Urlaub benötigt: Fön, Kaffeemaschine, Kassettenrecorder, Kleider für gut, Kleider für schlecht, Kleider für warm, Kleider für kalt, Kleider für nass, Kleider für trocken, Schuhe für...

So verging der erste Urlaubstag.

Am zweiten begannen wir, uns die nähere und fernere Umgebung unseres Bungalows zu erschließen. Zu Fuß. Das war für die nähere Umgebung vom Kinderspielplatz über Konsumkiosk bis zum Waldsaum die gemäße Art der Fortbewegung.

Aber für die fernere Umgebung ... - ach, so weit war der Weg nach San Fernando - sangen wir, um uns Mut und Kraft zu geben. Ein schier undurchdringlicher Dschungel von Bungalows, Villen, Datschen, Lauben, Eigenheimen und Hundehütten dehnte sich gespenstig nach allen Himmelsrichtungen. Bis zum eigentlichen Ur-Klausdorf konnten wir nicht vordringen.

Immerhin - wir fanden den See!

An der kleinen Badestelle erwartete uns bereits eine unterwürfig bettelnde Herde hungriger Schwäne.

In der Nachsaison, wenn die brotkrümelverteilenden Urlauber rar sind, bleiben vom stolzen Gehabe der Schwäne so wenig übrig, wie von Franz Joseph bliebe (schon wieder der Kerl!), wenn sich seine Kumpane aus der Finanzoligarchie von ihm abwenden würden.

Die Schwäne machten krumme Hälse und schnatterten lüstern.

"Wir haben kein Brot für euch" - sagte ich sanftmütig. Da wurde der Pascha der Herde kategorisch und trug mit Flügelschlag und vorgestrecktem Hals einen zischenden Angriff vor. Wir ergriffen die Flucht und brachten uns auf einem Klettergerüst in Sicherheit. Mein lieber Schwan!

Roni schimpfte: "Dummes Schwein, du Schwan!"

Woher unsere wohlerzogene Tochter nur solche Ausdrücke hat?!

Britta fuhr die Schwanenbande in einem Ton an, als wäre ich mitten unter ihnen und hätte wiedermal den Aufwaschlappen in der Spüle einfach so schlampig liegengelassen.

"Wenn ihr nicht sofort ins Wasser geht, dann..." sagte meine liebe Frau also in jenem besagten Tonfall. Und wahrhaftig - gemächlich nehme ich den Lappen aus der Spüle... äh... gemächlich watschelte die feindliche Armee in ihre Ausgangsstellung am Badestrand zurück.

Wenn man dem Tod so unmittelbar ins Auge geblickt hat, erscheint einem das Leben selbst auf einem Klettergerüst wie das Paradies. Aber wie der Mensch nun mal veranlagt ist - kein Paradies ist ihm paradiesisch genug. Wir verließen unseres, noch bevor uns ein Erzengel mit Flammenschwert, welcher sich in Gestalt des Bademeisters finsteren Blickes näherte, vertreiben konnte.

"Klettergerüste sind nur für Kinder reserviert!" - brüllte er uns hinterher.

Auch Paradiese?

"Jetzt spazieren wir am See entlang" - schlug Britta, als wir in endgültiger Sicherheit waren, vor. Es war einer jener Vorschläge, denen man sich ihrer Begrüßenswürdigkeit halber schlecht

146

entziehen kann, die aber den Nachteil besitzen, nicht den Unbilden der Realität genügend Rechnung getragen zu haben.

Das Unbild der Realität am Mellensee betrachtet man am besten von oben. Nehmen wir auf einer Wolke Platz!

Da drunten liegt also die wassergefüllte eiszeitliche Rinne mit der Ortslage Mellensee an der Nord- und Klausdorf an der Südspitze. Das Ostufer lockt mit seinen üppigen Schilf- und Mückenbeständen den Hobbyabenteurer, die Durchquerung des Amazonas-Urwaldes nachzuempfinden. Das Westufer strotzt mit den parzellierten Wucherungen der Nah- und Fernerholung. Wir befanden uns am Westufer.

Ein Spaziergang am See entlang, wie Brigitte vorgeschlagen hatte, wäre zwangsläufig in ein Hürdenrennen ausgeartet, bei welchem die Hürden mannshohe Zäune oder Mauern sind und zwischen den Hürden wütende Hunde nach den Waden schnappen. Nein, danke!

Nachdem wir brav und bieder ein gutes Stück an den sich dicht an dicht am Ufer reihenden Grundstücken entlang gepilgert waren und hie und da ein einsam Segel durch die Zier- und Obstgehölze hindurch hatten blinken sehn, nölte uns unsere Roni giftig an, weshalb wohl ausgerechnet wir kein solch Fleckchen mit Häuschen am Wässerchen besäßen.

"Weil wir keinen Hund haben, der darauf aufpassen könnte" - erklärte Britta. Unser Ronikind vermied weitere Sticheleien. Ob aus Einsicht in Brittas Argumentation oder aus Pietät ... dahingestellt.

Die unschuldige Frage unseres unschuldigen Kindes saß auch so schon fest mit hundert Widerhaken in meiner Brust und schmerzte.

Aber Genosse, wer wird denn gleich... nur kein Neid... - die meisten Besitzer werden ihre Grundstücke ererbt haben von irgendwelchen ehemaligen gutbürgerlichen Onkeln! - ver-suchte ich mich zu trösten.

Und die vielen neuen Häuser? - bohrte es in meiner Brust weiter. Betriebe und Institutionen haben sie für die Erholung ihrer Belegschaft errichtet! - klärte ich mich parteilich auf.

Und die vielen, vielen neuen, die kein Firmenschild als gesellschaftliches Eigentum kennzeichnet?!

Die Anteile für jeden Bürger am gesellschaftlichen Reichtum werden im Sozialismus nach der Leistung verteilt und basta! Fleißig und treulich seiner Arbeit nachgehn, Genosse, was ist das schon! So geißelte ich mich noch ein gutes Weilchen und überlegte dann verbissen, was ich in Zukunft Besseres leisten könnte. Ich kam auf Kellnern, Fensterputzen, Benzinverkaufen, Kunsthandwerkeln; ich überlegte, ob ich mein Diplom verkaufen und als Ungelernter zum Bau und nach Feierabend auf den freien Markt des Eigenheimbauprogrammes gehen sollte; ich dachte an PKW-An- und -Verkauf; und ich musste mir schließlich eingestehen, dass der reale Sozialismus genügend Freiraum für jedermann lässt, einträglicheren Beschäftigungen nachzugehen, als der nach Arbeit für einfachen Lohn oder festes Gehalt.

(Ich will nicht leugnen, dass ich auch an die Bevorteilung hoher staatlicher, gesellschaftlicher, künstlerischer und wissenschaftlicher Kader dachte, aber ich schwöre, dass ich dabei keinerlei abweichlerische Gedanken hegte!)

Bist selber schuld, Dummkopf elender!

Es tat mir fast wohl, mich mal so richtig zu beschimpfen. Den Dummkopf nahm ich allerdings später zurück. Ich entschuldigte mich gebührend bei mir und erklärte mir feierlich, dass es auch idealistische Materialisten geben müsse, sonst wäre der ganze historische und philosophische Materialismus für die Katz. Ich wies meine offene Hand der Versöhnung nicht zurück und umarmte mich brüderlich.

Als Exkursionsergebnis unseres zweiten Tages hätte man folgendes formulieren können: Klausdorf besteht höchstwahrscheinlich zu 3 % aus Klausdorf und zu 97 % aus Wochend- und Urlaubsdorf. Der Mellensee ist höchstwahrscheinlich zu 2 % öffentlich bebadbar (Wasserschlucken auf eigene Gefahr!). Die DDR muss wirklich das Land 'der Millionen Millionäre' sein, wie es schon im Lied heißt.

Wir gingen diesen Hypothesen in den weiteren Tagen unseres Urlaubes nicht weiter auf den Grund, sondern lieber Pilze sammeln.

In den weitläufigen Kiefernwäldern rings um den staatlich anerkannten Erholungsort frönten wir täglich unserer wachsenden Sammelleidenschaft. Wir gerieten in einen Rausch - vielleicht vergleichbar dem großen Goldrausch des vorigen Jahrhunderts im wilden Westen. Und wenn wir unseren fündigen Pilzclaim nicht mit Winchester und Trommelrevolver gegen räuberische Pilzdigger verteidigten, so lag das nicht an unserer großzügigen Bereitschaft, die Pilzschätze zu teilen, sondern daran, dass es in der Kaufhalle weder Gewehre noch Revolver noch Munition zu kaufen gab. Uralte Instinkte, ein bestimmtes Revier in Besitz zu nehmen und dieses von nicht zur Herde gehörenden Artgenossen freizuhalten, waren in uns aufgebrochen. Es hätte eigentlich nur noch gefehlt, dass ich als Leithammel an der Grenze unseres Reviers von Baum zu Baum getigert wäre, um überall meine Losung zu hinter-lassen: Privatbesitz!

Und manchmal denkt man von sich, man wäre ein zivilisierter Sozialist.

Wir frönten also unseren Leidenschaften: Zwischen Frühstück und Mittag Pilze sammeln; zwischen Mittag und Vesper Erholung bei Schlaf, Sport, Spiel und bei Schlaf; zwischen Vesper und Abendbrot Pilze zur Winterbevorratung säubern und zerschnippeln; zwischen Abendbrot und Zapfenstrich Pilze bei einer guten Flasche Wein und einem Buch verdauen; und schließlich morgens zwischen erstem Augenaufschlag und wohligem Rekeln ein kurzes Dankgebet, dass wir noch am Leben waren. Oh, ihr Genüsse, die man unter Einsatz seines Lebens genießt...!

Und obwohl wir auch den letzten Morgen in Klausdorf lebend begrüßen durften, so sei doch Euch, liebe Freunde, die ihr von uns ein Beutelchen des getrockneten märkischen Pilzschatzes geschenkt bekommen werdet, versichert, dass Ihr Euch den prickelnden Gefühlen der Gefahr beim Verzehr der Pilze mit gutem Gewissen voll hingeben könnt. Wir haben ja in Klausdorf nur die Pfifferlinge und Steinpilze aufgegessen. Alles andere haben wir getrocknet. Ehrenwort! Also lasst Euch das Pilzverzehr-Abenteuer nicht nehmen, liebe Freunde!

Und wenn jemand bei unserer Tochter anfragen sollte, wo wir denn gewesen sind, so wird der die Antwort - In Pilzen! - erhalten. Um Irrtümern vorzubeugen - in Pilzen, nicht in Pilsen (Plzen)! Klausdorf hat zwar, volkstümlich ausgesprochen, durchaus irgendwie was 'Böhmisches', nur leider nicht das berühmte Pilsner (Plzener?).

Sollte jemand weiterfragen, ob es ihr denn in Pilzen gefallen habe, wird Roni antworten: "Ein Bockau war's nicht."

Ob sie mit dieser Antwort auf die fehlende bzw. von uns nicht gefundene Kirche abzielt; ob ihr unser Pilzrausch auf die Nerven gegangen war; ob ihr der Urlaub, der bei ihr ursprünglich Bockau hieß, obwohl auch Kirche Bockau... d.h. jetzt vielleicht in Pilzen die Kirche... äh, ich meine, am besten man gibt sich, ohne groß hin- und herzurätseln, mit Ronis Antwort zufrieden. Einem geschulten DDR-Bürger dürfte das nicht schwer fallen. Und einem BRD-Bürger erst recht nicht! Der gibt sich doch mit allem, ohne groß hin- und herzurätseln, zufrieden, solange sein Wohlstand nicht angetastet wird. Selbst wenn Franz Jos... schon wieder! Nein, jetzt beherrsche ich mich! Was soll mein Geschimpfe gegen diesen Mann? Ich kann ihm nicht ans Leder. Und die BRD-Bürger scheren sich auch einen Dreck, wenn ich hier... Schwamm drüber! Mein Feld ist hier. Da gibt es auch zu ackern. Na, zum Beispiel das Klausdorfsche Unbild der Realität!

Ich werde diesbezüglich eine markige Denkschrift an unseren Abteilungsobergewerkschafter Artur übergeben, die sich die für die Landeskultur verantwortlichen Funktionäre nicht hinter den Spiegel stecken werden, weil unser Artur meine Denkschrift, wie jede andere Kritelei, ganz allein abfängt und in seinem Schreibtisch für die Nachwelt konserviert. Artur beweist in solchen Dingen ein bewunderungswürdig breites Kreuz. Seine Obergeordneten vor Problemen zu schützen, ist ihm zur zweiten Natur geworden.

Dem VEB TOURIST-Verlag werde ich dringend ans Herz legen, in jenem erwähnten Unterkapitel des 'Reiseführer DDR' anstatt von Großtrappen, die man eh nicht zu Gesicht kriegt, mehr von den Pilzen und eventuell von der Saalower Bockwindmühle zu sprechen, die, wie gesagt... hoppla ! Wie gesagt? Wo gesagt?

Über meinen Kummer mit Franz Joseph muss ich glatt vergessen haben, die Bockwindmühle an gebührender Stelle zu erwähnen. Pardon!

Wird sofort nachgeholt!

Saalow, das Nest bei Mellensee, in welchem der Erzeuger vom alten Schadow gelebt hat, bevor er den alten Schadow zeugte, hat eine funkelnagelblitzende Bockwindmühle. Mit ihrer gelben Dachhaube ist sie nicht zu übersehen - gleich links der Hauptstraße, wenn man von Mellensee her kommt. Will man sich ihr nähern, wird man von einer Hinweistafel aufgehalten:

"Die Mühle ist kein Museum, sondern Liebhaberstück!"

Liebhaberstück? So was!

Leicht verwundert liest man weiter:

"Bitte umschleichen sie uns nicht am Zaun entlang! Fußgänger, Rad- und Fernfahrer können sich jederzeit melden."

Wir, als Trabbifahrer, fühlten uns abgewiesen. Sicher hätten wir uns als Fußgänger tarnen können, aber das verbot uns der Stolz. Wir nahmen mit dem Anblick von der Straße her vorlieb sowie mit den Informationen der Hinweistafel:

- 1936/37 Umbau der Bockwindmühle zur Paltrock Mühle
- bis 1966   Windantrieb
- bis 1971   mit Motorantrieb in Betrieb

- 1974/75   Restaurierung durch den jetzigen Besitzer und
Saalower Bürger
              (die Tafel nannte keinen Namen)
- das Geld für die neuen Windflügel stammen aus öffentlichen
Mitteln
- die Mühle ist voll betriebsfähig
- das gesamte viereckige Mühlengehäuse wird von einem kleinen Windrad an der
  Dachhaube in den Wind gedreht.

Aha! Liebhaberstück! Alles klar - nicht nur die Fahnen, sondern
gleich das ganze Gehäuse in den Wind drehen! Hoho!
Vielleicht sollte das Liebhaberstück doch besser im Reiseführer
verschwiegen bleiben? Womöglich kommen sonst auch Meier
und Schulze auf den Dreh mit dem Dreh!
Für uns war die Mühle, wie sie da völlig unerwartet in unser
Blickfeld geriet, eine richtig primaschte Urlaubsüberraschung.
Und vielleicht sollte sie im Reiserführer auch deshalb weiterhin
unerwähnt bleiben, damit sich noch viele Touristen und Urlauber von ihr überraschen lassen können.
Ja, womöglich sind die ganzen Reiseführer und Reiseberichte
eine große Dummheit - nehmen sie nicht das Schönste am Reisen, die Überraschungen? Mit Reiseführer reisen, heißt doch oft
nicht mehr 'Entdecken', sondern 'Abhaken'.
In diesem Sinne dürfte ich mit dem vorliegenden Pamphlet über
Klausdorf ein positives Beispiel für einen Reisebericht geliefert
haben:
Die positiven Überraschungen, die Klausdorf parat hält, muss
jeder selber entdecken, der mal hinkommt.

1980

Entdeckung der Ostsee bei Göhren

Wir waren spätabends in Göhren angekommen. Der Ort lag wie ausgestorben. In Gaststätten und Cafes brannte kein Licht. Viele Schaufenster an der Hauptstraße des Badeortes waren nur mit

154

dem Zettel 'Wegen Urlaub geschlossen' dekoriert. In Zeitungskiosken lag Staub auf den Regalen. Auf einem umzäunten Platz warteten aufgereiht die bunten Strandkörbe auf den nächsten Sommer. Keine Spur von nachtschwärmenden Urlaubern.

Späte Nachsaison.

Das Frühstück im Ferienheim am nächsten Morgen verschliefen wir. Zwar war ich wie gewohnt gegen sechs Uhr erwacht, hatte mich aber bei dem Gedanken - erster Urlaubstag! - sofort auf die andere Seite gedreht und war nochmals eingeschlafen. Gegen zehn Uhr erst wich der Schlaf endgültig von mir. Brigitte war bereits munter, saß im Bett und schaute fasziniert zum offenen Fenster hinaus.

Am Himmel war großes Wolkengedränge - weiße, dicke Watteriesen mit grauen Hängebäuchen jagten sich, stauten sich, trudelten im kalten stürmischen Oktoberwind. Die Kiefern vorm Haus waren disziplinierter, standen fest auf ihrem Fleck, wackelten allerdings mit den Hüften und warfen ihre Arme in vielfältiger Verrenkung hin und her, als wären sie bei einer Jugenddisko in Ekstase geraten. Die Schornsteine benachbarter Gebäude prusteten ihren grauen Atem, wie alte überanstrengte Dampflokomotiven wenn es bergan geht, in die Lüfte. Die Sonnenstrahlen, die hier und da ein Loch in der Wolkenbarriere fanden, hasteten über die Erde hin, brachten die Gardinen an unserem Fenster zum Leuchten und lockten uns aus den warmen Betten. Aber da war auch etwas in uns selbst, was uns aus den Betten trieb - jene Entdeckergier, die wohl Columbus nach Amerika verführte.

Ich ließ mich zuerst zu einem kalten Duschbad verführen. Es verlieh mir Bärenkräfte.

Britta zog doch lieber warme Unterwäsche an. Ich nahm mir vor, dem Oktoberwetter mit Bärenkräften, eisernem Willen und ohne lange Unterhosen entgegenzutreten.

Nach einem asketischen Frühstück, welches aus zwei Äpfeln, zwei Eiern und den spärlichen Resten des Reiseproviants bestanden hatte, zogen wir vom Ferienheim aus in jene Richtung los, in welcher wir die Ostsee vermuteten.

Ich sog die atemberaubend klare und schneidend kalte Luft mit dem Mutwillen eines Polarforschers in die Lunge. Tobt nur, Naturgewalten! Nichts kann mich aufhalten!

Keine fünf Minuten waren wir unterwegs, da glich Britta einem rotbäckigen Weihnachtsapfel. Mich verglich sie mit Karpfen blau. Die Taschen meiner Lederjoppe empfand ich als viel zu klein und dachte voll Wehmut an meine zuhause gebliebenen Ohrenschützer. Die Badehose hatte ich natürlich mit auf die Reise genommen.

Wir versuchten uns durch Absingen von Volksliedern - ... ich geh vom Nordpol zum Südpol zu Fuß ... u.ä. - innerlich zu erwärmen. Der Lautstärke unseres Gesanges war keine Grenze gesetzt. Die Urlauberbungalows, zwischen welchen wir uns hindurchschlängelten, hatten ihren Winterschlaf angetreten. Die streunenden Karnickel und Katzen waren auch kaum aus der Ruhe zu bringen (gestählt durch den Trubel der Hochsaison). Die Kiefern schüttelten sich ohne unser Zutun.

Hinter der Bungalowsiedlung wölbten ausgedehnte Hügel ihre ausgemergelten Rundrücken. Der Wind, ein junger Sturm schon, trug den Geruch von Salz, Seetang und Fisch zu uns. Und immer dann, wenn der junge Sturm für kurze Momente verschnaufen musste, hörten wir ein dumpfes rhythmisches

Rauschen. Der Boden schien leicht zu beben. Wir fühlten uns beinahe wie Adam und Eva nach der Vertreibung aus dem Paradies - allein auf der Welt und schutzlos den Gewalten der Natur ausgeliefert.

Ein vorüberjagender Sonnenfetzen tauchte die Hügelkuppe vor uns plötzlich in ein helles bengalisches Licht. Ein grüner Brand. Die wilden Wolkenherden schienen zu scheuen und in Panik zu geraten. Der junge Sturm war erwachsen geworden und drückte das magere, ängstlich zitternde Gras an den Boden. Die verwelkten Disteln knisterten erbärmlich mit den dürren Blättern. Am Himmel durchbrach wieder ein Strahlenbündel das Wolkengeschiebe und schlug einen leuchtenden Fächer auf. Nach wenigen Schritten sahen wir den ersten Streifen des grauen, horizontgreifenden, unter dem Sonnenfächer partiell silberglänzenden Meeres. Wir standen und schauten. Ich legte meinen Arm um Brittas Schultern. Da lag unser Amerika, der Südpol, der Mount Everest - die Ostsee.

Die Kälte war vergessen.

Ein undeutliches Gefühl von ursprünglicher und zügelloser Schönheit der Erde rieselte mir den Rücken hinab. Brigitte hatte, wie immer wenn sie sich erstaunt, den Mund leicht geöffnet. Ihr Kopf lag an meiner Schulter. Eine Haarsträhne kitzelte meinen Hals. Es war, als hätten wir ein vergessenes Geheimnis entdeckt - die Erde und uns.

Es gibt solche pathetischen Momente, die man im Moment des Erlebens gar nicht als pathetisch, sondern nur eben großartig empfindet.

Dann liefen wir Hand in Hand im Schweinsgalopp den Hügel hinab, dem Meer zu, eine kleine Anhöhe hinan... brrr!

Tief unter uns kämpfte das Meer gegen die Steinbarrikaden des Steilufers. Furchtbare Schläge. Weit draußen, inmitten des unfassbar weiten, feindlich fremden, teils anthrazitfarbenen, teils silberblitzenden Wasserareals lag tiefschwarz eine kleine verlorene Insel. Einer der vagabundierenden Sonnenfetzen ließ sie grünstrahlend rufen. Kein SOS! Nur ein schicksalsergebener Gruß.

Hunderte aufgescheuchte Möwen kreischten gegen Wind und Meer an. Zu unseren Füßen löste sich ein kopfgroßer Stein aus der nahezu senkrechten Steilwand und stürzte sich in den Kampf mit den Wellen.

Erschrocken traten wir zwei Schritte von der Kante des Steilufers zurück.

Ich sah Britta an und sie mich. Ein paar Sekunden lang waren wir auf voneinander weit entfernte Gestade ver-bannt und getrennt gewesen. Wir waren überwältigt worden. Von der schützenden Gemeinschaft abgenabelt. Winzig, hilflos und nichtig war ich mir vorgekommen. Ein Bazillus auf der Melone. Daran zu denken, dass wir Bazillen die Macht haben, die Melone ins Weltall zu sprengen, gelang mir nicht.

Als ich Britta nach dem Schreck mit diesem sich lösendem Stein wiedergefunden hatte, fiel mir der Fotoapparat ein, der die ganze Zeit nutzlos auf meinem Bauch geschaukelt hatte. Ich sah durch den Bildsucher... es blieb nicht viel übrig von dem Schauspiel. Wie üblich ärgerte ich mich darüber und schoss die obligaten Urlauberfotos: 'Britta am Steilufer', 'Britta im Wind', 'Die Brandung' usw.

Britta sagte: "Wenn es jetzt warm wäre, wenn es Sommer wäre - das würde überhaupt nicht passen zu der Landschaft. Das wäre eine alte Frau mit Minirock."

Mehr ist zum Charakter des Göhrener Strandes zwischen Nordperd und Fischerstrand nicht zu sagen.

Abschließend sei nur noch bemerkt, dass uns das Fehlen von einigen tausend Miturlaubern kaum gestört hat. Eher im Gegenteil. Und wie wir in Gaststätten und Geschäften erwartet, ja als Objekte zum Bedienen und Umsorgen ersehnt wurden, empfanden wir auch nur am Anfang etwas störend, weil ungewohnt. Lediglich bezüglich der Temperaturen der Ostsee hätten wir ernstlich Kritik anzumelden. Warum haben wir an unserem sozialistischen Ufer keinen Golfstrom?

1975

Aufenthalt in Annaberg

Mitte August, 24 Grad im Schatten, leichter Wind aus Süd bis Südwest, vereinzelte Quellbewölkung:

Diesen Tag, ein Sonntag, wollten wir eigentlich für Oberwiesenthal verwenden.

Berühmter Kurort, Sächsisches Sankt Moritz, winters ein Paradies für Schneemänner (und -frauen), Fichtelberg (höchster Berg der DDR) mit Idiotenhügel... es gibt genügend Prospekte und Ansichtskarten. Aber wir mussten in Annaberg umsteigen und hatten Aufenthalt. Sommersonntag einer Kleinstadt.

Man sollte Kleinstädte nur sonntags besuchen. Diese Ruhe und Beschaulichkeit in den krummen, buckligen Straßen und Gassen! Die winzigen Vorgärten mit den liebenswerten Gartenzwergen und den gebohnerten Wegen! Überall geputzte Fenster und viel Zeit. Die Nachbarn begutachten gegenseitig ihre Vorgärten, tauschen ein paar Bemerkungen zu den Leberwürsten des Fleischermeisters Wurstzipfel und beschnarchen die drei Fremden, die da ausgerechnet durch ihre Straße gehen.

An Sonntagen, die dazu Sonnentage sind, kann man in Annaberg wohl zu jeder Jahreszeit große Stücke Frieden, Gefühle grenzenloser Zeit und ewige Zufriedenheit sammeln.

Man möchte der Welt ihren Lauf lassen, die da in weiter Ferne irgendwo... Man möchte Rosen züchten.

In Deutschland mag es schon immer zu viele solcher Kleinstädte gegeben haben.

Eine Großstadt sonntags, ohne Gedränge und Hektik, wirkt krank, beängstigend, wie von der Pest befallen. In Annaberg, um die sonntäglich menschenfreie Mittagszeit, dösen die Katzen und Kater träge in schattigen Ecken. Sie haben ihren feierlich gelangweilten Blick aufgelegt. Genau den, den sie allen Fremden der letzten Jahrhunderte missmutig geschenkt hatten.

Ob die Schüsse des Panzerkreuzers 'Aurora' überhaupt bis nach Annaberg...aber natürlich! Von den Einschüssen zeugen noch heute viele Löcher in den Straßen.

Atmosphäre schlägt aufs Gemüt. Uns wurde so freiheitlich. Irene öffnete ihre Bluse um einen weiteren Knopf. Wir beiden Männer krempelten die Hosenbeine hoch. Und weil es sich mit Holzpantoffeln, die wir alle drei der herrschenden Mode entsprechend trugen, nur mit hoher Risikobereitschaft auf Katzenkopfpflaster gehen lässt, patschten wir barfuß auf Entdeckungsreise. Der Herr Kollege Heinrich Schliemann trug sicher hohe, den Knöcheln festen Halt gebenden Schnürstiefel, als er Troja fand. Jene Stadt, die nach Herrn Homer vermittels eines hohlen, mit Kriegern gefüllten Holzpferdes besiegt wurde.

Wir fanden Unbesiegtes und Besiegendes.

Eine große Anschlagtafel versuchte eine illegale Mülldeponie abzuschirmen. Auf ihr war ein Plakat 'Schöner unsere Städte und Gemeinden - mach mit!' festgezweckt.

Vom Balkon des historischen Rathauses her wurden wir von großen roten Lettern beeindruckend und förmlich animierend aufgefordert, mit neuen Taten dem Jahrestag des 'Roten Oktober' entgegenzugehen. Ein alter Herr, den wir fragten, auf welcher Straße der 'Rote Oktober' wohl am ehesten zu treffen sei, schüttelte den Kopf und sagte bedächtig: 'Also, bei uns hier überhaupt nicht'.

Die Schreibweise der 'Kleinen Somerleite' (ein m!) im Vergleich zur 'Großen Sommerleite' (zwei m!) bewies, wie einfach sich Größe ausdrücken lässt. Warum also schreiben wir Berlin noch immer nicht mit Doppel-rrrr?!

Mitten auf einer langen und hohen Bruchsteinmauer war ein Schild befestigt: AUSFAHRT FREIHALTEN! Wir versuchten mit 'Sesam, öffne dich!' und anderen magischen Tricks der Ausfahrt auf die Schliche zu kommen. Nichts - die Mauer rückte nicht einen Millimeter aus-einander. Kein Trabant, der hervorkam.

Dann kamen wir zum Friedhof, der gleich hinter dem Busbahnhof gelegen ist (bzw. war): "Zum Bedenken an Oberrangiermeister Olaf Drechsler" - was er bedenken soll, stand nicht bei. "In Gott versenkt - Schneidermeister Alois Waldner" - wie tief? "Gott nahm sie zu sich - Jungfer Catherine Pestalti" - ob der es endlich schafft?

"Geheimer Obergymnasialrat Ernst Otto Schwieger ruht in Frieden" - aber heimlich!

Durch solche Vorbilder inspiriert, entwarfen wir unsere eigenen Grabsteininschriften:

"Mathias J. Blochwitz - unbekannterweise Gott empfohlen" / "Hier ruht Irene Lipetzki - Gott ist bei ihr" / "Bei Gott verlegt - Stephan Dettmeyer".

Mit dem Tod kokettieren, ist ein harmloses Rauschmittel, das einem ein angenehmes Schaudern über die Wirbelsäule rieseln lässt. Der gekreuzigte Heiland hörte uns das traurige Lied vom Treuenbrietzener Schumacher schluchzen. Wer von Entweihung spricht, war nicht dabei.

Nach einem köstlichen Mittagsmahl, welches wir im Ratskeller, also unterhalb der erwähnten Oktoberlosung einnahmen.... es war doch erst August! Denkt man in Annaberg soweit voraus?

Die Kirche 'St. Annen' kam uns in rustikaler Schönheit in die Quere. Das herbe, unverputzte Bruchsteinmauerwerk vermittelte uns den Eindruck ursprünglicher Kraft und Würde, wie wir einem Prospekt entnahmen. Großartige Schlichtheit - Landschaft und Geschichte des Erzgebirges. Doch, doch - da schien schon was dran zu sein! An der Tür zum Turm ein Schild: 'Klingeln, 15 Schritte zurücktreten und nach oben schauen!'

Wir kamen dieser Anweisung exakt nach. In halber Turmhöhe (ca. 35 m) schob sich ein Kopf durch ein Fensterchen: "Was wollnen sie?"

"Auf den Turm!", antwortete ich so konkret wie möglich. Von oben kam der Befehl:

"Drücken!"

Jedem von uns fielen sofort viele Dinge ein, vor denen man sich drücken sollte (ich dachte an Schuhputzen und Schlangen). Oder sollten wir uns, oder verdrücken? Oder... nach kurzer Problemberatung entschlossen wir uns, die 15 Schritte zurück zur Tür zu gehen und am Türgriff zu drücken. Die Tür sprang tatsächlich auf. Ein Schild 'Aufgang zum Turm' geleitete uns zu einer hölzernen Treppe. Hinter uns fiel die Tür ins Schloss.

Irene sagte: "Und oben empfängt uns ein böser Zauberer."

Uns empfing zum Glück ein freundlicher Türmer - "Glück auf!", wünschte er. Erstmalig begriff ich den Sinn dieses Grußes. Mir zitterten noch sämtliche Knie die ich hatte. Diese vielen, zarten, abgemagerten, klapprigen Stufen ! Die schon quietschten, bevor der Fuß sie berührte... "Glück uff!" - grüßte ich inbrünstig zurück.

"Vierzisch Pfenge Hochtritt pro Nase!" - forderte der Türmer.

Mathias gab ein Markstück und drei Westgroschen - "Stimmt

so!" Mir stockte der Atem. Als ich mal in einer öffentlichen Toilette einen Westgroschen provokativ auf das Tellerchen hatte klimpern lassen... nein, eine Sonderration Papier war nicht zu erwarten. Ob er uns was läutet? Er hustete uns was - "Dort gehts lang!"

Während wir artig die kleine Ausstellung (Bilder, Fotos und Zeittafeln zur Historie des Turmes) beschauten, erfuhren wir vom Türmer, sein Vorgänger sei beim Läuten zwischen die Glocken gekommen und stelle damit eines der wenigen unmittelbaren Todesopfer der Tonkunst dar. Die drei großen Glocken nötigten uns Ehrfurcht ab. Der Wind pfiff das Furioso für wohlgestalteten Turm, fis-Dur, von Joseph Amadeus Sturm.

Ergriffen betrachteten wir ein Foto von Paul Löschner, dem von Glocken erschlagenen Türmer - nein, Glöckner (!) von Sankt Annen!

Nun erfolgt der Rundgang außen um den Turm herum. Einen Meter breit der Sims, das Geländer leidlich stabil. Trotzdem fiel mir der Spruch - Nicht der Gipfel, der Abgrund ist das Furchtbare - ein. Selbstverständlich distanziere ich mich konsequent von den elitären Ideen dieses Nietzsche, aber dieser Spruch erschien mir ausgesprochen passend. In die beruhigende Weite ringsum zu schauen, war mir angenehm. Vor uns krümmten sich die fischig glänzenden Dächer. Dort leuchteten Kornfelder goldgelb. Rechts und links und da und wo? Ja, da auch! Herrlich dunkelgrüne, schweigsame Wälder. Aus der Ferne grüßten sanfte Bergkuppen. Ein leichter Dunst milderte den schnöden Naturalismus und dämpfte die Kontraste. Aber direkt senkrecht nach unter... in den Abgrund...? Mathias meinte, man müsse sich zwingen hinauszublicken, sonst würde man niemals schwindelfrei. Ich tat mein bestes. Das komische Gefühl im Magen verschwand erst, als ich mir den Turm von unten, von fester Erde aus wieder in Augenschein nehmen konnte. So hoch war's gar nicht gewesen!

Mathias interessierte sich für die technische Attraktion des Turmes - den Türöffnungsmechanismus: Ein dicker Draht verbindet über ein raffiniertes Hebelsystem die Türklinke mit dem Türmer, der 35 Meter höher auf Besucher wartet. Wenn jemand klingelt, 15 Schritte zurückgetreten ist, sein Begehr kundgetan hat und dann wieder zur Tür schreitet, um auf die Klinke zu drücken, zieht der Türmer oben am Draht. Die gutgeölten Hebelchen bewegen sich und die Tür ist frei.

"Wenn aber keiner da ist, der für dich oben am Draht zieht?" - wollte Irene wissen. Solche Fragen können nur Frauen stellen!

"Nu wollmer ooch noch in de Gerche nei", sagte eine ältere Dame zu ihrem Gatten. Wir schlossen uns an. Die Führung hatte soeben begonnen: " ... Baubeginn im Jahre 1499. 1519 erfolgte die Weihe. 1525 wurden die Arbeiten abgeschlossen. Die Kirche stellt heute die wichtigste spätgotische Hallenkirche Obersachsens dar. Am Bau waren mehrere Baumeister..."

Ich konnte mich auf die Ausführungen des etwa 17 jährigen Führers nicht konzentrieren. Ein kleiner Junge, der im Rücken des Führers unter den stolzen Blicken seines Vaters das herrlich gestaltete Portal (genannt 'Schöne Tür', 1512 von Hans Witten) zu erklettern suchte, fesselte mich mehr. Der süße Knabe hatte bereits eine Höhe von 1,53 m erreicht (grober Schätzung nach). Er klammerte sich an die Füße der Jungfrau Maria. Seine Füßchen ruhten auf Köpfen irgendwelcher Apostel. Er kam nicht weiter. Ich wollte schon... da kam endlich der Papa und half seinem Sohn an dem, innerhalb der sächsischen Plastik überragende Bedeutung besitzendem Portal, um weitere 47,5 Zentimeter nach oben. Dem Söhnchen wurde aber langsam mulmig - er begann zu brüllen. Der Papa nahm ihn sacht von der Jungfrau Maria und barg ihn an seiner Brust. Mama drohte "Dudu!" Beleidigt kreischte Söhnchen auf. Ja, hatte er denn auch solch knallhartes 'Dudu' verdient?!

Ich biss die Zähne zusammen und sah mich in der Kirche um. Eine graue, leicht bräunliche, wie von dauerndem Zigarettenrauch entstandene Patina schmälerte für mich die Schönheit der Architektur. Lediglich ein schmaler Streifen (ca. 2 m breit) vom Boden bis zum Decken-gewölbe an der rechten Stirnseite des Kirchenschiffes zeigte die Alternative: Weißgetünchte Wände, porphyrfarbene Fensterbögen und kobaltblaue Ornamentik im Deckengewölbe. Dieses freundliche, helle und sachliche 'make up' hatten Mitarbeiter des Amtes für Denkmalspflege dem ursprünglichen Gesicht nachempfunden. Der Führer teilte mit, dass die Kirchengemeinde energisch gegen dieses 'make up' protestiert hat - zu kalt, zu nüchtern, zu weltlich!

Der Protest hat, wie ich hörte, nichts genützt. Die Kirche wurde gegen den Willen der Gemeindemitglieder administrativ... entheiligt, müsste ich wohl schreiben, wenn ich Reporter bei 'Bild' wäre.

Nachdem die Sehenswürdigkeiten der Kirche - drei Altäre (der vierte war gerade in Dresden zur Restaurierung), wunderbare Gemälde verschiedener Meister der Cranachschule und von Hans Hesse die Darstellungen aus dem Bergmannsleben, 80 Reliefillustrationen zum alten und neuen Testament an der Emporenbrüstung und Darstellung der menschlichen Lebensalter in weiteren 20 Feldern von Franz Maidburg, Taufstein von Hans Witten in Form einer Tulpe ... (siehe 'Handbuch der deutschen Kunstdenkmäler' Georg Dehio, Akademie-Verlag 1965) - ausgiebig bestaunt und manche auch (bitte nicht verraten!) betastet waren, baten wir den jugendlichen Führer um eine kleine Privatführung. Durch unser sichtliches Interesse geehrt, gab er freimütig viele Details zur Geschichte und Gegenwart der Kirche preis und öffnete für uns einige der sonst für Besucher verschlossenen Türen. Wir durften auf die Empore, zur Orgel und in die Brauthalle.

Interesse scheint ein guter Schlüssel zu sein! Lob verklemmt sich leicht.

In der Brauthalle, wo uns die hölzerne Schutzmantelmadonna eines Nürnberger Meisters (16. Jahrhundert) huldvoll empfing, entdeckte Irene einen Kerzenhalterbergmann, den Paul Löschner, 'Glöckner von St. Annen', geschnitzt hatte, bevor ihn die Glocken trafen. Über die Anekdote von einem der letzten Gottesdienste - der Herr Pfarrer musste dreimal 'Wir singen jetzt Psalm 117!' brüllen, ehe der beschwipste, auf seiner Orgel schlummernde Herr Kantor aufgeschreckt die falschen Register zog - schmunzelten wir noch draußen in den sonntäglichen Tag. Dann mussten wir die einstige Hochburg des sächsischen Erzbergbaus (Auffindung erster Erzgänge am Schreckenberg im Jahre 1492; Erteilung des Stadtrechts 1496; der Name Annaberg 1501 durch kaiserliches Privileg nach der Weihe einer provisorischen Annenkirche) verlassen. Unser Bus nach Oberwiesenthal fuhr ab. Eine Stunde Fahrt, Ausstieg, Spaziergang zur Seilbahn, mit der Gondel auf den höchsten Berg der DDR, Streit im Interhotel um Formen der sozialistischen Gastronomie, Abgang

durch die Seilbahnschneise, Spurt zur Bushaltestelle, Abfahrt... -
Freude - in Annaberg Aufenthalt gehabt zu haben.

(Hinweis: Der Aufenthalt ergab sich im Sommer 1974. Heute
würde er ganz anders verlaufen, oder gar nicht. Wir haben heute
jeder ein Auto).

1975

Annaberg - Nachtrag 1983

Weil gerade Lutherjahr ist - links der Annenkirche auf dem kleinen Kirchplatz steht er höchstselbst auf hohem Sockel in Stein mit einer Bibel in den Händen. Am Sockel wird folgendes vermeldet:

" Dem Bergmannssohn
Dr. Martin Luther
am 400jähr. Jubeltage seiner Geburt
den 10. November 1883
errichtet aus freiwilligen Beiträgen der Bergstadt
Annaberg und Frohnau. "

Für die Bergstadt war Luther natürlich vor allem Bergmanns-sohn. Er hat wohl auch ein bisschen reformiert und mit Tinten-fässern geschmissen... aber Bergmannssohn bleibt Bergmanns-sohn. So wie ein Arbeiterkind Arbeiterkind bleibt, selbst wenn es in der Zwischenzeit Professor geworden ist.

'Zauber-Soltan', bietet Zauberapparate und Illusionen feil.
Zauberapparate sind vielleicht im Zeitalter der Mikroelektronik nichts besonderes, aber sollte jemandem ein paar Illusionen ver-lustig gegangen sein ...- 'Zauber-Soltan', Annaberg, Große Kirchgasse !

Die Besichtigung des Turmes von St. Annen ist zur Zeit nicht möglich.
Sollte unser Türmer von vor acht Jahren auch von den Glo-cken...?

Das zweite Opfer?

Der alte Friedhof hinterm Busbahnhof 'Deutsch-sowjetische Freundschaft' scheint zum Vergnügungspark für die Jugend umfunktioniert worden zu sein. Die Giebelfenster der Hospitalkirche, St. Trinitatis, dienen als Zielscheiben für die beliebten Steinwurfspiele, Grabmäler und Engelsstatuen zu kraftsportlichen Versuchen, die Wände der Schwibbogen-Lauben für bildkünstlerische Entäußerungen. In der Gruft der Merkels kann die Notdurft verrichtet werden.

Am Rathaus, teils rechts und teils links des Balkons mit dem goldenen Kunstschmiedegeländer, prangt (da nicht nur Luther-, sondern auch Marxjahr ist) die Losung: "Marx lebt in uns und unseren Taten." Und wenn er nicht gestorben ist... ob er noch lange zu leben hat?

Schleiz

oder
Anmerkungen zur Allgemeinbildung

Im letzten Urlaub - Ziegenrück an der Saale dunklem Wasser - hatte ich mir infolge Sturzes über eine Baumwurzel einen Handwurzelknochen gesplittert. Zur Nachbehandlung des Wurzelunglücks musste ich mich nach Schleiz verfügen.

Schleiz ... - Schleiz, Greiz, Lobenstein - Synonym für die Kleinstaaterei Deutschlands im 19. Jahrhundert.

Schleiz ... - Schleizer Dreieck-Rennen. Mehr wusste ich nicht von dieser Stadt.

Im Krankenhaus von Schleiz hängt eine Urkunde: Dem Ärztekollektiv des Krankenhauses Schleiz für Verdienste beim Schleizer Dreieck-Rennen!

Eine Urkunde, die man wohl mehr mit Bedauern, dass sie verliehen werden konnte, als mit Anerkennung für das Ärztekollektiv betrachten muss. Naja, Motorsport hin, Motorsport her. Wenn es Formel-Eins-Rennen in Schleiz geben würde, dürfte man eine ähnliche Urkunde auch beim Bestattungswesen vermuten. Wir sind zum Glück erst bei Formel-Vier oder so.

Die Stadt selbst (1297 Burg- und Stadtgründung am Kreuzungspunkt von Fernhandelsstraßen) hat ein Dutzendgesicht: Zu alt um schön, zu jung um interessant zu sein.

In einer kleinen Broschüre über die Gegend rund um Schleiz (Horst Rau 'Saaletalsperren', Brockhausverlag) las ich von den Schicksalsschlägen, die im Antlitz der Stadt ihre Spuren und Schatten hinterlassen haben: "Handelsstraßen waren Heerstraßen, und so waren die Schleizer den häufigen Fehden oder den großen Kriegszügen mehr ausgesetzt als viele Städte gleicher Bedeutung. Doch nicht nur Plünderung, Belagerung, Kriegszüge und Brandschatzungen suchten die Stadt heim, auch Brände wüteten in ihren Mauern: 1837 und 1856. Sie legten fast die ganz Stadt in Schutt und Asche. In Armut geraten, errichteten die Überlebenden zweckdienliche, bescheidene Gebäude. Künstlerische Bedürfnisse zu befriedigen, fehlte es am Nötigsten."

Da haben wir's! Den Schleizern ging es damals ebenso, wie unseren Städte- und Wohnungsbauern heutzutage - Zweckbauten! Wenn wir mal von Berlin absehen wollen.

Und die von anglo-amerikanischen Bomben verschont gebliebenen Gemäuer der Sommerresidenz derer von Reuß, die mit zwei Türmen und einem dreiviertelsten Schlossgebäude hoch über der Stadt dahinwittern, wirken weder romantisch, noch majestätisch, höchstens wurmstichig. Alte Stiche beweisen allerdings, dass zu Zeiten, da die Reußen sommers (1848-1918), oder vorher ganzjährig auf dem Burgberg residierten, ein recht fürstlicher Eindruck auf die Stadt vorhanden war. Das Wort 'Eindruck' darf getrost doppeldeutig verstanden werden. Die Reußen waren nicht besser als die Preußen, eher noch etwas degenerierter, was an Hand der engsichtigen Abschirmung ihrer Residenz vor der industriellen Revolution als bewiesen angesehen werden könnte. Wer wird denn als geschäfts- und geistestüchtiger Monarch den Bau einer Eisenbahnlinie (Leipzig-Schleiz-Nürnberg) verhindern, bloß weil dadurch eventuell zwei oder drei Hasen weniger vor die Jagdflinte hoppeln! Wenn's ums Geschäft geht, ist doch Umweltschutz der letzte Gedanke. Oder sollten wir im Fürsten von Reuß einen Pionier des Umweltschutzes entdecken

können? Nach der Preußenrenaissance, die Reußenrenaissance !
Jedenfalls - Schleiz hat zwei Märkte - den alten, der einfach
Markt heißt und zwei Springbrunnen besitzt, und den neuen, der
Neumarkt heißt, heute dem Busbahnhof Platz bietet und vor
Zeiten ein Teich war, was nach einem heftigen Regenguss, der
nicht nur mich zu überraschen gewusst hatte, deutlich erkennbar
wurde.

Ich floh vor den Wassermassen ins Hotel 'Drei Schwanen'.

Am Stammtisch, im Kreise ehrwürdiger Herren fand sich ein
Plätzchen für mich. Mein Gruß fand ein durchaus freundliches,
aber bündiges Echo. Die Herren, private Gewerbebetreibende,
wie sich mir schnell offenbarte; die sich mit ihrer gutmütig-
geruhsamen Geschäftigkeit nahtlos in mein bisheriges Bild dieser Kleinstadt einfügten, diskutierten, ohne weitere Notiz von
mir zu nehmen, eifrig ihre Probleme weiter. Steuer, Akzise,
Versicherung, Preisstützungen - ich verstand nicht viel davon.
Sie munkelten über eine gewisse ungetreue Dora, was ich
durchaus verstand, erzählten Jugendschwänke, wie man sie
überall erzählt, und schlossen nebenbei Geschäfte ab, die in ihren Dimensionen dem Markt mit den zwei Springbrunnen ange-
passt schienen.

Im Mittelpunkt des Geschäftsinteresses stand ein Kleinsttrans-
portunternehmer namens Heinz, welcher einen altersschwachen
'Garant' - Pritsche (womöglich Eigenbau) zu laufen hatte. Der
Tischlermeister Hugo, zum Beispiel, wollte diesem Heinz den
Auftrag aufschwatzen, drei Türen und zwei Fensterrahmen nach
Saalburg zu befördern. Hugos Konkurrent war der Holzhändler
Gustav, der eine Fuhre Brennholz nach Gefell gefahren haben
wollte. Nicht etwa, dass sich die beiden nun stritten; sie bewie-

sen sich lediglich die unbedingte und absolute Dringlichkeit ihrer Fuhren. Unauffällig warben beide zwischenmang mit honigsüßen Worten, die meist die Zuverlässigkeit des Heinz'schen Fuhrunternehmens betrafen, um die Gunst desselben.

Kleinstfuhrunternehmer Heinz ließ sich währenddessen sein kostenloses Schnitzel schmecken, trank Freibier und nahm letztlich beide Fuhraufträge mit einer Geste der Machtlosigkeit gegenüber guten Argumenten und einem Grunzen der Sattheit an. Er schien mir ein kluger Kopf, ein rechter Geschäftsmann zu sein.

Ich verließ, nun auch innerlich mit zwei Bierchen angefeuchtet, diese illustre Runde, als der Schustermeister Kurt seine Trickkiste zu öffnen begann. Er erläuterte fragmentarisch, wie er seine Kunden, analog den Uhrmachern, Fernsehreparateuren und ähnlichen Zünften, mit Leistungen belaste, die er bei der Schuherneuerung listigerweise nicht erbringt. Allerdings tue er solches einzig deshalb (Verachtung für sein unrechtes Tun stand ihm im Gesicht geschrieben), um auf sein Geld zu kommen; sozusagen, um die einfache Reproduktion seiner Arbeitskraft sichern zu können.

Als ich die Türklinke schon in der Hand hielt, vernahm ich, wie alle in das Klagelied vom 'Hungertuch' einstimmten. Mein Herz erbebte in Mitleid.

Um mein herzliches Gleichgewicht wiederzufinden, aber hauptsächlich, weil ich bis zum Behandlungstermin für meine gesplitterte Handwurzel noch etwas Zeit hatte - ich war schließlich, extra um Zeit für Schleiz zu haben, zwei Busse früher als nötig gefahren -, unternahm ich einen kleinen Streifzug rund um die beiden Schleizer Märkte. Und siehe da! Wer hätte das von Schleiz gedacht:

Ging ich eine Straße lang. Traf auf eine Kirche. Erblickte drei schmucke Bürgerhäuser, die im rechten Winkel an den Turm der Kirche angefügt sind. An dem ersten Haus direkt am, Turm konnte ich über einem nachgemachten Barockportal 'Rutheneum' lesen. Das anschließende Haus heißt 'Polytechnische Oberschule Schleiz' und das dritte im Bunde 'Pfarramt'.

Ein hübscher Anblick, dieses Ensemble.

Aber dann war ich platt. Neben dem Portal des 'Rutheneum' las ich auf einer Gedenktafel folgenden Text:

"Hier lehrte 1869 - 1876 Dr. Konrad Duden.

1872 vollendete er in diesem Haus sein Werk 'Die deutsche Rechtschreibung'."

Ich stand an der Wiege des Dudens.

Beschämt und schuldbewusst senkte ich mein Haupt - erstens, weil ich von diesem großen Mann in Verbindung mit Schleiz nichts gewusst hatte, und zweitens, weil ich ja auch zu denen gehöre, die sein Werk gelegentlich vergewaltigen. Asche auf mein Haupt!

Ob manche Marxisten aus ähnlich gelagerten Entschlüssen heraus aschgraue Haare bekamen? Oder bestimmte Öko... aber da fiel mir bereits - kaum zwei Straßenecken weiter - die nächste Sensation, wieder in Form einer Gedenktafel, ins Auge, wodurch ich die provokatorischen Spekulationen hinsichtlich der Herkunft grauköpfiger Gesellschaftswissenschaftler aus dem Sinn verlor.

"Johann Friedrich Böttger, der Erfinder des Porzellans,

geb. den 4. Februar 1682 zu Schleiz."

Die Tafel wird von Lorbeerlaub gerahmt.

Der 'Goldmacher' August des Starken war also gebürtiger Schleizer! Und gesterblich?

Mit seinem Lebensende wollten die Schleizer augenscheinlich nichts zu tun haben. Zu Schleiz geboren - basta!

Womöglich, weil er in seinen letzten Lebensjahren als Administrator der Meißner Porzellanmanufaktur den Sachsen und nicht den Reußen das Staatssäckel füllen geholfen hatte? Wenn man wüsste, wer die Tafel gestiftet hat... Noch wichtiger wäre sicher, wenn man mehr über Böttgers Weg zum Porzellan wüsste.

Am allerwichtigsten für mich war es aber mittlerweile geworden, den Weg zum Schleizer Krankenhaus zu wissen. Allerdings nahm ich mir meine diesbezügliche Bildungslücke nicht so zu Herzen und fragte mich einfach durch: Rechts, links, nochmal links, bei 'Schott und Genossen' vorbei... ach, gehn'se besser über'n Neumarkt und hinter der 'Alten Münze' links durch'n Park... Die üblichen Scherereien! Die Muße zum Schauen und Registrieren Schleizer Sehens- und Bemerkswürdigkeiten aus alter und neuer Vergangenheit war dahin. Es hatte für die zwei Stunden Aufenthalt ja auch schon dicke gereicht!

"Du weißt zu wenig! Deine Unbildung ist beschämend!" - geißelte ich mich wiederholt, während ich auf den empfohlenen Um- und Irrwegen dem Krankenhaus näherrückte.

"Es fehlt bloß noch, dass irgendwo eine Tafel 'Geburtshaus Einsteins' auftaucht. Und wo ist eigentlich Goethe geboren? In Weimar? Nein! Wo ist denn bloß der Kerl geboren! Himmelsakra! Das hast du doch immer gewusst!"

Sicher, ich hätte irgendwann mal unter 'G' in einem Lexikon nachschlagen können, aber ich beschloss, einen der nächsten Urlaubstage auf Weimar und Goethe zu verwenden. Strafe muss sein! Da wird's Bildungslücken hageln!

Da hatte ich nun von dem Sturz über eine Baumwurzel: Eine gesplitterte Handwurzel und ein gesplittertes Selbstbewusstsein.

Anmerkung: Schleiz, Greiz, Lobenstein nochmal!

Erfahre ich doch aus anfangs erwähnter Broschüre, dass 1813

Theodor Körner mit dem Lützowschen Freikorps in Schleiz weilte;

dass im selben Jahr Blücher und Lützow von Schleiz aus den Funken

zur Befreiung vom französischen Joch zündeten; dass Goethe Schleiz

sechsundzwanzigmal besuchte; dass Robert Blum und Julius Fröbel - Neffe des berühmten Reformpädagogen Friedrich Fröbel - im

Revolutionsjahr 1848 von den Schleizern mit großer Mehrheit als

Kandidaten zur Nationalversammlung gewählt wurden, obwohl die von

den reußischen Fürsten zur Dämpfung revolutionärer Stimmungen herbeigerufenen sogenannten 'Reichstruppen' in der Stadt einquartiert waren.

Lobenstein, Greiz, Schleiz nochmal! Wie bin ich doch ungebildet!

Möchte bloß wissen, wofür ich mich siebzehn Jahre auf Schul-
bänken rumdrücken musste?

1972

Kollege Zicke, Berlin
und
Heinrich Heines Todestag (17. 02. 1981)

I. Kapitel:

Im letzten 'Statistischen Taschenbuch der Deutschen Demokratischen Republik' findet man auf Seite 30 die Tabelle über 'Investitionen in vergleichbaren Preisen (Basis 1979)'. Aus dieser Tabelle kann der Wirtschaftsexperte interessante Zusammenhänge herausschälen. Auch ich entdeckte, dass die jährliche Investitionsrate Anfang der 60er Jahre beinahe stagnierte und erst 1963 wieder um größere Beträge zu wachsen begann. Die Mauer wurde 1961 gebaut.

Es war auch deutlich erkennbar, dass die Investitionen für die nichtproduzierenden Bereiche seit Anfang der 70er Jahre stärker steigen, als die Investitionen für produzierende Bereiche. Wann war gleich der VIII. Parteitag?

Und insgesamt ein stolzes Bild - 1980 wurde mehr als doppelt soviel wie 1967 investiert!

Zwar wird dieses Bild noch nicht völlig verschandelt, wenn man weiß, dass für 10 Mio. Mark 1967, sagen wir 10 km Straße gebaut werden konnten und heute für diese 10 Mio. Mark nur noch 5 km - jaha, so ungefähr kommt das schon hin! - Wir wolln uns nicht um einen Kilometer hin oder her streiten! - ... jedenfalls haben die absoluten Zahlen solcher Tabellen ihre Eier.

Vergleichbarkeit der Preise ist die eine Seite - die hinter den Preisen stehenden Leistungen die andere.

In unserer Tiefbaubude, zum Beispiel, kostet das gleiche Erdloch nicht deshalb das Doppelte wie vor zehn Jahren, weil die

Preise gestiegen sind - nein, nein! -, sondern deshalb, weil wir es gelernt haben, schöne hohe Preise im Rahmen der Gesetzlichkeit zu kalkulieren, und weil wir heute einen viel höheren Aufwand rings um das entsprechende Erdloch treiben als früher. Die Baustraßen, die Baustellenunterkünfte, die Bauarbeiterversorgung, der Berufsverkehr, die Arbeitsschutzkleidung, das unendlich viele Wasser, was andauernd weggepumpt werden muss (wenn alles Wasser, was im Bauwesen der DDR gegen gutes Geld weggepumpt wird, wirklich vorhanden wäre, müsste die DDR gleich dem legendären Atlantis tief am Grund des Ozeans liegen)... aber wir wolln nicht weiter aus der Schule plaudern! Bloß noch ein Episödchen: Da hat ein Bauleiter fünftausend Mark für Frosterschwernis beim Aufnehmen von Baustraßenplatten bei seinem Auftraggeber angerechnet und bezahlt bekommen - und das im August bei 30 Grad im Schatten. Haha!

Übrigens stieg der Bauanteil an den Investitionen um einige Prozent langsamer als der Ausrüstungsanteil. Wir Baumenschen scheinen also noch nicht mal die cleversten zu sein.

Es ist daher vorderhand völlig legitim, dass seit kurzem 'von oben' die Forderung besteht, man solle Normative erarbeiten, die dem finanziellen Aufwand für eine Investition Grenzen setzt - Grenzen, die garantieren, dass sich eine Investition auch auszahlen kann.

Bei den Kapitalisten klappt das ohne Normative. Aber bei denen sind eben welche, die ein schnödes privates Profitinteresse haben, für ihre Ausgaben einen entsprechenden Gewinn zu erzielen.

Bei uns gibt es diesen Privategoismus nicht mehr. Da sind wir historisch zwei Epochen voraus. Bei uns ziehen Investauftraggeber und Ausführende an einem Strick. Wer wird sich denn um ein paar Millionen hin oder her streiten?!

Weil sich bei uns keiner streitet, hat, wie gesagt, 'oben' jemand beschlossen, dass Normative hermüssen.

Eine neue Bäckerei, die täglich soundso viel Brote bäckt, darf soundso viel Mark kosten!

In dieser Art - Normative für alles und jedes, was irgendwo gebaut wird.

"Und wenn das Ministerium das fordert", erklärte mir Kollege Zicke von der Haupttechnologie unseres Kombinates, "dann haben wir eben auch für eure Erdlöcher solche Normative zu erarbeiten. Und wenn es hundertmal wenig Sinn haben sollte."

"Es ist sinnlos!" - bekräftigte ich meine Haltung zu der mir angetragenen Aufgabe, bei der Erarbeitung von Erdlochnormativen mitzuwirken. Mein Chef und die anderen Beratungsteilnehmer schwiegen. "Dann machen wir eben sinnlose Normative, aber wir machen sie!" - Darauf fiel mir vor Schreck keine passende Antwort ein. Und wäre mir zum Beispiel eingefallen, dass wir schon allerhand Kennziffern, Richtwerte und Normen haben, die keiner anwendet, weil sie nicht anwendbar sind, dann hätte ich, wenn ich das ins Gespräch geworfen hätte, doch nur ein kühles Achselzucken geerntet.

"Das Ministerium hat beschlossen...", hob Zicke gerade wieder an.

Mein Chef und die anderen Beratungsteilnehmer wackelten gewichtig mit den Köpfen.

Im Anschluss an den offiziellen Teil der Beratung wurde mir Kollege Zicke ausgesprochen sympathisch. Er hakte sich bei mir leicht unter und gestand, prinzipiell voll und ganz meiner

Ansicht zu sein. Aber ich dürfe das nicht so verbissen sehn... da habe man schon ganz andere Sachen geschaukelt... junger Freund... es wird doch alles nicht so heiß...

Zicke ist drei Jahre älter als ich. Auf die bevorstehende Dienstreise mit ihm nach Berlin - ich, als Erdlochfachmann zu seiner Unterstützung bei einer Beratung mit Vertretern des Ministeriums - freute ich mich sehr. Ich nahm mir fest vor, den Kelch, den mir mein Chef und die anderen Beratungsteilnehmer eingeschenkt hatten, mit Würde zu leeren. Ich werde denen vom Ministerium, versprach ich mir hoch und heilig, meine Meinung ganz offen auf den Tisch knallen. Wolln doch mal sehn! Schlagender Logik kann sich keiner entziehen, selbst wenn er der Minister persönlich ist!

II. Kapitel:

Als am 17. Februar 1981 um 4 Uhr 30 mein Wecker rasselte und mir langsam bewusst wurde, welch Ereignis mir bevorstand, bemächtigte sich meiner eine heroisch-kämpferische Stimmung. Als ich dann an die vier Stunden Bahnfahrt mit Zicke dachte, wechselte sie leider hinüber ins Melancholische.

Kollege Zicke hatte mir am Vortag angekündigt - wir waren rein zufällig auf der Toilette nebeneinander zu stehen gekommen -, er müsste mit mir den von ihm erarbeiteten Netz-werkplan über die Aktivitäten zur Realisierung der Einzel- und Zwischenschritte zur Erarbeitung... wir hätten ja 4 Stunden Zeit... auf ein abgestimmtes Auftreten käme es in Berlin besonders an... die Vertreter des Ministeriums erwarten...

Musste mir das denn gleich auf nüchternen Magen einfallen?

Am besten, du ziehst im Abteil sofort einen ein, schlug ich mir vor. Augen schließen, noch bevor der Zug losfährt! Zicke wird es kaum wagen, mich demonstrativ zu wecken.

Aber, wenn ich nun nicht einschlafen kann? Vier Stunden die Augen mutwillig geschlossen halten?

Meinen Befürchtungen stellte ich sofort einen vagen Optimismus entgegen, den ich aus meinem havariefreien Start in den Tag schöpfte. Hatte ich mir doch mein Kinn beim Rasieren nicht zerschrammt; beim Feuermachen im Wohnstuben-Kachelofen keine Löcher in den Teppich gebrannt; mir am frischen Kaffee nicht die Zunge verglüht: den Autoschlüssel sofort gefunden; mitsamt dem Kalenderblatt nicht den Abreißkalender von der Wand gerissen... - 125. Todestag Heinrich Heines las ich auf dem Blatt des anstehenden Tages.

Auf der Rückseite des Kalenderblattes vom Vortag war folgendes Gedicht zu lesen:

Liebe, unendlich
Dieser Kuss sei wie ein Keim:
Pflanze sich in unsre Räume,
Türme sich in unsre Weiten,
Greife unsern Erdenball.
Unser Glück werd' Glück der Welt.

Ach, du Schreck! Heinrich Heine prägte den Begriff 'After-Poeten'.

Wen er dabei speziell im Auge hatte, weiß ich nicht. Das Gedicht stammt jedenfalls von Eberhard Ehlert (der ist übrigens wenigstens monatlich einmal auf einem Kalenderblättchen vertreten). Ich würde solche Lyrik aber auch dem Kollegen Zicke zutrauen. Ja, wenn dieser Ehlert hier ganz bescheiden auf J. R. Becher macht... Zicke hätte es sicher drauf, die Leitartikel des 'ND' auf kreuzweisen Reim umzuzimmern.

Sicher verstieg ich mich in meinem Wohlwollen für Zicke etwas. Literarische Ambitionen hat er zugegebenermaßen keine erkennen lassen. Und wenn er doch heimlich welche hätte?

Wichtiger war mir an diesem Morgen die Frage: Werde ich mich den diensteifernden Verbalattacken Zickes erwehren können?

Ach, wenn ich nicht so ein höflicher und netter Mensch wäre, hätte ich diesbezüglich keine Bedenken haben müssen. Aber ich kenne mich und meine Leutseligkeit. Ich muss da ähnlich veranlagt sein wie Heinrich Heine, der sich als der höflichste Mensch von der Welt bezeichnete, "der sich darauf was zugute tat, niemals grob gewesen zu sein auf dieser Erde, wo es so viele unerträgliche Schlingel gibt, die sich zu einem hinsetzen und ihre Leiden erzählen oder gar ihre Verse deklamieren."

"Mit wahrhaft christlicher Geduld habe ich immer solche Misere ruhig angehört, ohne nur durch eine Miene zu verraten, wie sehr sich meine Seele ennuyierte", beichtet Heinrich in der 'Reise von München nach Genua'.

Jaja, auch mit mir können Sie reden wie mit Ihresgleichen - ich widerspreche, wenn überhaupt, dann so dezent, dass Ihnen durchaus die Überzeugung erhalten bleibt, etwas sehr Kluges gesagt zu haben.

Selbstverständlich ermutigt Sie dies, den nächsten Unsinn zu äußern. Die ersten 10 bis 15 Minuten solcher Gespräche amüsieren mich ja noch, aber dann beginnen jene qualvollen Stunden Ihrer überströmenden Erzählwut. Sie haben endlich wieder jemanden gefunden, der - fast so klug wie Sie selbst - schweigend und freundlich nickend ihren geistvollen Sentenzen zuhören kann. Sie spüren beglückt, wie interessant Ihre privaten Histörchen und Ihre weltumspannenden Gedanken für andere sein können. Sie blühen auf, während ich innerlich verkohle vor Gram, meine Zeit mit Anhören Ihres Schwachsinns zu vergeuden, anstatt mir meinen eigenen Schwachsinn bei Ihnen von der Seele zu schwätzen.

Als höflicher Typ hat man es nicht leicht.

Nicht auszudenken, wenn Zicke in diese Schwachstelle hineinstieße! Mich mit unhöflicher Schroffheit abschirmen...? Nein, das verbietet die Lebensklugheit! Wer kennt heute seinen Chef von morgen? Die Flucht in den Schlaf schien die beste Waffe gegen Zicke zu sein. Ich war entschlossen, sie präventiv einzusetzen.

Ganz zufällig fiel mein Blick wiedermal auf die Küchenuhr - herrje! Die Zeit war mir durch die Finger geronnen wie Sand, würde ein Poet formulieren. Aber ein Poet - also, wenn ich diese Schöngeister richtig einschätze - wäre niemals wie ein angestochener Luftballon in seinen Trabbi gesprungen: nicht mit 70 bis 80 kaemha zum Bahnhof gejagt; nicht mit fliegenden Mantelschößen durch knöcheltiefen Schneematsch übern Bahnhofsvorplatz gehetzt; und hätte niemals auf klitschigem Geläuf des Bahnsteiges einen Endspurt hingelegt, als ginge es... Ein Poet wäre in die Bahnhofskneipe abgebogen, hätte in aller Ruhe gefrühstückt und wäre dann eventuell mit dem nächsten Zug gefahren, wenn er nicht spornstreichs 'kehrt marsch' durchgeführt hätte. Warum bin ich bloß nicht Poet geworden!

Jedenfalls habe ich in meinem poesielosen Pflichtbewusstsein mit letzter Anstrengung den schon anfahrenden Zug erwischt.

Übrigens - ich habe keine Vorurteile bezüglich Poeten und Poesie. Die Begriffe assoziieren bei mir lediglich jenen Spitzwegschen Seelenfrieden. Diese herzstärkende Arschruhe.

Als Lohn meiner hektischen Bemühungen wurde ich durch Kollegen Zicke, der vom letzten Perron des Zuges nach mir Ausschau gehalten hatte, einer kurzen Arbeitsschutzbelehrung unterzogen: "Das war aber sehr, sehr leichtsinnig, Kollege Meyer! Wie schnell kann so was ins Auge gehen".

Die Worte gingen mir ans Herz. Obwohl mir noch die Knie vom Aufspringen zitterten, wäre ich am liebsten wieder abgesprungen. Jedoch der Zug hatte bereits erheblich an Geschwindigkeit gewonnen und irgendwie hängt man ja doch an seinem bisschen Leben.

Zicke fühlte sich als erster Anwärter auf die Lebensrettungsmedaille in Bronze: "Wenn ich sie nicht am Ärmel gehalten hätte...!"

Oh doch - ich bin ein höflicher Mensch! Ich verlor kein Wort darüber, dass ich den Haltegriff nur deshalb nicht zu fassen bekam, weil er mich am Ärmel gehalten und mir nebenbei sein Knie hilfreich unters Kinn gewuchtet hatte; dass ich seiner belehrenden Worte wegen beinahe in einer Situation psychischer Panik vom Zug abgesprungen wäre und mit Sicherheit einen tödlichen Unfall verursacht hätte, wodurch die gesamte Unfallstatistik des Kombinates verdorben gewesen wäre. Nein, ich verlor kein Wort der Anklage. Ich stellte nur sachlich fest: "Durch ihre Hilfe wäre ich beinahe am gleichen Tag wie Heinrich Heine, nur 125 Jahre später, von der Welt gegangen."

"Aber sie leben ja noch. Und wenn der Zug pünktlich ist, können wir sogar fünf Minuten von der Zeit im Ministerium sein."

Uff.

In unserem Abteil angekommen - während ich mich meines Mantels, jedoch nicht meiner Hoffnung entledigte, den Fängen Zickes zu entrinnen - stand Zicke unentschlossen zwischen den beiden noch freien Plätzen. Ich ahnte sein Problem und widmete mich daher ausführlich der Herstellung einer gewissen Grundordnung meiner Locken und Strähnen. Die kleine Lichtung an meinem Hinterkopf zu tarnen, erfordert stets besondere Mühe und Zeit. Zicke fasste sich ein Herz: "Kollege Meyer, beanspruchen sie den Platz in Fahrtrichtung oder..."

Er könne durchaus auch rückwärts fahren, aber wenn mir nichts am Vorwärtsfahren läge... ihm wäre es doch angenehmer... aber nur wenn ich nicht...

"Ich fahre immer rückwärts" - log ich, da ich ihm, weder das Gefühl, mir die Wahl des Platzes großzügig überlassen zu haben, gönnte, noch den Eindruck, ich würde ihm aus Achtung vor dem Alter (3 Jahre!) den Vorwärtsplatz überlassen.

Kollege Zicke war über den zweckdienlichen Zufall, dass ich immer rückwärts, während er immer vorwärts führe, angenehm überrascht und verlieh dem beredtsten Ausdruck. Ich gähnte intensiv, wenn auch mit vorgehaltener Hand. Und da geschah das Ungeheuerliche. Kollege Zicke sprach: "Schlafen sie ruhig ein wenig, Kollege Meyer, wenn sie so müde sind. Ich werde es auch versuchen".

Ich war geschockt.

"Ja, aber wollten wir uns nicht bezüglich ihres Netzplanes ... damit wir in Berlin einheitlich auftreten können...?" - Ich wollte Gewissheit haben.

"Nicht mehr nötig, Kollege Meyer", beruhigte er mich. "Ich habe mit ihrem Vorgesetzten abgestimmt, dass sie mich nur in sachspezifischen Fragen unterstützen brauchen. Ansonsten vertrete ich die Meinung des Kombinates und die ihrer Fachabteilung allein".

Ich war ernsthaft erleichtert. Es wäre nie in mein Gehirn gegangen, wenn Zicke plötzlich uneinheitliches Auftreten gegenüber Vertretern des Ministeriums für gesund gehalten hätte. Mein Zicke-Bild war wieder rund. Als Rahmen stellte ich mir eine Klosettbrille mit Deckel vor. Auf dem Deckel die Warnung :
Öffnen auf eigene Gefahr ! Seuchenherd !

Ich schloss meine Augen, lehnte den Kopf gegen die gepolsterte Kopfstütze und entschlummerte mit den Gedanken: "Vertritt nur die Meinung des Kombinates und die meiner Fachabteilung - ich hab ja noch meine eigene! Warts nur ab!"

III. Kapitel:

Mein Schlaf war tief und selig. Er wurde nur in der Gegend nach Riesa vom Schaffner kurz unterbrochen. Kollege Zicke schlief nicht, sondern studierte seine Akten. Augenscheinlich hatte er irgendwelche sachspezifischen Probleme. Mitleidlos warf ich mich wieder in Morpheus' rettende Arme. Ich fand Zuflucht bis Schönefeld.

Geweckt wurde ich nicht vom Lärm des hauptstädtischen Flugplatzes, sondern durch das Ehepaar aus unserem Abteil, dass im Duett und mit riesigen Koffern beladen über meine ausgestreck-

190

ten Beine hinwegzusteigen versuchte. Selbstverständlich gab ich, nachdem ich blitzartig die Situation erfasst hatte, den Weg frei und wünschte einen guten Flug.

"Nee, mir fliesschen nich", klärte mich die Dame auf - "Mir fahrn glei von hier mit der S-Bahn nei in de Stadt."

"Aha!", sagte ich - "Ich dachte bloß, mit solchen großen Koffern gehts bestimmt ans Schwarze Meer."

"Nee, scheen wärs ja. Aber de Koffer sinn leer. Mir wolln bloß e bissl einkoofen."

Na dann - horido und allzeit fette Beute! - wünschte ich meinen Landleuten zum Abschied von ganzem Herzen. Schleppt raus, was ihr schleppen könnt! Stellt gesunde Warenverteilung her! Den Berlinern bleibt allemal ihre besondere Luft. Und ihr Telespargel. Und das Freizeitzentrum. Die Pachttoiletten. Die diplomatischen Chöre. Die Künstler. Die Minister. Die zugezogenen Sachsen. Mit Nichten die ganze high-society der DDR.

Das Berlin zu Zeiten Heines muss dagegen noch sehr schmalbrüstig entwickelt gewesen sein: "Es sind wahrlich mehrere Flaschen Poesie dazu nötig, wenn man in Berlin etwas anderes sehen will als tote Häuser und Berliner."

Wir sehen in Berlin zumindest das Mekka der Konsumgenossenschaftsmitglieder.

Ausgelöst durch das pilgernde Ehepaar kam es im Abteil zwischen Schönefeld und Ostbahnhof zu einem konsumstrategisch hochinteressanten Gespräch. Gesprächsleiter war Zicke. Zur Diskussion sprachen die verbliebenen Mitreisenden - zwei Herren, die auch ganz zufällig auf Dienstreise waren - und das Protokoll führte ich:

- Letzte Woche gab es in der 'Haushalttechnik Karlshorst' Kaffeemaschinen.

- Tiefkühltruhen soll es manchmal freitags in Pankow geben.

- Eberswalder-Salami immer im 'Agrar-Spezial'. Ungarische bisweilen.

- 'Spee-Color' mittlerweile in jeder Kaufhalle.

- Spaltklinker, Fußbodenfliesen und Wandfliesen nur in den bekannten BHGs.

Auch 80-Liter-Boiler.

- Badewannen am besten gleich im Dutzend.

Auch ich gab meinen Dreier dazu:

- An der Weidendammer Brücke Plastiken von Imre Varga und im 'Alten Museum'

Graphiken von John Heartfield.

Das war wohl nichts. Zicke und die beiden Dienstreisenden zogen befremdet die Augenbrauen hoch.

"Und am Fernsehturm ..." - dass mir das nicht gleich eingefallen war! -

"... am Fernsehturm werden die besten Plakate des letzten Jahres gezeigt!"

Wieder nichts. Kollege Zicke müssen meine Hinweise sogar ausgesprochen unpassend erschienen sein, denn er rückte, um sie so schnell wie möglich vergessen zu machen, mit einem regelrechten Geheimtipp heraus:

"Und Schlagbohrmaschinen, meine Herren..." Zicke legte eine bedeutungsträchtige Pause. ein. Die beiden Dienstreisenden hingen an seinen Lippen.

"Schlagbohrmaschinen im 'Smalcalda-Laden' Friedrichstraße!!!"

192

Zicke erntete ein Raunen der Begeisterung.

Der Zug fuhr im Ostbahnhof ein. Zicke und seine beiden Glaubensgenossen konnten sich nur schwer trennen. Noch im Gedränge des Aussteigen schwirrten ihre götzenbeschwörenden Formeln zwischen ihnen über die Köpfe der staunenden Menge hinweg hin und her - ... Tonbangeräte am Alex... mit Lada-Kotflügeln zum Himmel... gib uns Speiseöl auf Erden... oder vergib in der Kaufhalle Lichtenberg... bis sie sich schließlich außer Rufweite verloren hatten.

Mit uns waren fünf bis sechs Hundertschaften, die täglich die erste Welle des Karl-Marx-Städter Dienstreisegeschwaders bilden, dem Kreuz-Zug entstiegen. Die zweite Welle der Streitmacht trifft mit dem Express etwas später in Lichtenberg ein. Bedenkt man, dass in den Morgenstunden jeglichen Werktages acht weitere Express-Züge aus anderen Provinzhauptstädten, zuzüglich dutzende D- und Eilzüge sowie tausende Betriebs-PKWs Dienstreisende über Berlin ausspeien, die alle alle alle nach ihren hochdringlichen Dienst-geschäften noch mal kurz einkaufen gehen... dazu die privaten Pilger... pro Tag übernehmen kaum weniger, wenn nicht doppelt soviel Bürger freiwillig und unentgeltlich den Transport diverser Konsumgüter in die entferntesten Winkel des Landes.

Würde man nun das Netz der D-, Express-, Kreuz- und Quer-Züge noch ein bisschen ausbauen, könnte auf die Warenstreuung über die Organe des Handels gänzlich verzichtet werden. Einfach alles, was produziert und importiert wird, nach Berlin schaufeln! Die Verteilung übernimmt das Dienstreisewesen.

Und sollte eines fernen Tages die FDJ-Initiative 'Berlin' mit dem Abriss der nicht im Zentrum oder in Marzahn liegenden

Stadtteile beendet sein (das Ziel der Initiative ist der Aufbau einer schönen und gepflegten Hauptstadt), dann wird man trotzdem nicht der Truppenteile des Bauwesens verlustig gehen. Im unmittelbaren Anschluss muss ja die Initiative 'Berlin hilft der DDR' einsetzen, wodurch die unerlässlichen Reisen in Menge und Qualität, lediglich mit umgekehrtem Vorzeichen versehen, konstant bleiben würden. Außerdem werden Beratungen auf höherer Ebene immer in Berlin stattfinden. Die Berge kommen ja auch gerne zu den Propheten. Wirklich! Ehrlich! Ich auch!

Wermutwein, was mein Lieblingsgetränk ist, ist nun mal nur in Berlin mit Sicherheit beschaffbar. Gleich am Bahnhof Lichtenberg in der Weidlingstraße ist da so ein Spirituosengeschäft... und Baumwollsocken für mich und meine leichttranspirierenden Füße kaufe ich in der Herren-Boutique... und diese duftverbessernden 'WC-mat-Nachfüllsteine... und Bauernpizza in der Folie...

Auch ich bin Bürger der DDR.

IV. Kapitel:

Zur Beratung um die Erdlochnormative trafen wir pünktlich ein. Kollege Zicke begrüßte alle mit Handschlag und einer dezenten, nur im Ansatz deutlich erkennbaren Verbeugung. Der öberste der unteren Vertreter aus dem Ministerium forderte Zicke auf, sich doch gleich neben ihm im Präsidium zu platzieren. Zicke zögerte einen Moment - wo war sein sachspezifischer Berater?

Ich hatte zur Begrüßung auf den Tisch geklopft und saß längst am anderen Ende des langen Beratungstisches. Zwischen mir und Zicke lagen Welten, wenn nicht ein halbes Ministerium.

194

Kollege Zicke warf mir einen lockenden Blick zu. Ich lächelte zurück und nickte ihm aufmunternd zu. Ausgerüstet mit der Meinung des Kombinates und der unserer Fachabteilung ließ sich Zicke auf seinen, ihm angewiesenen Platz sinken. Ein missbilligendes Kopfschütteln an meine Adresse konnte er sich nicht verkneifen.

Der oberste der unteren Vertreter aus dem Ministerium sprach die Eröffnungsformeln... freue ich mich, dass alle so zahlreich... nicht lange bei der Vorrede aufhalten... zielstrebig dem Problem zu Leibe... ganz im Sinne der letzten Tagung des... wünsche ich uns allen eine nutzbringende, offene und sachliche... und forderte danach Kollegen Zicke auf, mit seinem einleitenden Bericht sofort zum Kern der Probleme durchzustoßen. Zicke begann zu stoßen. Er ging konsequent von der Rolle der Bedeutung der Beschlüsse des X. Parteitages und den richtungsweisenden Worten des Genossen Minister für Bauwesen auf der letzten Baukonferenz aus, um darauf fußend den Beschluss des Ministeriums betreffs der Erarbeitung von Normativen im allgemeinen sowie für die Erdlöcher heftig zu begrüßen und umfassend zu würdigen. Zicke war ein glänzender Redner. Nach einer Viertelstunde wusste noch keiner, ob wir in Karl-Marx-Stadt schon an den Normativen gearbeitet haben. Nach 30 Minuten ahnten erst wenige, dass wir nichts getan hatten. Für alle war das erst nach 45 Minuten klar, nachdem Zickes letzter Satz, in welchem er den festen Willen aller Werktätigen unseres Kombinates, den Erdlochnormativen zum Sieg im Bauwesen der DDR zu verhelfen, zum Ausdruck brachte, verebbt war.

Beinahe hätte ich gewohnheitsgemäß, wie man es immer nach solchen Reden tut, lang anhaltenden Beifall gespendet. Natürlich spontan.

Da aber keiner von den öberen der unteren Vertreter den ersten Handschlag tat, musste ich meine Hände wieder sinken lassen.

Der öberste der unteren Vertreter, der während Zickes Rede einen intensiven Disput mit seinem linken Nachbarn - wahrscheinlich über Pflege und Aufzucht von Meerschweinchen - geführte hatte, dankte im Namen aller Anwesenden für die höchst informativen und problem-geladenen Ausführungen. Als er leichtfertig zu ergänzenden Bemerkungen aufforderte, nahm ich das wörtlich und bemerkte:

"Sosehr ich den Ausführungen meines Vorredners zustimmen möchte, muss ich doch zu bedenken geben, dass die Erarbeitung der Normative für Erdlöcher einen gigantischen Aufwand erfordern wird."

Alle nickten gewichtig. Der Auftakt meiner Wortmeldung entsprach noch den Regeln. Aber dann - "Diesem Aufwand steht entgegen, dass die Normative nicht anwendbar sein werden, weil die lokalen Randbedingungen bei der Herstellung von Erdlöchern..." Man ließ mich ausreden. Hernach wurde mir von einem der unteren Vertreter entgegengehalten, dass es nicht um die Frage geht, wer die Normative anwenden kann, sondern einzig um deren Erarbeitung. Und ob ich denn nicht den entsprechenden Beschluss kennen würde.

Nach der Beratung - man war mit der vollsten Zuversicht in die Zukunft der Erdlöcher zum Ende gekommen - hakte mich Zicke leicht unter und vertraute mir an, dem öbersten der unteren Vertreter habe meine herzerfrischende Polemik gut gefallen, aber ich solle doch die Sache nicht so verbissen sehen... es würde ja alles nicht so heiß... und immer langsam mit den jungen Pferden...

Ich schwor, mir in Zukunft meine Beiträge zur Herzerfrischung jedweder Vertreter zu sparen oder gut bezahlen zu lassen. Zicke riet zum Sparen. Das würde auf Dauer am besten honoriert. Er kann das aus eigener Erfahrung... früher sei er auch so ein Hitzkopf... aber man wird eben reifer... die Zeit schleift alle Wunden...

Ich verabschiedete mich von Zicke in einer Aufwallung von Mitleid. Was kann der Regenwurm dafür, dass er keine Beine hat.

"Guten Einkauf noch!" rief mir Kollege Zicke hinterher - "Wir sehen uns dann im Zug."

Dass mir das nicht erspart bleiben würde, war abzusehen. Bis dahin waren aber noch gut zwei Stunden Zeit.

V. Kapitel:

Immer, wenn ich in Berlin genügend Zeit habe, unternehme ich eine Wanderung vom S-Bahnhof Friedrichstraße zum Alex. Das ist mein Lieblingsweg. Da genieße ich Berlin - die ehemalige Preußenresidenz, den Dreh- und Angelpunkt der goldenen Zwanziger, die welt-offene Hauptstadt der DDR...

Wenn Sie mich ein Stückchen begleiten möchten...?

A propos weltoffen - ... da rechts, das Hotel 'Metropol', das die Schweden gebaut haben; da der Zeitungskiosk, in dem es gerade unseren 'horizont' zu kaufen gibt; da vorn das ägyp-tische Reisebüro, das früher häufiger geöffnet gewesen sein soll; da links das 'Internationale Handelszentrum', das die Japaner gebaut haben; und schaun sie, wie sich in der gläsernen Fassade die globetrottenden Wolken spiegeln!

Was hinterm Spiegel passiert, wird schon zu unserer aller Wohl sein. Bitte keine Spiegelfechtereien! Lassen wir uns doch lieber noch etwas vorspiegeln. Oder besser bespiegeln?
Berlin würde sich beim "Bespiegeln wie ein altes Weib, wie eine echte Klatschliese gebärden", empfand Heinrich Heine 1822 und urteilte gnadenlos: "Berlin ist ein großes Krähwinkel."
Verstehn sie das?
Jedenfalls scheint Berlin bis heute ohne laufende Bespiegelung nicht lebensfähig zu sein. Wozu gibt es sonst den 'Berliner Rundfunk', die 'BZ am Abend', das 'Fernsehn der DDR' und viele mehr, die Tag für Tag die Stadt von vorn und hinten bespiegeln?
Spieglein, Spieglein an der Wand - wer ist die schönste Stadt im Land? Und Berlin spreizt sich dabei, eitel und verschämt wie... welchen Vergleich hatte Heine gewählt?
Laut seinem Bericht zur 'Reise von München nach Genua' soll es aber damals auch ein anderes Berlin gegeben haben:
"Berlin ist gar keine Stadt, sondern Berlin gibt bloß den Ort dazu her, wo sich eine Menge Menschen, und zwar darunter viele Menschen von Geist, versammeln, denen der Ort ganz gleichgültig ist; diese bilden das geistige Berlin."
Aha, ein geistiges Berlin. Wo mag es sich heute verstecken? Wo kann man es leibhaftig treffen? Ich frage, weil ich nicht dazugehöre! Vielleicht in den unscheinbaren Eigenheimen jotwehde?
Sie wissen es also auch nicht.

Naja, es ist ja auch sowieso immer so, dass man von den eigentlichen Sammelpunkten der geistigen Größen erst dann etwas erfährt, wenn sich nach einigen Jahrzehnten heraus gestellt hat, wer überhaupt geistig groß war. Die Sammelpunkte derer, die sich für groß halten... geschenkt!

Wer hätte anno 1841/42 ein Stück geistiges Berlin in der Konditorei Stehely anstatt bei Hofe gesucht? Bei Stehely traf sich der Doktorklub. Und mittenmang Karl Marx.

Oder... dort vorn links, das ist das altehrwürdige Hotel 'Genfer Hof'. Da logierte in den gleichen Jahren Friedrich Engels.

Freilich, er war zu dieser Zeit ein Spund von gut 20 Jahren. Einjährig Freiwilliger bei den Garde-Artilleristen. Junghegelianer und noch längst nicht Klassiker unserer Weltanschauung. Erst 1880 verfertigte er die Schrift 'Entwicklung des Sozialismus von der Utopie zur Wissenschaft', die wir heute in Richtung Praxis auszubauen haben. Auszubauen, sagte ich. Nicht auszubaden!

Sie meinen, das wäre gleichgültig? Weil wir sowieso kaum noch Nichtschwimmer hätten? Na schön - ich gebe auch gern zu, dass unsere Schwimm-Frauen in allen Lagen der Weltelite davonschwimmen. Wirklich echt klasse. Aber Klassiker haben die bis jetzt noch nicht hervorgebracht. Wir reiten immer noch die alten. Hoffentlich nicht zuschanden.

Wir halten uns weiterhin links. Da steht als nächstes das Hotel 'Unter den Linden'. Es wirkt äußerlich recht sachlich und bescheiden, soll es jedoch in sich haben. Was ich beurteilen kann, ist lediglich das kleine Cafe im Erdgeschoss. Ein Tummelplätzchen exotischer Vertreter und mehr oder weniger befreundeter

Staaten. Am meisten befreundet scheinbar mit gewissen Nachwuchskadern des DFD (Deutscher Frauenbund Deutschlands).

Die Gegend um die Friedrichstraße und die 'Linden' soll ja schon früher eine Stätte freizügiger Begegnungen zwischen den Geschlechtern vieler Nationen gewesen sein.

Allerdings wurde unter dem öffentlichen 'Marschieren hinterdrein den Mägdelein' ein dicker Strich gezogen. Überm Strich entspricht es nicht unseren modernen Auffassungen von der Würde der Frau in der sozialistischen Gesellschaft. Unterm Strich gibt es jeden Dienstag im 'Lindencorso', gegenüber dem Hotel 'Unter den Linden', einen verkehrten Ball. Oder Stutenrennen, wie der Volksmund sagt. Und sollten sie keine Lust haben, erst lange herum zu galoppieren... so um 150 bis 200 Mark müssten sie allerdings berappen. Inklusive Frühstück, versteht sich!

Wir befinden uns also Kreuzung Friedrichstraße -Linden.

"Hier wollen wir stillestehn und" - wenn auch aus einiger Entfernung - "das Brandenburger Tor und die darauf stehende Viktoria betrachten". Ersteres wurde von Langhans nach den Propyläen zu Athen gebaut und besteht aus einer Kolonnade von 12 großen dorischen Säulen. Die Göttin da oben wird ihnen aus der neuesten Geschichte genugsam bekannt sein. Die gute Frau hat auch ihre Schicksale gehabt; man sieht's ihr nicht an, der mutigen Wagenlenkerin."

Heine spielt darauf an, dass die von Schadow entworfene und von Emanuel Jury in Kupfer getriebene Quadriga samt Viktoria 1807 von Napoleon als Siegeszeichen geklaut und erst 1814 von Marschall Blücher an ihren alten Standort zurückgebracht wurde. Aber auch die späteren Schicksale der 'guten Frau' sieht man ihr heute nicht an. Bismarck. Erster Weltkrieg. Inflation. Adolf. Und während am 30. April 1945 die rote Fahne mit Hammer und Sichel auf dem Reichstag schon wehte, wurde bei ihr noch gekämpft. Doch am 1. Mai pflanzten die Sieger ihre rote Fahne auch neben ihrem zerschossenen Wagen auf. Und wieviel Verblendete, Verblitzte und Blinde musste sie hernach unter sich hindurch in die 'große Freiheit' ziehen lassen!

Der Aufforderung Heines "Lasst uns durchs Tor gehen" - bin ich letztmalig am 11. August 1961 gefolgt. Im Abstand von etwa 20 Metern hinter meinen Eltern her. Im kleinen Kinder-Campingbeutel auf meinem schmalen Rücken war ein silbernes Mokkaservice verstaut. Alles ging glatt. Mein Anteil an dem Schmuggel war eine verchromte Zündblättchenpistole. Ich war im siebenten Knabenhimmel.

Am 13. August, als es mit der Mauer Dreizehn schlug, war ich längst wieder im heimatlichen Karl-Marx-Stadt und behufs der chromglänzenden Handfeuerwaffe der ungekrönte König unseres Hofes. Sogar die älteren Jungs buhlten um meine Gunst. Nur einmal die Pisti in der Hand halten dürfen, und abdrücken, und einen anderen umnieten... Der jeweils Umgenietete musste sich wenigstens eine Minute tödlich getroffen am Boden wälzen, bevor er nach kurzer Ermattung wieder auferstehen durfte. Die Spielregel war nun einmal so. Aber die Mutter eines soeben frisch Umgenieteten meckerte rum: "Müsst ihr euch denn mitten im Dreck erschießen? Lausebande! Geht doch auf den Schulsportplatz!"

Was einem alles in den Sinn kommt... !

"Nur verlangen Sie keine Systematie ... die Assoziation der Ideen soll immer vorwalten" - bat Heine den imaginären Empfänger seiner 'Briefe aus Berlin'.

Außerdem - "An Notizen fehlt es nicht und es ist nur die Aufgabe: Was soll ich schreiben? D.h., was weiß das Publikum schon längst, was ist demselben ganz gleichgültig und was darf es nicht wissen?" Ja, Auswählen ist eine Kunst für sich.

In dieser Kunst ist z. B. Kollege Zicke nobelpreisverdächtig. Der wählt mit traumwandlerischer Sicherheit stets genau das, was zu hören beliebt. Aber die Konkurrenz in dieser Kunst ist groß. Zicke brachte es in unserem Kombinat nur zum stellvertretenden Haupttechnologen und Gewerkschaftsvertrauensmann.

Wir stehen unterdessen immer noch Kreuzung Friedrichstraße-Linden auf der Mittelpromenade. Viktoria, die die DDR-Flagge hält, haben wir im Rücken. Unser Blick geht gen Osten über die winterlich nackten Lindenbäume hinweg zum Horizont, wo hoch über allen Gebäuden der City auf der Facettenkugel des Fernsehturms hell das Sonnenkreuz strahlt. Ein imposantes Wahrzeichen. Übrigens soll 'Sankt Walter' fast soviel gekostet haben wie die Autobahn Berlin/Rostock. So was können wir uns leisten. Wie die Ölscheichs von Kuwait. Die haben sich zwei oder drei solcher Keulen hinsetzen lassen. Zugegeben, bloß als Wassertürme - aber seit ich das weiß, harre ich auf den Baubeginn weiterer Keulen in Berlin. Oder sollen wir wirklich hinter irgendwelchen Ölscheichs zurückstehen? Ha!

Senken wir unseren Blick wieder hinab zwischen das Spalier der entlaubten Linden.

'Kahlbaumallee' hatte der Volksmund die Straße getauft - nicht als irgendwann schon mal Winter war - sondern als die Nazis

202

die 'Linden' 1936 in Vorbereitung auf die Olympiade von Promenade auf Parade umfunktioniert hatten. Eigentlich gab's da nicht mal mehr kahle Bäume. Desto mehr kahle Köpfe.

Bei echten Kahlköpfen gibt es natürlich nichts zu lästern. Kahlköpfigkeit ist Veranlagung oder krankhaft oder eine Folge stürmischer Jugendjahre oder...

Ob Lenin 1895, als er da gleich links im neubarocken Monumentalbau der Deutschen Staatsbibliothek saß und Marx studierte, schon angekahlt war? Und wenn! Da spielt eben auch die Dialektik von innerem Wert und äußerer Erscheinung eine Rolle. Der größte Kahlkopf, den ich kenne, trägt zum Beispiel die Haare bis über die Schultern hinweg. Womit wieder gar nichts gegen lange Haare... sie haben schon längst verstanden? Gut.

Den Innenhof der Staatsbibliothek lassen wir weg. Bei 8 Grad minus bringt er wenig Gewinn. Aber im Hochsommer bei 25 Grad im Schatten sollten sie sich diesen Abstecher unbedingt gönnen. Eine Oase! Von wildem Wein berankte Fassaden, ein Brunnen, gepflegter Rasen und die naturgemäß in ewigem Schatten liegende Nordwand des Geviertes schenken erquickende Kühlung. Nur Vorsicht mit den beiden Kunstwerken von Werner Stötzer! Wenn sie ähnlich veranlagt sind wie ich, könnten sie gleich wieder in Hitze geraden.

Für das Stötzersche Relief soll Brechts Gedicht 'Fragen eines lesenden Arbeiters' als Vorwurf gedient haben. Meiner Erinnerung nach waren aber die Brecht'schen Fragen von gläserner Klarheit. Ich vermute fast, dass die Stötzerschen Fragen von einem anderen stammen müssen. Wahrscheinlich von dem Stötzerschen Typ 'Lesender Arbeiter', der gegenüber dem Relief in der rechten Hälfte des Hofes steht. Ein kräftiger, leicht untersetzter Kerl, Jacke leger über die Schultern gehängt, in Stiefeln, Unterhemd, hält einen windschief verworfenen Gegenstand, der ein Buch sein soll, in den Pranken und wirft seinen mongolisch-tatarischen Blick hinauf ins Ungewisse.

Schön, ich weiß, dass man bei guter Lektüre Hitzewellen kriegen kann und sich deshalb die Jacke abstreifen möchte; wenn ich verstehen will, dass man, auf Fortsetzung der Lektüre innerlich brennend, vergisst, sich der Arbeitsstiefel zu entledigen; wenn ich begrüße, dass man den hehren Gedanken des Buches folgend seinen Blick sinnend ins Ungewisse hebt... aber warum steht der Kerl?!

Nein, im Schaukelstuhl wäre nicht wesentlich besser. Ja, hieße der Kerl "Planender Arbeiter" oder 'Mitregierender Arbeiter', dann würde ich vielleicht mit ihm einig werden können: Ein Arbeiter, soeben vom Pflügen der Felder Turkmenistans zurück in der Kolchoszentrale, noch leicht transpirierend, aber bereits die gedruckte Ausgabe des Planes zur Erhöhung der Er-träge in den Händen, um selbigen einem Mitarbeiter der Abteilung Forschung um die Ohren zu hauen, weil die Beregnung der Kara-Kum noch immer nicht mikroelektronisch gesteuert ist, und dabei...

Nun laufen Sie doch nicht gleich davon! Ich geb ja schon Ruhe.

Und was haben wir da vorn? Dort, wo die Mittelpromenade endet? Das Reiterstandbild 'Friedrich des Großen'!

Das Denkmal ist von Rauch, aber nicht ganz von Pappe. Mit jedem Schritt, dem man ihm näher kommt, wird es kolossaler.

Und wenn man dann ganz dicht heran ist und nach oben schaut... das ist ein Pferdearsch, was!

Um den 'Alten Fritz' gebührend würdigen zu können, muss man etwas Abstand haben.

Meine Großmutter konnte stundenlang Anekdoten vom 'Alten Fritz' erzählten. Mir ist davon leider nur eine in Erinnerung geblieben. Wahrscheinlich, weil ich gerade die absolut nicht begreifen konnte. Ich war ja erst 11 oder 12 Jahre und in dieser Anekdote ging es um eine junge Frau, die dem 'Alten Fritz' weismachen wollte, sie sei vergewaltigt worden. Da habe der 'Alte Fritz' eine Nähnadel genommen und die junge Frau aufgefordert, einen Faden ins Nadelöhr zu schieben. Es gelang ihr nicht, weil der olle Fritze mit der Nadel immer hin und hergewackelt hat. Ich fand das zwar sehr lustig, aber wieso damit bewiesen sein sollte, dass die junge Frau geschwindelt hatte, blieb mir schleierhaft. Ja, so ist es meistens - Sachen die man begreift, sind schnell vergessen. Aber wenn ein bisschen was im Dunkel bleibt... Sollte auf diesem Prinzip die Wirkung großer Kunst bestehen?

Schauen sie sich bloß diesen 'Alten Fritz' an, wie er da oben auf dem Gaul hockt! Bloß majestätisch? Bloß der große Herrscher? Wir wollen jetzt nicht anfangen, etwas hineinzuentdecken. Aber stellen Sie sich vor, wir könnten in diesem 'Alten Fritz' einen Vorkämpfer unserer sozialistischen DDR entdecken!

Na, bei Goethe und Luther ist uns die Überraschung ja nicht völlig erspart geblieben. Bei Marx, Engels und Lenin lag es schon eher auf der Hand.

Beim 'Alten Fritz' halten Sie es für ausgeschlossen? Abwarten! Jeder, der irgendwie in seiner Zeit eine progressive Haltung einnahm, hat letztlich an den Fundamenten des großen Menschheitstraumes vom Staat, wo sich der Mensch als Mensch entfalten kann, gewirkt. Das ist so! Ganz objektiv!

Wer von uns Heutigen an diesen Fundamenten wirkt? Sie können Fragen stellen! Wir doch alle! Und warum lächeln Sie jetzt so ironisch?

Und was den 'Alten Fritz' angeht - der war als junger Fritz ein regelrechter Revoluzzer! Schöngeist, Philosoph und Freund von Voltaire. Den Soldatenrock nannte er 'Sterbekittel'. Wirklich, der junge Fritz!

Und wenn wir den 'Alten Fritz' nicht gehabt hätten, hätten wir keine großen Kartoffeln und könnten auch keine kleinen schälen.

Und wenn ihm ein persönliches Verdienst an der Entwicklung Berlins in der zweiten Hälfte des 18. Jahrhunderts zu einem Mittelpunkt aufklärerischer Ideen zuerkannt werden könnte... und das muss man sogar! Und wenn man bedenkt, dass er gegen seinen Willen ein Staatsschiff übernehmen musste, dessen Kurs längst festlag... wenn wir als Marxisten wissen, dass der Einzelne in gesellschaftlichen Dimensionen nur wenig ändern kann... selbst wenn er König ist! ... dann...

Vorsichtshalber steht er also hoch zu Gaul wieder an jener Stelle, wo ihn Schinkel im Zusammenhang mit seinen Umgestaltungen des Platzes eingeordnet hatte - zwischen Kaiser-Wilhelm-Palais und Humboldt-Uni!

Natürlich steht er nicht allein. Auf der ersten Sockeletage unter ihm tummeln sich

z. B. vier Fräuleins. An jeder Ecke eine. Vorn links erkennen wir Justitia. Die andern sind aber auch ganz hübsche Käfer. Teilweise oben ohne!

206

Die Reliefmedaillons dieser Etage stellen Szenen aus dem Leben des Monarchen dar: Wie er flötet, wie er denkt, wie er siegt und was der Dinge mehr sind, die ein Monarch so zu treiben hat. Die mittlere Sockeletage gefällt noch besser. Ein Panoptikum in Bronze! Die Sockelecken werden von stolzen Reitern gesichert: Heinrich Prinz von Preußen, Ferdinand Herzog von Braunschweig, Zieten und Seydlitz. Der Fries wird ebenfalls von adligen Säbelträgern und höherem Militär bevölkert. Jeder für sich ein Original. Die mag Heinrich Heine im Auge gehabt haben: "Er sitzt stolz zu Pferde und gefesselte Sklaven umgeben das Fußgestell."

Kant und Lessing, die beide hinten unterm Pferdeschwanz in ein Gespräch vertieft sind, muss Heine wohl übersehen haben; oder hat er sie absichtlich ignoriert - um der schönen Bosheit willen!

Und wenn ich auch mal von den beiden absehen darf - wer hier wirklich wessen Sklave ist?! Wer hat wen gefesselt?

Lassen wir die Dialektik ruhen, wo sie begraben ist. Die Volksmassen sind für den gesellschaftlichen Fortschritt verantwortlich. Für die Stagnationen der jeweilige Herrscher.

Eine Aufzählung solcher verantwortlicher Herren kann ich mir verkneifen. Und ich will diese auch beileibe nicht aus ihrer historischen Verantwortung post mortem entlassen - ein paar Buhmänner sind wichtig für den Seelenfrieden der restlichen Welt. Wenn man sich als kleines Licht dauernd mitverantwortlich fühlen müsste... das wäre doch ausgesprochen lästig, was?

Zur geistigen Erbauung lassen Sie uns nochmal nach hinten zu Kant und Lessing gehen.

Kant sagt: "Urteilskraft überhaupt ist das Vermögen, das Besondere als enthalten unter dem Allgemeinen zu denken."

Lessing meint: "Der größte Fehler, den man bei der Erziehung zu begehen pflegt, ist dieser, dass man die Jugend nicht zum eigenen Nachdenken gewöhnt."

Ich blicke wie zufällig hinüber zur Universität. Eine Horde junger Leute strömt aus dem Portal. Ist da ein Marx drunter?

Vor Jahr und Tag war Kollege Zicke unter denen, die zwischen den Denkmälern der Brüder Humboldt hindurch hinaus ins wimmelnde Leben traten. Er war ein guter und fleißiger Student. Er hat seinen 'dipl. oec.' mit Auszeich... Ohje! Wenn man vom Esel tratscht, kommt er gelatscht. Und er hat mich schon gesehen. Flucht unmöglich.

Sie wollen sich da lieber verabschieden? Kann ich verstehen. Ich muss leider... außerdem haben wir sowieso zu viel Zeit beim 'Alten Fritz' vertrödelt, so dass nur noch wenig bliebe, alles weitere bis zum Alex hin gebührend zu beschnarchen. Aber wenn sie vorn an der 'Marx-Engels-Brücke' angelangt sind, sollten sie kurz verharren und einen Blick in die Runde werfen.

"Wirklich, ich kenne keinen imposanteren Anblick, als vor der Hundebrücke stehend nach den Linden hinaufzusehen. Rechts das hohe prächtige Zeughaus, das neue Wachthaus, die Universität und Akademie. Links das königliche Palais, das Opernhaus, die Bibliothek usw. Hier drängt sich Prachtgebäude an Prachtgebäude..." - fand schon Heine. Und die Pracht setzt sich fort, wenn sie sich umdrehen. Dann haben sie von links nach rechts - das 'Alte Museum', den im Neuaufbau befindlichen Dom (leider verdeckt er das Palast-Hotel), Fernsehturm und Hotel 'Stadt Berlin' in der Ferne, den Palast der Republik, das Staatsratgebäude, das Außenministerium. Genießen Sie diesen Rundblick! Und ziehn Sie die Vorhänge vor ihr Abteilfenster, wenn Sie Berlin durch seine Vororte hindurch mit dem Zug verlassen - der schöne Eindruck möge dauern ! Tschüß, auf Wiedersehen!

1982

Kurz bevor...

Die neue glatte Asphaltstraße von Schwerin her endete urplötzlich. Die Fortsetzung in Richtung meines Reiszieles an der Nordspitze des Schweriner Sees bildeten nun ein Streifen festgefahrene Findlinge der letzten Eiszeiten und rechts der Sommerweg. Kurz bevor die Straße endgültig zur Sandbahn wird, kommt Retgensdorf, links der See, Campingplatz mit moderner Gaststätte, geradehin die Dorfkirche aus rotem Backstein mit wuchtigem Fachwerkturm, rechts riesige Kornfelder.

Einem Städter wie mir ist es völlig gleichgültig, ob das Korn, Weizen, Roggen, Hafer oder Gerste ist - ein Kornfeld ist jedenfalls kein Rüben- oder Rapsfeld.

Der Ort nach Retgensdorf war mein Ziel - Flessenow. Ich erreichte es ziemlich seekrank. Die Busse des VEB Kraftverkehr sind zu bewundern. Man meint, sie müssten jeden Moment auseinanderfallen, so scheppern sie über die Findlingsallee. Man vergisst beinahe, dass man sitzt. Man schwebt mehr - auch in tausend Ängsten.

Aber dieses gotische Kirchlein von Retgensdorf war mir nicht aus dem Auge gefallen. Nach-dem ich mich zwei Tage von den Strapazen der Reise erholt und mir die Gedanken an Alltag und Beruf im See abgespült hatte, zog es mich zu ihr hin.

Ich habe einen Fimmel für alte Kirchen, obwohl ich bei weitem kein Kenner bin und erst recht kein Gläubiger. Aber Fimmel, die man sich nicht gänzlich erklären kann, sind immer die schönsten, weshalb ich mich auch nicht abmühen möchte, den Fimmel zu analysieren.

Als sich ein Freund von mir mit großer Mühe bewusst gemacht hatte, dass er in seine Freundin nur deshalb so verfimmelt war, weil sie außergewöhnlich langweilig war... was musste er sich plagen, einen neuen Fimmel zu finden ! Denn ganz ohne Fimmel geht die Chose nicht, ganz ohne usw.

Die Retgensdorfer Backsteinkirche zog mich also, obwohl oder vielleicht gerade weil sie etwas ungehobelt wirkt, magisch an. Mächtige Kastanienbäume geben dem uralten Bauwerk einen herb-romantischen Rahmen. Ein kleiner Friedhof tut ein bisschen Wehmut und Besinnlichkeit hinzu. Ein wohlbeleibter Pfarrer mit alkoholgeröteter Nase hätte das Bild, wie ich es von ländlicher Kirchenidylle besitze - eine Mischung von Caspar David Friedrich und Carl Spitzweg - völlig abgerundet.

Ich versuchte, das Ensemble auf dem Skizzenblock festzuhalten. Mehrfach, aber es war mir mit meinen spärlichen Sonntagsmalerfertigkeiten nicht gegeben. Ich griff demzufolge, was ein auf der Höhe der Zeit stehender Mensch sofort getan hätte, zum Fotoapparat. Der Erfolg war kaum gewichtiger. Kirche, Kastanienbäume, Gräber, Sonne und Wolken waren absolut nicht im Bildsucher unterzubringen. Geschweige denn die Stimmung dieser Szene!

Ich knipste ein paar Halbheiten und wollte bloß mal kurz informationshalber ins Innere der Kirche schauen... da entdeckte ich mein Motiv: Auf der Schwelle des Haupteinganges der Kirche zwei herrenlose Holzpantinen!

Ich fotografierte dieses Stillleben aus dem Vorraum der Kirche heraus, wegen des Gegenlichteffektes, und bekam durch die geöffnete Tür sogar ein Grabmal und ein Stück Kastanienbaum ins Bild. Während ich mich noch über das Motiv freute und es aus verschiedenen Positionen auszubeuten suchte, begannen in meinem Schädel die kleinen grauen Zellen zu arbeiten: Ist es hier womöglich Sitte, ähnlich wie im Orient oder in Indien, die Schuhe vor der Kirche zurückzulassen?

Wäre es möglich, hier in Mecklenburg?

Man erlebt mit den Religionen ja immer wieder die tollsten Sachen - Beat-Konzert beim Abendmahl, Selbstverbrennung, Vorträge zur sexuellen Befreiung, Engelhascher, Friedenskämpfer, Teufelsaustreibung... in einem Dorf bei Hoyerswerda, durch welches ich mal bei einer Dienstreise gekommen war, stand an jeder Wegegabelung ein Kruzifix. Wenn nicht von allen Dächern die gewaltigen Antennenkreuze gen Himmel geragt hätten... ich glaubte fast, in Bayern zu sein. Oder im Mittelalter.

Bei einer Veranstaltung der Jungen Gemeinde Kleinzschocher wurde bewiesen, dass Gott bei der Menschwerdung des Affen die Hand bei der siebenden Rippe im Spiele hatte.

Im Iran schlagen die schiitischen Moslems den sunnitischen die Köpfe ein (oder umgedreht).

Bei einem Bach-Konzert in der Dresdener Kreuzkirche hatte ein Pfarrer einen Kurzauftritt und empfahl, die Diplomaten bei der UNO sollten weniger reden und protestieren, als viel mehr beten und auf Gott vertrauen.

In Zentralafrika rotten sich ganze Stämme gegenseitig aus, bloß weil irgendein Götze mit den Augen geklimpert hat.

Diekreuz, diequer ging es bei meinen kleinen grauen Zellen durcheinander. Direkte Bezüge zu meinem Problem, ob ich meine Schuhe vor der Kirche zurücklassen müsste oder nicht, gab es nicht. Aber indirekt... Vorsicht ist die Mutter der Porzellankiste! Ich zog, bevor ich die Kirche betrat, meine Schuhe aus und stellte sie akkurat neben die Holzpantinen.

Gewärtig, vor dem Altar einen barfüßigen Gläubigen in stiller Meditation vorzufinden, schlich ich langsam und lautlos auf Socken ins Kirchenschiff. Vor dem Altar kniete niemand. Die Kirche wurde lediglich von einem gebeugten Hutzelweibchen belebt, die den Steinfußboden fegte. Die Alte trug dicke Wollsocken an den Füßen. Zweifelsohne war sie die Besitzerin der Holzpantinen am Eingang. Ich war enttäuscht und zugleich erleichtert. Alles normal! Sensationen machen mich immer leicht nervös.

Ich eilte zurück und holte meine Schuhe. Der steinerne Kirchenfußboden war mir sowieso zu kalt gewesen. Im Urlaub einen Schnupfen riskieren...

Die Alte hatte mich noch nicht bemerkt. Sie verrichtete ihre Arbeit in derart inniger Art und Weise, dass mir feierlich zumute wurde. Die Sachlichkeit des Kircheninneren strahlte Freundlichkeit und Würde aus.

Ich zückte entzückt den Fotoapparat. Ging noch zwei Schritt vor, der Perspektive wegen, stieß mit dem Fuß an einen Eimer... und war entdeckt. Wie ein Dieb verbarg ich das Einbruchswerkzeug, den Fotoapparat, hinter meinem Rücken.

"Guten Tag." - sagte ich, um die Situation zu überspielen.

Das gefurchte Gesicht der alten Frau wurde ein wenig glatter: "Eine schöne Kirche, nichtwahr junger Mann? Alles neu gemacht. Viele hundert Jahre ist sie alt."

Sie stützte sich mit den knochigen Wurzelhänden auf den Besenstiel und schaute mich interessiert an.

Ich bekam Aufwind: "Ja, wunderschön, sehr schön. Ob ich vielleicht fotografieren darf?"

Ein Ruck ging durch ihren Körper. Sie streckte ihren Rücken, nutzte den Besen nicht mehr zum Aufstützen und fragte mit unendlicher Verwunderung: "Mich... sie wollen mich fotografieren? Mich hier?" Der Gedanke schien ihr Freude zu machen. Ich nickte zustimmend. "Aber Momentchen noch, bitte", bat sie hastig.

Im Nu lagen Besen, Kopftuch und Schürze am Boden. Sie strich sich ihr Haar glatt, eilte zum Altar und postierte sich in Front zu mir mit nach hinten auf den Altar abgestützten Armen. Ihre Haltung war selbstbewusst und ihr Blick... meine siebenjährige Nichte kann ähnlich fest und mutwillig in die Kamera eines Fotografen schauen.

Entfernung, Blende, Belichtungszeit - auslösen! Film transportieren, andere Blende einstellen - auslösen! Hoffentlich verwackle ich nicht! Film transportieren, andere Perspektive, Entfernung nachstellen - auslösen...

Mein Modell harrte aus. Ihre Augen waren groß und reflektierten die von Sonne durchschienenen Fenster. Nur ihr Mund war in ständiger Bewegung: "Haben sie schon unseren schönen Friedhof gesehen? Hinten, an der Mauer, hab ich mir schon ein Plätzchen reservieren lassen. Früher, wissen sie, junger Mann, früher hab ich immer gedacht, wie schön es wäre, wenn ich neben meinen Willi zu liegen käme. Willi und ich, Seite an Seite für die ganze Ewigkeit! Willi wollte immer eher sterben als ich. Schließlich als Mann kann man sich alleine schlecht behelfen - Kochen, Stopfen, Waschen und so. Nun liegt er schon fast 40 Jahre irgendwo in Rußland. Mutterseelenallein. Und ich bin 93

Jahre geworden. Wissen sie, unsere beiden Söhne - Alfred, was der ältere war, und Johannes..."

"Vielen Dank. Das war's!" - unterbrach ich ihren Redeschwall. Ich hatte genug im Kasten.

Die alte Dame stieg vom Altarpodest, legte Kopftuch und Schürze wieder an und nahm ihren Besen. Sie bat mich, ihr ein Foto zuzusenden: "Fischer heiße ich, Fischer aus Retgensdorf!"

Ich versprach es dem Hutzelweibchen, die, nachdem wir uns freundlich verabschiedet hatten, ihre Arbeit wieder aufnahm als gälte es der Welt endlich zu beweisen, dass 'Fegen' und 'Fegen einer Kirche' zwei grundverschiedene Dinge sind.

Ich hielt mein Versprechen. Natürlich verging etwas Zeit - der Urlaub war schön, an die Arbeit musste ich mich mühsam gewöhnen, täglich neue Probleme - es wurde Herbst, ehe ich Muße fand, die Urlaubsbilder zu entwickeln.

Die Bilder von den Holzpantinen im Kircheneingang waren hervorragend gelungen. Die Bilder von der Alten am Altar leider etwas unterbelichtet. Ich hätte mir doch etwas mehr Zeit lassen sollen. Was hätte sie mir von ihren Söhnen erzählt?

Der Brief dann für Fischer in Retgensdorf kam samt Fotos mit dem Zustellvermerk 'Empfänger unbekannt' zurück.

Zwei herrenlose Holzpantinen... kurz bevor die Straße endgültig zur Sandbahn wird.

1977

Ausflug ins Kohrener Land

Was heißt 'Ausflug'? Zugegeben - wir sind nicht geflogen, sondern hauptsächlich gefahren und nebensächlich gelaufen. 'WIR', das sind die Mitglieder der Brigade Technologie des VEB Tief- und Verkehrsbaukombinates 'Fritz Heckert' Karl-Marx-Stadt, Kombinatsbetrieb 2 - Verkehrs- und Tunnelbau -, Produktionsbereich 3 - Tunnelbau und Bohrung -, zuzüglich der Ehe- oder andersgearteter Partner. Insgesamt 29 Nasen. Bei zehn eingesetzten PKW ergab sich eine Auslastungsquote von 2,9 Nasen pro PKW. Dass wir wirklich Brigade Technologie und nicht eine unserer Produktionsbrigaden sind, bewies sich in dem Anteil von Stücker neun Trabbis. Nur ein uralter Skoda dabei. Und dieser ist stolzes Eigentum des Kollegen Köstner, der eigentlich seines Zeichens Meister ist und bei gleichem Lohn aus hier nicht interessierenden Gründen zeitweise als Technologe abgestellt wurde. Bei den meisten Produktionsbrigaden wäre der prozentuale Trabbianteil vernachlässigbar klein gewesen, was ein bezeichnendes Licht auf die Bedeutung der Technologie im Bauwesen werfen würde, wenn Sie mich recht verstehen wollen. Wenn nicht, dann wären auch Sie durchaus geeignet, in unsrem Kombinat eine der leitenden Funktionen zu bekleiden.

Sicher, irgendein Parteitag betonte nachdrücklich die Bedeutung der Rolle der Technologen auf das Schärfste ... herrje, was sind Parteitagsorientierungen gegen ein im Pulverdampf ergrautes Lohngefüge?! Lassen wir das.

Und an jenem schönen Herbsttag zeigte auch keines der Mitglieder unserer Brigade wesentliche Begierde, sich über diese Dinge weitreichende Gedanken zu machen. Froh und beschwingt setzte sich die Kolonne von neun Trabbis und dem besagten Skoda Schlag zehn Uhr Richtung Leipzig in Bewegung - mit Thomas Demmler, Organisator aller Brigadefestivitäten und Mitglied des Stadtvorstandes der Gesellschaft für Deutsch-Sowjetische Freundschaft, an der Spitze.

Gegen seine Spitzenleistung gab es wenig einzuwenden. Nur - in seiner ihm typischen Beflissenheit um korrekteste Erfüllung seiner Aufgaben war er derart auf die Einhaltung aller Paragraphen der Straßenverkehrsordnung konzentriert, dass er kurz vor der Ortschaft Pflug eine Geschwindigkeitsbegrenzung auf 30 km/h ernst nahm, die aber eigentlich nur bei nasser Fahrbahn ernst zunehmen ist. Diese kleine Übereifrigkeit wäre im Prinzip nicht des Erwähnens wert, wenn es dem Kollegen Demmler nicht grundsätzlich bei allen seinen Tätigkeiten an der rechten sozialistischen Großzügigkeit ermangelte. Nun ja, nicht jedem wird real-sozialistisches Bewusstsein gleich in die Wiege gelegt. Ich selbst hab auch erst in den letzten Jahren den Bogen gekriegt. Manche mühen sich eben ein Leben lang vergebens, ihr verdammtes Pflichtbewusstsein loszuwerden. Ein schweres Schicksal!

Also, das Kohrener Land - es liegt zirka in der Mitte zwischen Karl-Marx-Stadt an der Chemnitz und Leipzig an der Pleiße, rechtsseits abseits der F 95 (von Karl-Marx-Stadt aus gesehen). Rund 40 Kilometer wollten von uns bezwungen sein. Auf die Hilfe unserer privaten PKWs mussten wir aus Gründen der Kraftstoffeinsparung zurückgreifen. Der Bus des Kombinates hätte (bei zwar wesentlich geringerem Spritverbrauch gegenüber dem Gesamtverbrauch unserer Kolonne) die Statistik des Kombinates zu sehr belastet. Und schließlich geht es ja nicht um

Kraftstoffeinsparung schlechthin, nein nein! Es geht um die Abrechnung einer hohen Einsparung.

Unsere PKW-Fahrbereitschaft ist beim Abrechnen übrigens absolute Spitze. Von Jahr zu Jahr weniger Fahrten, weniger Fahrer, weniger Fahrzeuge. Um auf die 80 bis 100 im Raum südlich Berlins verstreuten Baustellen unseres Betriebes zu gelangen, haben wir ja ein ingenieur-technisch diplomiertes Wissen, welches uns der Staat für einige tausend Märker hat eintrichtern lassen, das nun endlich zweckdienlich zur Orientierung im Dickicht der öffentlichen Verkehrseinrichtungen zur praxisbezogenen Anwendung gelangen kann. Wir sind doch keine jungen Bauarbeiter. Die hätten, wie die Losung sagt, keine Zeit zu verschenken. Aber wir sind schließlich Technologen. Wir bereiten die Baustellen bloß vor. Wir haben Zeit!

Zurück zum Ernst der Stunde: Zehn Uhr war Start der Kolonne gewesen. Obwohl ich als außerordentlicher Berichterstatter intensivst auf mittel- bis superschwere Vor-, Nach- und Unfälle während der Fahrt hoffte (was ist ein Bericht ohne Sensation?), gab es dergleichen nicht die Bohne. Bleibt mir nur festzustellen: Von Dolsenhain an der F 95 kommend, wie anno 14. 4. 1945 die amerikanischen Panzer, trafen wir zehn Uhr vierzig in Gnandstein ein. Die amerikanischen Panzer fuhren gleich weiter nach Kohren. Wir nicht. Wir wollten die Gnandsteiner Burg erobern.

Die PKWs wurden auf dem Parkplatz unterhalb der imposant über dem Örtchen (meine: kleine Ortschaft) aufragenden Burg diszipliniert geparkt. Niemand war abhanden gekommen, keiner besoffen, keiner verletzt... möchte wissen, worüber ich berichten soll!

Und stellen Sie sich vor, diese ungesunde, völlig untypische Ereignislosigkeit eines sozialistischen Ausfluges einer sozialistischen Brigade (achtmal den Titel geholt!) hielt bis zum bitteren Ende an! Jawohl! Nicht mal simple Partnerwechsel, stimmungsvolle Prügeleien oder heitere Ehekräche kann ich vermelden. Mein Bericht muss ein Langweiler ersten Ranges werden. Hoffentlich kriegt ihn die DEFA nie zu Gesicht. Die würden spornstreichs einen Film draus machen.

Also, das Kohrener Land - es entwickelt sich. Gnandstein wurde 1955 erstes vollgenossenschaftliches Dorf des Kreises Geithain. 731 Jahre hatte man gebraucht, um die Bauern so weit zu bringen. Oder noch länger gar. Wer weiß schon genau, wie lange vor der ersten urkundlichen Erwähnung Gnandsteins (1228 'Nannenstein') die Bauern ihren einzelbäuerlichen Geschäften nachgegangen sind. Jedenfalls - richtig vorwärts ging es vom 'Ich zum Wir' nach dem Vereinigungsparteitag zwischen KPD und SPD im April 1946. Als in Gnandstein die SED-Ortsgruppe ihre Führungsarbeit unter Leitung ihres ersten Sekretärs, Wilhelm Klein, begann... - ja, Wilhelm Klein - den kennen Sie nicht?

In der Broschüre '750jähriges Gnandstein - 1229 bis 1979 - ' wird sein Wirken umfassend gewürdigt. Und wenn ich bei der Gelegenheit aus genannter Broschüre gleichmal zitieren darf... vielleicht kann sich die Parteigruppe unserer Brigade ein paar Tricks ablauschen, wie und wodurch man in eine Parteigruppe revolutionäres Feuer hineinbringt: "In Parteiversammlungen erfuhren alle Mitglieder das Neueste über politische Tagesfragen, über Strategie und Taktik der Arbeiterklasse in den damaligen vier Besatzungszonen. Theoretische Kenntnisse des Marxismus-

Leninismus erwarb sich jeder Genosse in politischen Bildungs-
abenden. Ein direktes 'Parteilokal' gab es nicht. Treffpunkt waren beide Gaststätten!"

Hoch die Tassen, Genossen!

Aber mal ganz sachlich - wer hätte damals gedacht, dass die
Landwirtschaft auf den damals eingeschlagenen Feldwegen soweit vorankommen würde ? Es gab kein Schwanken, nie ein zurück - trotz solcher umwerfenden Sprüche eines Flugblattes vom
Frühjahr 1960:

" Geithainer Bauern !

Folgt der Mehrheit Eurer Berufskollegen in den neuen sozialistischen Frühling.

Handelt nach der Losung:

Mit Eilenburger Elan und Geithainer Kraft meistern wir die
Frühjahrsbestellung in der

Genossenschaft !"

Hut ab, vor den Schrittmachern dieser Jahre ! Hut ab, vor den
Gnandsteiner Genossenschaftlern, deren offener Brief an die
Niedergräfenhainer Kollegen um Programm aller LPG Typ 1 in
der DDR wurde. Dieser programmatische Brief erfuhr durch
Walter Ulbricht persönlich (den kennen Sie aber !) auf dem VI.
Parteitag hohe Zustimmung. Ja, ganz bestimmt war das auf dem
VI. Parteitag, auch wenn es manchmal scheint, dass der VII.
Parteitag der aller erste Parteitag war. Was ich aus diesem histo-
rischen Programm der Gnandsteiner kurz noch hervorheben
möchte, ist der Punkt:

"Anwendung des Prinzips der materiellen Interessiertheit."

Entlohnung nach der Leistung heißt das. Wann wird dieses
Grundprinzip der Verteilung des gesellschaftlich erarbeiteten

Reichtums im Sozialismus auch im Bauwesen Anwendung finden ? Und wenn dann welche verhungern müssen, fragen Sie !? Keine Sorgen, in Gnandstein ist auch keiner verhungert. Aber wieviel an 'freien Spitzen' durch dieses Prinzip gesellschaftlich nutzbar gemacht wurden ... Wenn man in unserer Brigade an 'freie Spitzen' herankommen würde, zum Beispiel bloß an meine ... aber solange unabhängig vom Erfolg meiner Mühen die ewig konstanten schmalen Sümmchen auf mein Konto plätschern ... und dabei rechne ich mich schon zu den ideologisch fortgeschrittenen Teilen unserer Brigade ... wir wollen uns nicht über meinen Fortschritt streiten ... als jedenfalls 1946 die Volksernährung am berühmten seidenen Faden hing, respektive an der Erschließung 'freier Spitzen' bei den Bauern, nützten die Zahlung guter Prämien mehr als alle Ansprachen, Agitationen, Predigten und Gebete. Ist das nicht erstaunlich ? Ach, Sie finden das normal ? Soo.

Aber, ob die Arbeiterklasse die Erfahrungen der Bauern nutzen darf ? Womöglich ist das schon der blanke Revisionismus ? Wer weiß. Blicken wir vertrauensvoll nach oben ! Da sehen wir also ... die Burg Gnandstein, richtig !

Sie, die Burg, - herausragendes Symbol des Kohrener Landes, höhenmäßig und kultur-geschichtlich - empfing uns kühl. So ein uralter Bau (11. Jahrhundert) mit meterdicken Mauern kann sich an einem normalen mitteleuropäischen Sommer nur unmerklich erhitzen. Ein Sommer macht noch keine Burg warm, wie schon der Rittermund sagt.

Die Jungs müssen damals laufend blau gewesen sein, entweder vor Kälte oder ... Nur für Frauen und Kinder gab es heizbare Räume (Kemenate) ... was blieb den armen Rittern übrig ?

Durch den romanischen Rittersaal mit seiner grobschlächtigen Flachbalkendecke und den wenigen derbgezimmerten Möbeln dürfte ein ständiges Lüftchen geweht haben. Die Holzflügel vor den offenen (zweifach gekuppelten) Rundbogenfenstern waren wohl mehr eine moralische Maßnahme und nur von echter Wirkung gegen das Einschneien der zechenden Ritter bei Schneestürmen.

Während der Führung durch die Burg dachte ich des öfteren so bei mir, dass gegenüber dem Ritterdasein das des sozialistischen Technologen doch vorzuziehen sei. Auch so ein armer Hund um das Jahr 1150, der für die im Bau befindliche Burg Steine schleppen musste, möchte ich lieber nicht gewesen sein. Oder um 1500 so ein ausgemergelter Untertan, der außer Frondienst auf dem Feld der Herrschaft und im Ehebett nur wenig Freude auf der Welt hatte. Oder anno 1923 so ein glücklicher, weil noch nicht arbeitsloser Steinebrecher ... nee ! Lieber Technologe. Aber wenn ich nun Herr auf Gnandstein, oder Gutsbesitzer, oder Steinbruchbesitzer gewesen wäre ? Ich versuchte diesen Gedanken schnellstens in die letzte Ecke meines Hirns zu verbannen. Ich habe zwei Semester Wahrscheinlichkeitstheorie gehört. Aber wenn es der Zufall so eingerichtet hätte ? Der Gedanke war schon wieder da.

Pack dich, du heuchlerischer Verführer ! Der Gedanke war wie meine ständige blödsinnige Hoffnung, dass ich doch vielleicht irgendwann einen Fünfer im Lotto haben werde - er kroch immer wieder vor. Und ist die Wahrscheinlichkeit noch so gering, letzten Endes ist sie doch vorhanden. Und Rockefeller hat auch mit einer Streichholzschachtel angefangen. Wenn ich nun gar Kaiser, gleich nach dem lieben Gott, und die Welt zu Füßen ...

Drüben könnte man es vielleicht zu einem richtigen Auto und einer Weltumseglung bringen.

Du bist Technologe in der DDR erinnerte ich mich mit Nachdruck. Da fiel mir gleich als erstes ein, dass ich für meinen Trabbi-Kombi eine Hinterfeder brauche. Wenn ich die irgendwo auf-treiben könnte .... ich wäre der Allergrößte !

Und weil ich gerade bei 'Größen' bin - Karl V., Kaiser des heiligen römischen Reiches deutscher Nation, hat 1547 in der gotischen Burgkapelle kurz vor einer jener mittleren Schlächtereien dieser kriegerischen Zeiten in der Bank gesessen (gleich rechts vorn), an welcher ich mir schmerzhaft die Rippen prellte, als ich rückwärtsgehend einige Meter Distanz zu dem überlebensgroßen hölzernen Jesus, der da am Kreuz hing, gewinnen wollte. Die sicherlich wesentlich wertvolleren Altäre der Kapelle (aus der Werkstatt des Zwickauer Bildschnitzers Peter Breuer, Schüler Tilmann Riemenschneiders) verblassten für mich gegen diesen beeindruckend grausig leidenden Jesus. Als hätte er wirklich alle Sünden der Menschheit auf sich laden müssen.

Als wäre er Technologe in unserer Klitsche.

Überhaupt scheint ein Technologe, abgesehen von individuellen Schattierungen, geradezu prädestiniert, im Produktionsprozess als Sündenbock zu fungieren. Aber bleiben wir bei 'Größen'.

Als wir nach der Führung durchs Museum in der Burggaststätte auf unseren Sauerbraten harrten, tauchte der technische Direktor unseres Kombinates auf. Er erkannte unseren Brigadeleiter, den Bereichsleiter Technologie Eckhard Oeser und begrüßte selbigen. Oeser, seine Überraschung in gewohnt beherrschter Manier sofort überwindend, fragte den zweit-größten der staatlichen Leitung des Kombinates:

224

"Bist du privat hier ?"

Die Antwort lautete: "Nein, mit meiner Frau."

Ich bitte, trotzdem keine voreiligen Schlüsse auf den Zustand der Ehe besagter Größe zu ziehen. Wer hält denn schon Privates und Dienstliches heutzutage so genau auseinander ?

In der Burggaststätte hingen die Porträts zweier sehr verschiedener Größen. Als obligatorische Pflichtgröße Erich Honecker in satten Postkartenfarben und Theodor Körner als Größe zweifelhaften Ranges in gedämpften Tönen. Die endgültige Bestimmung des Ranges der erstgenannten Größe müssen wir der Geschichtsschreibung der Zukunft über-lassen, wenn auch einiges daraufhin deutet, dass es einer der ersten Ränge des Jahrhunderts, wenn nicht gar Loge sein wird. Sie werden mit mir da wohl kaum streiten wollen, weshalb wir unverzüglich zur zweiten Größe schreiten können. Herr Heinrich Heine hat da eine interessante Meinung: "Sie sehen, Theodor Körners Gedichte werden noch immer gesungen. Freilich nicht in den Kreises des guten Geschmacks, wo man es sich schon laut gestanden, dass es ein besonderes Glück war, dass Anno 1814 die Franzosen kein Deutsch verstanden und nicht lesen konnten jene faden, schalen, flachen, poesielosen Verse, die uns gute Deutsche so sehr enthusiasmierten !" (In 'Briefe aus Berlin' 1822)

Vorm Burgeingang, von ermüdet hängenden Zweigen eines Gebüsches beinahe verborgen, steht eine steinerne Tafel, in welche ein Gedicht Körners gemeißelt wurde. Die im Wortsinn 'gemeißelten' Worte handeln von Dank für gute Pflege und wohlwollende Aufnahme auf Gnandstein. Wer den gesamten Wortlaut entziffert hat, wird dem literarischen Urteil Heines folgen. Andererseits - Theodor war ja erst 22 Jahre alt. Mit Engagement

225

und Begeisterung für die nationale Befreiung hatte er den Nerv der Zeit getroffen. Wie wird das Urteil späterer Generationen über solche Kunstwerke, die heute den Nerv der Zeit treffen, ausschauen ? Z.B. über 'Sing, mein Sachse, sing !', oder 'Ding-dangdong unser Wochenendsong', oder 'Ein Bett im Kornfeld ' ....

Körner war als gerühmter Vaterlandsdichter und Lützower Jä-ger, dazu ehrenvoll verwundet in der Schlacht bei Lützen, nach Gnandstein zu seiner Schwester gekommen, die Gattin war ei-nem 'derer von Einsiedel'. Die Einsiedels waren das Geschlecht, welches recht und schlecht und wohl nicht immer gerecht seit dem Jahre 1409 bis 1945 ununterbrochen auf der Burg sowie über die zugehörigen Dörfer Gnandstein, Wüstenhain und Dolsenhain herrschte. 536 Jahre ! Körner ließ sich nur zwei oder drei Tage von seiner Schwester bemuttern, was ihm genügte, um zu einem Gedenkraum im Museum zu gelangen und der Burg zu gewisser historischer Bedeutsamkeit zu verhelfen. So schön und romantisch die Burg sich über dem Wyhratal erhebt, so gut erhalten sie auch sein mag - richtig interessant werden Bauwerke erst durch ihre Bewohner oder Besucher. Und da ist außer Körner ... doch einer wäre noch, ein 'Einsiedel' sogar, und zwar der Heinrich Hildebrand. Der kam dir doch mir nichts dir nichts kurz nach dem Bauernkrieg zu der Überlegung "als solte die frone ... unrecht sein." Als Feudalherr sowas !

Dieser Hildebrand konnte sich nicht entblöden, seine Gedanken zur Abschaffung der Fron den großen Reformatoren Luther und Melanchthon zu unterbreiten. Vergleichbar einer ZK-Eingabe von heute. Man beruhigte und besänftigte unseren Hildebrand. Das mit der Fron ginge schon in Ordnung. Und was tat Hildebrand ? Um wenigstens sein privates Gewissen zu erleichtern, vermachte er testamentarisch seinen Dörfern je 300 - 400 Gulden zur Minderung von Notständen. Ist das ein Ding ?! Heinrich Hildebrand von Einsiedel !

Es gab also schon vor Marx und Engels und Lenin Leute, die ihrer eigenen Klasse in den Rücken gefallen sind, weil sie ihre Klasse nicht mehr klasse fanden.

Leider fiel bei der Führung kein Wort zu dieser interessanten Persönlichkeit. Es ging in der Museumsexposition um die Entwicklung der Produktivkräfte in der Landwirtschaft, um Gegenüberstellung der allgemeinen Wohn- und Lebensweisen des Adels und der Bauern, um die Baugeschichte der Burg und damit um die Auffrischung der Lehre vom Übergang des Feudalismus zum Kapitalismus mittels bestimmter Antiquitäten. Trotzdem absolvierte unsere Brigade die Führung sehr homogen und wies einen hohen Aufmerksamkeitsquotienten nach.

Dass wir in der Burggaststätte zur Reproduktion unseres Ausflugelans zu Mittag aßen, erwähnte ich bereits. Und da die Zeche sowieso aus der Brigadekasse bezahlt wurde, gab es auch kein größeres Gemecker über die doch nur als mäßig zu bezeichnende Qualität des Essens. Motto - Ich esse auch den größten Stuss, wenn ich nicht selbst bezahlen muss.

Jedenfalls war ich satt geworden. Gleichen Erfolg nehme ich für alle Teilnehmer am kollektiven Sättigungseinsatz als gegeben an.

Weiter auf den Spuren der amerikanischen Panzer nach Kohren-Sahlis. Ankunft in Kohren-Sahlis 13 Uhr 10. Amerikaner nur noch in den Bäckereien zu entdecken. Truppenbewegung verlief ohne Vorkommnisse. Gefechtsfahrzeuge wurden in lockerer, den eventuellen Feind irritierende Regellosigkeit auf dem Parkplatz am Ortseingang der Aufsicht der beiden vertrauenerweckenden romanischen Rundtürmen des Kohrener Burgberges überlassen.

Die beiden Talwächter sind die letzten Zeugen einer mächtigen Burganlage, deren Anfänge im 12. Jahrhundert liegen sollen. Gott sei Dank, dass die Burg im 16. Jahrhundert verfallen ist ! Dies werden jene Vertreter des Rates des Kreises, die für Denkmalpflege verantwortlich sind, täglich zweimal ausrufen. Wenn wir die auch noch in Stand halten müssten...!

Gott sei Dank, dachte auch ich heimlich, sonst müssten wir die auch noch besichtigen!

Ob dieser oder jener ähnlich heimlich dachte, kann ich nicht völlig revisionssicher sagen, aber mit gutem Gewissen behaupten. Der Kollege Schaika, DSF-Vorsitzender unserer Abteilungsgruppe, begann ja schon zaghaft zu meutern, als er nur erfuhr, dass zur Einnahme des nächsten kulturstrategischen Zieles ein Fußmarsch von einem Kilometer zu absolvieren sein würde. Wenn er hätte auch noch die Kohrener Burg... ob ihn dann seine Frau auch mit wenigen Seitenblicken hätte zur Ordnung rufen können? Dahingestellt.

Zur Aufrechterhaltung der Geschlossenheit unserer Einheit für den Marsch gen Rüdigsdorf reichten die bestehenden innerfamiliären Machtverhältnisse bei Schaikas jedenfalls aus.

Der Charakter unserer Marschformation könnte mit dem Begriff 'doppelte Rotationsgänsereihe' gekennzeichnet werden. Mehr oder minder still vor uns hin verdauend trotteten wir der Maus entlang dahin. Deckung und Tarnung bot der herrliche Laubmischwald, die vorherrschende Vegitationsform des Kohrener

Landes. Oder war es einer der weit verbreiteten Eichen-Hainbuchwälder ? Auch Erlenbruchwald und Birken-Eichenwald sollen vorkommen. Es war ein dichter Wald, basta! Oder anders geschrieben - ein Dichterwald. Ja, wir zogen den Heine-Weg hinan: der Poeten-Weg zweigte hangaufwärts ab; direkt an der Maus trafen wir auf den Gellert-Brunnen, an welchem besagter Gellert, Christian Fürchtegott, oft herumgesessen und gefabelt haben soll, wenn er in der Gegend zu Besuch war. Der Name 'Gellert-Brunnen' ist damit hinreichend erklärt. Poeten-Weg wird jener schmale Pfad steil hangaufwärtsführend deshalb geheißen werden, weil er nach wenigen hundert Metern ebenso steil wieder herabführt, und somit ein Analogon der Gemütsbewegung von Poeten darstellt. Weshalb allerdings der von uns entgeltfrei genutzte sanftmütige Talweg den Namen Heines trägt, ist so wenig erklärbar wie die Namensgebung für die Straße, in welcher der Kollege Heuschneider wohnt, die da 'Straße zum Sozialismus' heißt. Wobei - an der Lichtensteiner Straße zum Sozialismus stehen wenigstens ein paar der typischen Kleinstadtneubauten. Am Heine-Weg nagt nur hier und da die Maus. Von wegen nomen est omen ! An Heine haben sich größere Tiere die Zähne ausgebissen.

Der Sachlichkeit halber sei noch erklärt, dass die im vorliegenden Falle nagende Maus sich in vielen Schlingen und Windungen im Tal entlang bis nach Kohren-Sahlis durchknabbert, wo sie von der Ratte gefressen wird. Die Ratte verleibt sich ihrerseits, nachdem sie Kohren-Sahlis verlassen hat, zur restlosen Sättigung noch die Katze ein. Doch nicht lang hin gibt jene, wohl doch stark überfressen, in der Wyrha ihr Rattendasein auf. Die Wyrha fließt letztlich mit allen drei Kadavern in die Pleiße, die - so ausgestattet - der Messestadt die unverwechselbare Duftnote verleiht.

Schnell zurück zur kleinen sauberen Maus, an deren Ufer der Heine-Weg kurz vorm Rüdigsdorfer Schlosspark endete. Der Schwindpavillon im Schlosspark war unser Ziel. Der Bedeutung des folgenden Geschehens entsprechend, werde ich nun poetisch:

Bedeppert an der Maus wir standen, weil wir keine Brücke fanden.
Aber wir haben den Mut nicht verloren, gingen nicht zurück nach Kohren,
sondern weiter ein kleines Stücke - bis zur nächsten Brücke.

An dieser, hier von mir poetisch nachempfundenen Verhaltensweise unserer Brigade, sollten sich alle Brigaden unseres Kombinates ein Beispiel nehmen. Eine DDR-weite Initiative sollte sich entwickeln. Man brauchte nur noch eine schlagkräftige und nichtssagende Losung, so was wie 'Jeder jeden Tag mit guter Stimulanz' oder so ähnlich.
' Einmal pro Woche eigenverantwortlich handeln' wäre als Losung nicht schlecht, aber viel zu konkret.
Fest steht jedoch, dass wir ohne jene neue sozialistische Verhaltensweise nie zum Schwindpavillon gekommen wären. Normalerweise wird ja 15 Minuten gewartet, ob nicht eine Brücke von 'oben' angewiesen wird, und dann wird unter Übung lautstarker massiver Kritik an den unmöglichen Leitungsmethoden zum Umkehren geblasen. Wenn die uns nicht mal eine Brücke zur Verfügung stellen...!

Verantwortliche Einzelleiter höherer Ebenen warten übrigens 20 Minuten und kritisieren nicht lautstark, sondern still in sich hinein.

Unsere Brigade ging voran, nahm einen kleinen Umweg durch die City von Rüdigsdorf in Kauf und war trotzdem einige Minuten vor der geplanten Zeit am Schwindpavillon. Vom Ausflugleiter Demmler erhielten wir alle, wie zum Lohn für unsere progressive Tat, die Genehmigung, die ungeplanten 6,3 Minuten individuell zu gestalten. Ich nahm mein Frauchen ans Händchen und ging mit ihr ein paar Schrittchen ins Gebüsch, welches reichlich vorhanden war. Allein, uns fehlte jeglicher Wille. Wir spazierten bloß so durch den Park, der im englischen Stil (How do you do?) angelegt wurde, aber nur im unmittelbaren Umkreis des Schwindpavillons eine gewisse schottische Korrektheit aufwies. Der größte Teil des Parks ist verwildert. Regelrecht asozial wirkt das Herrenhaus. Obwohl sich drinnen der berühmte Tapetensaal (Pariser Handdruck der Serie Olympische Feste) befindet, kehrten wir dem von Pest und Salpeter befallenem Bauwerk unverzüglich den Rücken.

Womöglich Ansteckungsgefahr!

Es war nun auch die Zeit heran - wir durften den Schwindpavillon (das kulturelle Kleinod von 13,3 m Länge, 6,8 m Breite und ca. 6 m Höhe) betreten und auf stilgerechten Polsterstühlen Platz nehmen. Vorn rechts auf dem schwarzen Konzertflügel, der ansonsten bei Kammerkonzertabenden Verwendung findet, stand weniger stilgerecht ein Kassettentonbandgerät. Es begrüßte uns feierlich scheppernd. Seine Stimme war weiblich mit einem Stich ins Sentimental-Hysterische. Inwieweit die Neigung zu phonetischen Überschlägen ins hindu-chinesische Gurgelritual zur stilgerechten Klangatmosphäre beitragen konnte, kann ich nur für mich verneinen. Ich konnte mich beim besten Willen nicht zu Andacht und Konzentration aufschwingen. Und die Bilder rings an den Wänden... Emil Arnold, Gatte unseres Brigademitgliedes Lotte Arnold, raunte mir in Anbetracht der vielen Nackedeis auf den neun Bildern halblaut, so dass es sicher im ganzen Pavillon zu verstehen war, zu: "Auf Klamotten haben die damals nicht viel Wert gelegt, was!"

Die Göttinnen, Halbgöttinnen, Nymphen und dergleichen aus dem Märchen 'Amor und Psyche' laufen, schweben, sitzen, stehen und schlafen allesamt oben ohne. Unten ist hingegen von einem grundsätzlich funktionslosem Fetzen Stoff wie zufällig verhüllt. Auch die männlichen Wesen zeigen, was sie außer ihren primären Teilen haben. Das Tonbandgerät erklärte voller Inbrunst: Das Bild 1 zeigt die auf Erden wandelnde Königstocher Psyche... blablabla... in Bild 2 sehen wir den Neid der Liebesgöttin Venus auf die Konkurrentin ... blablabla... Venus beauftragt ihren Sohn Amor die Psyche zu vergewohltätigen... olala!... Bild 3, von Moritz von Schwind eigenpfötig geschaffen... und so weiter, oder ähnlich jedenfalls.

Für mich unbegreiflich, wie man ein derart langweiliges und völlig sinnloses Märchen (aus dem Jahr 170 vom römischen Dichter Apuleius) mit soviel Aufwand bebildern kann. Höchstens wenn es weniger um das Märchen gegangen ist... der Auftraggeber wollte bestimmt bloß ein paar stilechte Nymphchen... um den Verdacht auf Erotik und Lüsternheit zu bemänteln... klarer Fall! Wie die Nachtwäschemodenschau beim letzten Betriebsvergnügen. Es wird von Dekor, Fasereigenschaften, Farbtönen, Modetendenzen und Trends des Weltmarktes gefachsimpelt, während alle Männer gerade diese Dinge relativ unwesentlich empfinden. Mann blickt tiefer.

Und kein Wort gegen Psyche oder Venus! Dufte Puppen! Der Auftraggeber, Gutsbesitzer Crusius, scheint ein rechter Dr. Heinrich Wilhelm Leberecht gewesen sein. Nomen ist vielleicht manchmal doch omen. Zum rechten Leben gehört ein Animierkabinett. Wer sagt da was von Stätte romantisch-elegischer Besinnung?! Ha ha haa ! Überspitzt würde ich von frühbürgerlich zögernder Pornographie reden, wenn ich mir damit nicht Zorn und Wut der gesamten Kunsthistoriker aufladen würde.

Wie wird das eigentlich mit den Rubens'schen Werken sein ? Wieviel Prozent der Anerkennung seiner Kunst verdankt er wohl der Darstellung von unbedeckter Haut ? Für seine Zeit müssen die Bilder geradezu sensationell gewesen sein. Natürlich, natürlich - der Renaissancegeist ! Aber nackte Frauen sind das stärkere Argument - vor tausend Jahren, wie in tausend Jahren. Natürlich muss alles ein bisschen verbrämt werden. Ob nun Mode, antike Märchen oder Storys aus dem alten und neuen Testament ... Sie haben ja recht - ich sehe es ein bisschen sehr einseitig. Aber mir ist gerade so. Und wenn Sie möchten, nehmen Sie sich eben die anderen Aspekte unter die Lupe. Mir kommen gerade noch die surrealistischen Visionen des Hieronymus Bosch in den Sinn. Zum Beispiel 'Der Garten der Lüste' - Männlein und Weiblein derkreuz und derquer - oder 'Das jüngste Gericht' - Erotik und Sadismus... natürlich, natürlich - auch Weltanschauung, progressiver Zeitgeist und so -aber eben...!

Da soll doch der Unterdrücker der Niederlande, König Philipp II. von Spanien, ein so großer Liebhaber der Bilder Boschs gewesen sein, dass er sich auch nachts nicht vom Anblick der Gemälde habe trennen können. 'Die sieben Todsünden' habe er in seinem Schlafzimmer aufstellen lassen.

Nun wundern die Kunstwissenschaftler teilweise noch heute herum, wieso, weshalb... der strenggläubige Monarch... und Bosch stand doch auf Seiten der Bürger, Bosch war doch gegen spanische Fremdherrschaft, Inquisition und Hexenhammer! Und Philipp II.? War Bosch womöglich gar nicht so progressiv? Hickhack!

Der Monarch wird seine heimliche, vielleicht dekadente Freude an den 'Sieben Todsünden' gehabt haben, würde ich meinen wollen. Wenn ich zum Beispiel daran denke, was ich denke, wenn ich... aber wir wollen es mit der Offenheit nicht übertreiben. Denken Sie doch mal, was Sie manchmal denken, wenn Sie mit ihren Gedanken beim Denken nicht so ganz konsequent... Sie brauchen nicht erröten. Alles menschlich!

An offenen Äußerungen von Mitgliedern unserer Brigade bezüglich der Schwind-Kunst im Rüdigsdorfer Pavillon möchte ich abschließend zu diesem Thema die des Kollegen Achim Stuhr, Gruppenleiter Durchörterung, zitieren: "Bloß gut, dass unsere Weiber im Betrieb nicht so rumlaufen".

Weil er wohl sonst noch weniger zu systematischer Arbeit käme. Oder sollte seine Äußerung Vorbehalte gegenüber gewissen ausgeprägten Formen unserer weiblichen Brigademitglieder erkennen lassen? Und wenn schon, meine Damen - die Rubens'schen Typen sind was für Kenner!

Die hübsche Deckenbemalung im Schwindpavillon fand ungeteilte Zustimmung aller Brigademitglieder, woran die fortgeschrittene Bildung einer echten kollektiven Meinungseinheit in unserem Kollektiv erkennbar wurde. ein Meilenstein zum Kollektiv von Morgen.

Also ganz ehrlich, diese dekorative Blättergirlandenbemalung könnte ich mir sogar in meiner Wohnstube gut vorstellen. Aber wo gibt's heutzutage den Maler, der wie damals der Dresdener Theatermaler Wagner die Villa Farnesia zu Rom gesehen und die dortigen Frucht- und Pflanzenschnüre des Giovanni da Udine für mein Wohnzimmer nachempfinden könnte?! Mal ganz abgesehen von den heutigen Preisen.

Die beiden Kronleuchter des Pavillons, noch heute nur mit echten Kerzen zu betreiben, sollen auf Vermittlung oben genannten Theatermalers in einer Dresdener Werkstatt gefertigt worden sein. Beziehungen waren auch damals schon was wert.

An Moritz von Schwind kam der Agrarkapitalist Crusius über eine Beziehung zum Maler Schnorr von Carolsfeld heran. Über wen die Fäden zu dem Italiener Raffaelo Monti geknüpft wurden, der die im Pavillon in weißem italienischen Marmor lagernde Psyche 1846 modellierte, ist nicht überliefert.

Es hat mit diesen Beziehungen freilich auch so seine Eier. Wen will man für eventuelle Minderqualitäten der Ware verantwortlich machen? Den Vermittler etwa, damit der einschnappt und nie wieder was vermittelt? Nein, nein. Und an den Hersteller kommt man schlecht ran. So bleibt wohl der für den Pavillon zuständigen Behörde nichts übrig, als den abgestürzten Kronleuchter aus eigener Tasche reparieren zu lassen. Dabei ist der Absturz auf Grund der zerrissenen Tragekordel ein eindeutiger Reklamationsfall. Was hilft's...?

Der Absturz soll übrigens nach Aussage des Einlassdienstes in der Nacht vorher erfolgt sein. Diese echte Sensation für meinen

Bericht ist mir demzufolge nur um Stunden durch die Lappen gegangen. Ach, wenn ich jetzt aufzählen könnte - soundso viel Tote, soundso viel Schwerverletzte, Gesamtschaden von soundso viel Millionen... Ergebnis kultureller Leidenschaften...

Wenn sich alle Brigademitglieder unter dem Kronleuchter zusammengedrängelt hätten, wären immerhin 28 Tote möglich gewesen. Aber leider, leider... Reporterschicksal!

Beim Verlassen des Pavillons vermied ich es - wie auch alle anderen - in den Einschlagsbereich des zweiten, noch hängenden Kronleuchters zu treten. Verluste beim Rückzug sind die Ärgerlichsten.

Wir hatten bis hinein nach Kohren keine.

Ankunft am Töpfermuseum - 14 Uhr 30.

Das hübsche Fachwerkhaus kündet mit seinem soliden Äußeren von der früheren Blüte des Töpfergewerbes in Kohren-Sahlis. Im Innern wird die Verkündigung mit Beweisen untersetzt. Krüge, Töpfe, Schalen, Ofenkacheln, Vasen ... auf typische Kohrener Dekors in Blau - ganz anders als Birgel ! - wird hingewiesen... und was man mit dem Ton veranstalten muss, bevor er auf die Töpferscheibe geknallt werden kann.... und wenn nicht Sonnabend gewesen wäre, hätten wir direkt beim Töpfern zuschauen können.

Aber weil eben Sonnabend war.... Sonnabend... ja, ich vergesslicher Kerl! Ich habe doch die hervorragende Tatsache noch gar nicht gebührend gewürdigt! Sonnabend ! Unsere Brigade hat ihren Brigadeausflug für die Wettbewerbserfüllung außerhalb der Arbeitszeit durchgeführt. Was sagen Sie dazu?! Das wäre selbstverständlich?

Na Sie, Sie sind wohl nicht von hier? Hier zeigt sich echtes Bewusstsein!!

Allerdings - wenn wir während der Arbeitszeit ausgeflogen wären , dann hätten wir das Schau-Töpfern sehen können. Der Ausflug wäre somit bildungspolitisch noch wertvoller geworden. Dieser Gedankengang sollte unbedingt in die Vorbereitung des nächsten Ausfluges einfließen und schöpferisch zu einem knallharten Argument aufgemotzt werden: Wir wollen doch entsprechend den Beschlüssen des X. Parteitages das Niveau der Wettbewerbsführung erhöhen. Zum Wettbewerb gehört der Ausflug. Also müssen wir im Sinne der Parteitagsbeschlüsse während der Arbeitszeit ausfliegen, weil die bildungspolitisch wertvolle Schautöpferei... alles klar?

Schade, dass uns diese Argumentation nicht früher zur Verfügung stand. Sonnabend. Unser arbeitsfreier Tag. Wir opfern ihn und dann... dann kann man nicht mal die Schautöpferei in Aktion erleben!

An der einzigen noch voll produzierenden Töpferei (im 18./19. Jahrhundert gab's in Kohren mehr Töpfereien als Töpfe, heißt es) hing ein Schild, dass man nichts zu verkaufen habe. Wir drückten die Nasen an den Fensterscheiben platt, um zu sehen, was man nicht zu verkaufen hat. Es waren ein paar nette Krüge dabei. Und zwei Frauen klebten Henkel an die Krüge. Arbeit am Sonnabendnachmittag? Da kann doch bloß der Exportplan schiefhängen!

Das interessierte uns allerdings herzlich wenig. Die Sachen, die man nicht für uns zum Verkaufen herstellt, hätten uns schon eher... "Wenn das kein Armutszeugnis ist!" sagte irgendeiner.

Können Sie sich eventuell vorstellen, wie der das gemeint haben könnte?

Naja. Aber a propos Armutszeugnis - im Töpfermuseum war eins ausgestellt, ein Armutszeugnis, ein richtiges, von vor reichlich 200 Jahren, in dieser fast undeutbaren Grammatik, ein vorsintflutliches Gekrakel. Mit Mühe entzifferte ich, dass der Töpfergeselle Nattermüller aus Kohren irgendwie sterbenskrank gewesen und dadurch in schlimme Armut gefallen ist. Dies wird ihm bestätigt, amtlich, wodurch er das Recht auf irgendeine Unterstützung durch die Herrschaft erhält.

Eine rein materielle Geschichte. Die ideellen Armutszeugnisse heißen ja auch Jagdscheine. Ich verstehe nun bloß nicht, weshalb man mir ab und an empfiehlt, mir für mich ein Armutszeugnis ausstellen zu lassen. Ich brauch von keiner Herrschaft Almosen. Ein angemessenes Gehalt ... halt stop! Nicht wieder auf diese Stelle. Die ist schon derart weichgeklopft - sinnlos.

Abmarsch zum Ratskeller, wo auf uns gedeckte Tische lauerten. Dann lauerten wir gemein-sam mit den Tischen auf den Kaffee. Die Stimmung blieb trotzdem sonnig. Wir hatten aber auch einen famosen Tag erwischt. Frühherbst wie er in keinem Buche steht, sondern nur im Kohrener Land (höchstens noch anderswo) zu erleben ist.

Der Kaffee traf gegen 16 Uhr auf den Tischen ein. Gegen 17 Uhr war die Verlosung der Souvenirs aus dem Töpfermuseum zur besonderen Zufriedenheit der Hauptgewinner beendet. Doch da es keine absoluten Nieten gab, blieb trotz der stets problematischen Mitwirkung Fortunas der Brigadefrieden erhalten.

17 Uhr 21 bis 17 Uhr 23 fand die Besichtigung des getöpferten Töpferbrunnens, der vorm Ratskeller mitten auf der Hauptstraße

steht, statt. Der Brunnen mit seinen Reliefs über die verschiedenen Arbeitsgänge beim Töpfern, vom Frohburger Bildhauer und Kunstkeramiker Kurt Feuerriegel 1928 geschöpft, schien zu gefallen. Besonders die dicke Topffrau auf der Spitze des Brunnens, die der Liebe Feuerriegel nach Vorbild der russischen Matrjoschkas geformt zu haben scheint. Ich kann mich da aber nicht festlegen. Feuerriegels Frau ist mir nicht bekannt geworden.

17 Uhr 37 wurde der Brigadeausflug mit einer kurzen, aber gediegenen Ansprache des Brigadeleiters Eckhardt Oeser mit vielen Worten des Dankes an den Ausflugleiter Demmler offiziell auf dem Kohren-Sahliser Parkplatz beendet. Die beiden romanischen Rundtürme hatten unsere Trabbis (auch den allen Schrottskoda) gut behütet. Es fehlte kein einziges Rad, nicht mal eine Antenne.

Auch von den Brigademitgliedern oder deren Partnern blieb keiner in Kohren-Sahlis verschollen zurück.

Wie gesagt... ein völlig ereignisloser Ausflug.

Herbst 1981